KB173342

우리 소설의 일탈과 지향

강상대

1962년 경북 금릉에서 태어나 대구에서 성장했다. 단국대 국문과를 거쳐 동 대학원 국문과 석사과정과 중앙대 대학원 문예창작학과 박사과정을 졸업했다(문학박사). 1990년 『현대문학』에 문학평론이 추천되어 등단했다. 단국대 출판부에 재직한 바 있으며, 현재 단국대 부설 문예교육진흥위원회 간사 및 단국대 예술학부 문예창작전공 강사를 맡고 있다. 지은 책으로는 『문학의 표정과 화법』(1999)이 있다.

청동거울 문화점검 ⑬

우리 소설의 일탈과 지향

2000년 9월 25일 1판 1쇄 인쇄 / 2000년 9월 30일 1판 1쇄 발행

지은이 강상대 / 펴낸이 임은주 / 펴낸곳 도서출판 청동거울 / 출판등록 1998년 5월 14일 제13-532호
주소 (135-080) 서울 강남구 역삼동 832-52 상봉빌딩 301호 / 전화 02)564-1091~2
팩스 02)569-9889 / 하이텔I.D. 청동 / 전자우편 cheong21@freechal.com

편집장·표지 디자인 조태림 / 본문 편집디자인 문해경 / 영업관리 정덕호

값 10,000원

잘못된 책은 바꾸어 드립니다.

First published in Korea in 2000
by CHEONGDONGKEOWOOL Publishing Co.
Printed in Korea.

ISBN 89-88286-33-2

청동거울 문화점검 ⑬

우리 소설의 일탈과 지향

강상대 지음

청동거울

책머리에

우리는 문학이 의심받는 시대에 살고 있다. 삶의 갖가지 것들이 도구의 이미지를 현란하게 차려 입고, 그리 소용될 것 같지 않은 사물들에 대하여 낮은 값을 매기기에 주저하지 않는다. 그러기에 문학조차도 도구의 효용성을 요구받고 있으며, 또한 문학 스스로도 도구인 자신을 굳이 감추고자 하지 않는다. 물론 어느 시대이고 문학이 도구가 아닌 적은 없었다. 자신의 시대와 사회에 대하여, 인간에 대하여, 그리고 인간인 작가 자신에 대하여 문학은 도구가 되어 왔다. 인간의 삶의 주변에서 아무것도 쓰레질하지 않는 문학이라면 아마도 문학은 지금껏 버텨 오지 못하였을 것이다. 오늘의 우리에게 닥친 위기는 그러한 문학의 근원적인 도구성이 물신의 사주를 받고 있으며, 지난날의 효용성을 엄숙하고 완고한 보수주의로 몰아붙이는 데 있다.

스물 몇 해 전쯤에, 지금은 고인이 된 김현 선생이 '한 편의 아름다운 시는 그것을 향유하는 자에게 그것을 향유하지 못하는 자에 대한 부끄러움을, 한 편의 침통한 시는 그것을 읽는 자에게 인간을 억압하고 불행하게 만드는 것에 대한 자각을 불러일으킨다'고 적었던 『한국문학의 위상』을 읽으며 나는 소아기의 감상에서 벗어나 문학이라는 것을 하겠다고 생각했다. 그 말은 나에게 거대한 도구였다. 밑줄이 번지고 색이 바랜 채 지금도 책상 어딘가에 항상 놓여져 있는 이 책을 가끔

뒤적거리며 지금껏 문학이라는 것을 해왔다. 하지만 변명의 여지도 없이 나는 문학을 제대로 하지 못했고, 도구를 제대로 사용하지 못하는 것에 대한 부채만을 잔뜩 짊어진 채로 더디게 걸어왔다. 그리고 그 더딘 걸음은 지금도 여전하다. 그렇기는 하지만 나는 문학이 의심받는 시대에 왜 아직도 문학인가를 결코 묻지 않고자 한다. 나에게는 아직도 문학이 완고하게 도구로 쥐어져 있고, '아름답고 침통한' 문학의 근원으로 가까이 다가서고자 하는 욕망을 버릴 수 없기 때문이다.

이 책은 이를테면 녹슨 나의 도구가 일구어낸 부끄러운 작물인 셈이다. 문학의 엄숙성이 별다른 저항을 받지 않던 한 세대 전쯤의 소설은 고통스럽기는 했지만 아름답고 침통했다. 그리고 그 시대와 불화했던 작가들은 행복했다. 경제개발 계획으로 인한 산업화와 도시화로 인하여 사회 변동이 급격하게 이루어지고, 유신체제의 억압적인 정치체제에 억눌려 있던 사회구조 속에서 시대는 암울하게 흐르고 있었지만, 그 시대를 암울하고 침통하게 바라보는 그때의 작가들에게 나는 경의를 느낀다. 소설이란 근원적으로 일탈을 꿈꾸는 것일 수밖에 없다. 아니 그것은 꿈이 아니라 소설의 현실이기도 하며, 그것이 또한 소설의 지향점이기도 할 것이다. 시대와 어긋남으로써 시대와 동행하는 소설에 찬사를 보낸다.

70년대 소설에 나타나고 있는 일탈적 행위의 양상에 대한 이해를 통하여 70년대 소설이 지니고 있는 정신사로서의 의미를 살펴보고자 한 이 책은 애초에 문학사회학의 관점을 좀더 실천적으로 확대해 보고자 하는 의도에서 시작된 것이다. 다시 말하면 소설 텍스트가 드러내는 일탈의 양상, 즉 등장인물의 정상적이지 못한 의식 상태와 행위 유형을 사회라고 하는 집단구조와의 관련성에서 소설을 읽는 시각을 찾고자 한 것이다. 그러나 그 결과는 너무 빈약하기만 하고, 이 또한 변명의 여지가 없다. 다만 책 속의 거대한 도구에 밑줄을 긋듯 지금부터 다시 시작하는 마음으로 문학하기에 진력하겠다는 다짐을 할 뿐이다.

이 책이 이루어질 수 있었던 것은 모두 들일이 서툰 제자를 늘 용서하여 주시는 스승님들의 가르침에 의해서이다. 그 어른들께 큰 감사의 마음으로 이 책을 올린다. 책을 꾸며 주신 청동거울 여러분께도 고마움을 전한다. 그리고 나의 가족들에게 이 책이 작은 위안이 되기를 소망해 본다.

2000년 여름

강상대

차례

우리 소설의 일탈과 지향

강상대 지음

제 1 장

서 론

1. 연구의 목적과 방법

한국소설사에 있어서 1970년대는 다른 어떠한 시대의 소설보다도 다양하고 심도 있게 사회 현실에 대한 문학적 응전력의 양태를 보여주었다고 할 수 있다. 이를테면 70년대의 소설은 급격한 산업화 · 도시화의 과정에서 표출된 농촌문제와 노동자 · 빈민의 문제, 사회규범의 유실과 가치관의 혼란, 생활 환경의 악화, 그리고 이러한 문제성의 근원에 놓여 있는 인간성 훼손과 삶의 피폐화에 대하여 문학적인 대응의 방향을 모색하고 또 실천하고 있다. 이와 아울러 자유민주주의의 희원을 통하여 유신체제의 억압적인 정치구조와 인권 유린을 획책하는 군사독재에 대한 저항의 자세를 갖추기도 했다. '예술작품은 경험적 현실의 속박으로부터 영원히 벗어나는 일이 없다'는 아도르노(Theodr W. Adorno)의 단언을 우리는 70년대의 소설에서 절실하게 공감하는 바가 있는 것이다.[1] 이러한 70년대 소설의 대사회적인 응전력의 확보는 자아와 세계와의 불화를 인식하고 더 나아가서는 그러한 불화로 인한 모순을 극복하려는 70년대 작가들의 선명한 작가의식에 기인한 것이다. 즉 산업사회의 물질만능주의와 권위주의적인 정치 지배의 와중에서 70년대 작가들은 인간적 삶의 온전성을 위협하는 부조리하고 불합리한 외부세계의 요인들에 대하여 고뇌할 수밖에 없었으며, 70년대의 소설은 그와 같은 세계와의 불화에 대응하는 70년대 작가들의 대립과 극복의 기록인 셈이다.

작가의 자아는 세계와의 관계에 있어 운명적으로 불화를 이루고 또한 그 불화를 통하여 세계와 조화한다. 인간의 행위는 어느 특정의 상황에서 '의미 있는 반응'을 하려는 시도이며 따라서 그것은 행동하는 주체와, 주체가 관계하는 객체 즉 주변 환경의 사이에서 균형을 이루려는 경향이 있다고 하는 발생론적 구조주의의 가설을 빌리자면,[2] 70년대의 소설은 70년대를 살아가는 한 주체로서의 작가가 객체인 70년대의 사회구조와 균형을 이루고자 하는 의미 있는 반응일 것이다. 그러므로 이와 같은 의미 있는 반응으로서의 기능성에 주목할 때 70년대 소설의 제양상은 당대 사회를 증거하는 것이며, 그런 까닭에 우리가 70년대 삶의 현실과 이상을 인식하고자 할 때 70년대의 소설은 더욱 심층적으로 분석되어야 할 필요가 있게 된다. 소설사는 바로 시대성에 대한 어떤 형태로이든 문학적 반응의 역사이며, 한국의 현대소설은 한국사회가 안고 있는 상황성과 이에 대한 반응과 밀접하게 연관되어 있

---

1) 아도르노는 예술과 사회의 관계를 '창문 없는 단자'(fensterlose monaden)라고 하는 표현을 사용하여 사회적 반영으로서의 예술의 성격을 지적한다. 예술작품은 인공물, 즉 사회적 노동의 산물이기 때문에 경험세계를 거부하면서도 이와 커뮤니케이션을 가지며, 이 경험세계로부터 자체의 내용을 이끌어내기도 한다. 예술은 언제나 역사적 순간에 있어서의 그 위치에 대하여 무의식적이기는 해도 구체적으로 대립함으로써 그러한 경험적 현실에 대하여 확정적인 입장을 취하며, 예술작품은 '창문 없는 단자'로서 작품 자체가 아닌 어떤 것—곧 경험세계를 상상한다. 따라서 미학적인 생산관계인 예술작품은 사회적인 생산관계의 침전물 혹은 복사품인 것이다. 이러한 점으로 인하여 70년대 소설을 논의하는 과정에 있어 70년대 사회의 경험적 현실은 소중하게 다루어져야 하는 부분이 되는 것이다. Theodor W. Adorno, *Ästhetishe Theorie*(1970), 홍승용 역, 『미학이론』(문학과지성사, 1984), p.18 참조.

2) Lucien Goldmann, *Pour une sociologie du roman*(1965), 조경숙 역 『소설사회학을 위하여』(청하, 1982), p.239 참조.

기 때문이다.[3] 우리가 소설에 대하여 기대하는 것은 역사나 사회구조의 한 현상에 대한 記述이 아니라 그에 대응하는 인간의 의식이나 행위의 기술일 것이며, 또한 그것이 단지 실증적 기술에 그치는 것이 아니라 인간의 삶에 대하여 보다 근원적으로 천착하는 사변적 기술일 것을 요구한다. 70년대 사회가 산업화로의 이행에 따른 공해문제, 근로 조건의 악화, 소득 격차의 심화, 인간 소외 현상, 범죄의 증가 등과 같은 각종 질환들로 당대의 삶을 억압하게 되었을 때 70년대의 소설은 그에 반응하는 인간의 고통과 그것의 극복을 위한 기록으로 남겨져 있다. 따라서 70년대의 소설은 우리가 소중하게 다루어야 할 문학사의 한 내용인 동시에 끊임없이 해석하고 그 의미를 확충시켜 나가야 하는 정신사의 한 궤적으로서 방대한 연구 영역을 남겨 두고 있는 우리 문학사의 자산이다.

본 연구는 이와 같은 70년대 소설이 지니고 있는 정신사로서의 의미를 확인하고 그 문학사적 의의를 도출하여 보고자 하는 목적을 지니고 있는바, 논지의 심화와 치밀성을 유지하기 위하여 70년대 소설에 나타나고 있는 '逸脫構造'의 성격을 중심으로 논의를 진행시켜 나가고자 한다. 본 연구에서 일탈구조라고 하는 것은 소설 텍스트에 드러나고 있는 일탈의 양상—예를 들면 인물의 비정상적인 의식과 행위, 그리고 그에 따르는 사건 모티프의 변화 등—이 소설의 전체적인 구성과 기법, 그리고 주제의식과 관련하여 구조화되어 있는 형식으로 규정된다. 다시 말하면, 소설의 구조에 관계하고 있는 인물 및 행위의 유형 중에서 비정상적이고 비일상적인 양상에 주목하여 그것이 지니고 있는 구조적 성격을 확인하는 과정이 본 연구가 상정하고 있는 일탈구조의 성격인 것이다. 그러므로 일탈구조에 있어서는 소설 텍스트에 나타나는

3) 이재선, 『현대한국소설사 : 1945~1990』(민음사, 1991), p.15 참조.

일탈적 인물, 일탈의식, 일탈행위 등이 핵심적인 분석의 대상이 된다. 다음 장에서 자세하게 살펴보게 되겠지만, 우리가 흔히 어떠한 조직이나 일상적인 상태에서 벗어나는 행동 또는 현상을 지칭하는 '일탈'(deviance)이라는 용어는 기실 '사회에서 부정적으로 평가되는 규범 혹은 규칙의 위반'[4]을 뜻하는 사회학적인 개념과 이론을 갖추고 있는 용어이다. 즉 사회학적인 의미의 일탈은 뒤르켐(Emile Durkheim), 머턴(Robert K. Merton), 서더랜드(Edwin H. Sutherland), 힐시(Travis Hirschi) 등 현대 사회학자들에 의하여 19세기 이후 자본주의의 발달에 따른 산업사회로의 급격한 사회 변동 속에서 사회 구성원의 혼란된 사고와 범죄적 행동을 연구하는 과정으로 이루어진 사회학의 이론인 일탈이론의 핵심적인 용어인 것이다.

산업사회는 공업의 발달이나 경제의 발전과 같은 외형적인 변화에 더불어서 사회구조가 다양해지고 복잡해지는 사회 분화를 이룬다. 따라서 사회가 분업화되고 분업화된 상·하위 조직들이 상호의존적으로 구성되어 있는 산업사회는 그 구조적 특성으로 인하여 각 조직들이 다른 조직의 지원이나 의존이 없이는 존립할 수 없게 되므로 집단과 집단, 개인과 개인 등 사회의 모든 관계에서 갈등이 발생하게 된다.[5] 70년대의 한국사회는 60년대 이후의 경제개발계획으로 인하여 산업화와 도시화를 근간으로 하는 근대적인 사회 개편이 이루어지고, 유신체제하의 정치 지배에 억눌려진 민주화 열망이 분출구를 찾는 과정에서 사회조직 전반으로 갈등이 노골화되고 있다. 이러한 갈등은 극심한 사회 변동의 양상을 보여주는 것으로, 사회학적 의미에서 볼 때 70년대는 우리 나라가 현대 산업사회로 이행하면서 노정시킨 각종 문제들이 심

4) Allen E. Liska, *Perspectives on Deviance* (1981), 장상희·이성호·강세영 역, 『일탈의 사회학』(경문사, 1986), p.1.
5) 최종연, 『도시개발과 갈등관리 정책』(미래문화사, 1998), pp.78~79 참조.

각하게 드러나기 시작한 시대임을 말해 준다.

산업기술의 발달로 재화의 대량생산이 이루어져서 물질적 풍요는 크게 증대하였으나 그 부차적인 결과에 대처하는 능력은 이를 따라가지 못하고 있다. 물질적 편의를 창조하는 능력은 신장되어 왔으나 정신적 안락을 유지하는 능력은 오히려 위축되어 왔다. 산업사회의 두드러진 특징은 흔히 기술의 발전과 이에 따른 급격한 사회 변동으로 일컬어지는데, 그 변동의 방향은 분업화와 전문화, 도시화와 세속화, 그리고 지리적 사회적 이동 등으로 요약될 수 있다. 이 같은 사회 변화로 말미암아 전통적 사회구조가 와해되기 시작하면서 우리가 이제까지 경험하지 못한 숱한 심리학적 사회학적 문제가 생겨나고 있는 것이다.[6)]

이와 같이 전통적 사회구조와 의식구조가 붕괴되는 사회 변동으로 인하여 발생하는 심리적·사회적 갈등으로 규정되고 있는 산업사회의 문제성에 대하여 인문·사회학자들은 비인간화, 소외, 불안, 무규범, 범죄 등의 개념으로 논의하여 왔다. '일탈'은 이러한 논의 과정의 한 이론으로서, 본 연구가 일탈에 주목하는 것은 산업사회의 문제성이 70년대의 사회문화에 총체적으로 내재되어 있는바 그 총체성에 접근하는 문학적 담론의 역할을 기대하기 때문이다. 일탈이론에 대한 우리나라의 사회학 연구사로 볼 때도 70년대는 아노미이론, 차별접촉이론, 하위문화이론, 낙인이론과 같은 다양한 사회학적 일탈이론이 본격적으로 도입되고, 이러한 사회학적인 연구 방법의 도입과 함께 경험적 연구가 이루어진 시기[7)]라는 점에서 70년대와 일탈이론과의 상관성을

---

6) 박승위, 『현대사회와 인간소외 : 한국인의 소외의식』(영남대학교 출판부, 1996), p.11.
7) 김준호, 「일탈행동론 연구의 성과와 전망」, 안계춘 편, 『한국사회와 사회학』(나남출판, 1998), pp. 264~265 참조.

확인할 수도 있다.

본 연구에서 사회학적인 일탈의 개념을 근간으로 하여 소설 텍스트의 일탈구조를 분석하고 그 문학적 의미를 이끌어내고자 하는 것은 70년대의 우리 사회는 사회학적 시각으로 볼 때 산업화에 따른 제반 사회학적 문제가 노출된 일탈적 사회였음이 분명하며, 70년대의 소설 역시 일탈적 인물의 일탈의식과 일탈행위에 의하여 구조화되고 있는 것으로 판단되기 때문이다. 따라서 본 연구의 관심을 범박하게 이야기하자면, 일탈이 문학적 텍스트에서 어떠한 구조적인 역할을 하고 있으며 또한 어떠한 문학적인 의미를 가지는가 하는 점이다. 역사상의 각 시기는 그들 나름의 고유한 미적 이상들을 갖고 있으며, 다른 조건하에서는 반복될 수 없는 그 시기의 특수한 성격에 상응하는 예술작품들을 생산하기 마련이다.[8] 70년대 소설에 대하여 일탈의 관점으로 접근하고자 하는 본 연구의 의도는 바로 70년대의 미적 특성의 하나로서 일탈성이 주목된다는 점에 기인한다. 물론 문학 연구의 방법론에 사회학의 개념과 이론이 원용되는 경우의 위험성을 간과해서는 안 된다. 문학 연구에 있어 텍스트 비평(textual criticism)의 역할을 부정할 수 있는 논리를 확보하지 못한 경우라고 한다면 문학적 특수성을 훼손시키는 문학 연구의 방법론은 용납될 수가 없는 것이다. 그러나 이러한 기본적인 연구 태도를 훼손하지 않는다는 전제를 가지는 경우라면 문학과 사회학은 상호보족성을 지닌 유용한 연구의 시각을 제공해 줄 수 있다. 왜냐하면 사회학이 본질적으로 사회 속의 인간에 대한 과학적·객관적 연구로서 인간이 사회에 적응하는 방식이라든가 특정한 사회에 의해 인간이 조건지어지는 방식, 개인들이 그것을 통해 사회구조 속에서 그들 각각의 역할을 받아들이게 되고 할당받게 되는 문화 습득

---

8) B. Krylov, ed., *Marx·Engels : On Literature and Art* (1978), 김영기 역, 『마르크스·엥겔스의 문학예술론』(논장, 1989), p.14 참조.

과정이나 '사회화'의 메카니즘을 보여준다면, 문학 역시 무엇보다도 우선하여 사회적 세계에 대한 인간의 적응, 그리고 사회를 변화시키려는 인간의 욕구 등과 관련되어 있기 때문이다.[9] 이 경우 사회학은 문학작품 속의 미시적 현상을 사회 속의 거시적 현상으로 확대시키고, 그럼으로써 문학적 담론의 의의를 더욱 증폭시키는 논의를 가능하게 한다. 본 연구는 이러한 사회학과 문학의 일반적 상호보족성을 수용하고자 하며, 그러므로 본 연구는 기본적으로 문학사회학의 시각을 견지하게 될 것이다.

문학작품은 그것이 태어난 사회의 특수성을 표현하고 있을 뿐만 아니라 인간 현상의 보편적이지만 감추어진 모습들을 사회 이상으로, 혹은 최소한 사회와 동등하게 다양하고 복합적으로 제시하고 있으므로 문학작품을 사회와의 연관 속에서 파악하는 것은 단순한 반영이라는 소극적 관계보다는 보다 적극적이고 열린 관계에 입각해야 한다.[10] 위에서 살펴보았듯이 산업사회로의 이행에 따른 사회의 구조적 모순이 첨예하게 돌출되던 70년대 우리 사회에 대하여 일탈의 개념은 적절한 분석의 틀이 될 수 있으며, 또한 일탈의 개념이 문학 텍스트로 구조화된 양상인 일탈구조도 역시 70년대 소설을 해석하는 잣대로서 의미를 지닐 것으로 생각된다. 이와 아울러 70년대 소설 연구의 방법론을 모색한다는 측면에 있어 '시대와 부합하는 문예학'[11]의 하나로서 사회학적인 방법의 응용이 지니는 중요성을 확인하는 계기도 될 것이다.

본 연구는 이상과 같은 연구의 목적과 방법을 지니고 다음과 같은 순서로 진행될 것이다. 우선 70년대 소설의 배경을 검토하는 과정으로 70년대의 사회 상황과 소설의 대응 양상을 확인하고자 한다. 이 과정

---

9) Diana Laurenson and Alan Swingewood, *The Sociology of Literature*(1972), 정혜선 역, 『문학의 사회학』(한길사, 1984), pp.9~11 참조.
10) 김치수, 『문학사회학을 위하여』 서문(문학과지성사, 1979), p.iii 참조.

에서는 70년대의 정치와 경제, 그리고 문화를 규정하는 특징적인 양상을 살펴보고 70년대 소설이 그와 같은 사회 상황에 어떠한 양상으로 대응하고 있는가 하는 점을 주목할 것이다. 그리고 소설 텍스트상의 일탈구조를 이해하기 위한 이론적 토대를 마련하기 위하여 사회학적 일탈의 개념 및 일탈이론에 대한 검토가 진행될 것이며, 소설에 있어서의 일탈의 의미를 살펴볼 것이다. 이러한 논의를 통하여 일탈과 소설구조와의 관련 양상이 확인되고 문학적 논리로서의 일탈구조의 성격이 밝혀지리라 기대된다. 그리고 황석영·조세희 등 두 작가의 작품을 분석하는 과정에서 70년대 소설에 나타나고 있는 일탈구조의 양상을 확인하고자 한다. 이들 두 작가는 70년대 소설의 전개 과정에서 노동 현실과 빈민의 생활상을 형상화함으로써 70년대 소설에 있어 독자적인 작품세계를 구축한 작가들로서, 이들이 보여주는 일탈구조의 양상은 70년대 소설의 특성과 문학적 의미를 인식하는 매개가 될 것으로 판단된다.

---

11) 지마(Peter V. Zima)는 학문적 요청에 의하여 문예학을 사회과학에 통합시켜야 한다는 견해를 지니고 있는바 그의 주장을 들어 보면 다음과 같다. "문예학을 사회과학에 통합시키는 일에 대해서는 물론 논란이 없는 것은 아니다. 내가 이를 지지하는 것은 시대에 부합하는 문예학이 되고자 한다면 그것은 반드시 언어학적, 기호학적, 사회학적 또는 심리학적 방법들을 응용해야만 하고 그렇지 않고서 그런 것을 상정한다는 일은 불가능하다고 생각하기 때문이다. 또 나는 문예학의 대상 영역은 문학적 텍스트를 훨씬 초월하는 것으로서 문학적 의사소통체계 전체를, 즉 문학 시장, 출판 제도, 독자 집단과 그 이데올로기, 도서관 제도, 문학 운동 및 매체에서의 문학 비평과 문학 등을 포괄한다는 사실에서 출발하기 때문이다." : Peter V. Zima, *Literarische Ästhetik*(1991), 허창운 역, 『문예미학』(을유문화사, 1993), p.426. 이러한 지마의 주장은 다소 급진적인 것이기는 하지만 문예학 이론의 개척과 다양화를 지향한다는 점에서 긍정적으로 생각된다.

2. 1970년대 소설 연구의 개관

70년대 소설에 대한 기존 연구를 일별하여 볼 때, 개별 작가론이나 작품론은 상당수가 축적되어 있으나 70년대 소설을 전반적으로 다루는 종합적이고 체계적인 연구는 만족하게 이루어지지 못하고 있는 듯하다.[12] 문학사나 소설사의 한 항목으로 개괄적인 전개 과정이 정리되는 경우를 제외하고는 70년대 소설에 대한 연구는 주로 문단의 비평적 관심에 기울어져 있다고 할 수 있다. 이것은 물론 현재의 시점으로 볼 때 70년대가 객관적인 분석과 비판을 방해할 수 있는 근거리의 시점에 놓여 있기 때문일 것이다. 그러나 연구 대상에 대한 시점의 원근이 객

---

12) 본 연구자의 조사에 따르면, 70년대 문학 전반이나 소설 전반을 다룬 단행본류의 연구서적은 민족문학사연구소 현대문학분과가 펴낸 『1970년대 문학연구』(소명출판, 2000)가 유일한 것으로 보인다. 이와 동일한 책명의 『1970년대 문학연구』(문학사와 비평 연구회 편, 예하, 1994)가 있으나 체계적인 연구의 성과라기보다는 논문을 가려 뽑은 기획도서의 성격이 짙다. 그리고 학위논문의 형태로 70년대 신문연재소설을 다룬 박철우의 「1970년대 신문 연재소설 연구」(중앙대 대학원 박사학위논문, 1996), 대중소설을 다룬 박휘종의 「1970년대 대중소설 연구」(계명대 대학원 석사학위논문, 1995), 노동소설을 다룬 박승헌의 「1970년대 소설의 사회현실 반영 연구 : 노동현실의 수용을 중심으로」(청주대 대학원 석사학위논문, 1993) 등이 산견된다.

관성의 여부를 전적으로 결정하는 것은 아니며 오히려 근접된 시점으로 인하여 얻어질 수 있는 실체 파악의 용이함을 고려한다면 70년대 소설은 보다 활발한 논의의 필요성이 제기된다고 하겠다. 아래에서는 70년대 소설과 관련된 단평적인 작가론 및 작품론의 경우는 논외로 하고, 70년대 소설을 전반적으로 다루고 있음으로써 70년대 소설에 대한 총체적인 면모를 보여주거나 연구사적으로 의미 있는 논의로 판단되는 경우를 대상으로 기존의 연구를 개관하기로 한다.

김병익의 「70년대 소설을 어떻게 볼 것인가」[13]는 70년대를 함께 호흡하는 당대의 비평적 언술이며, 70년대 소설을 조감하는 의미를 지니고 있는 평문이라는 점에서 주목할 필요가 있다. 이 글에서 김병익은 최인호·황석영·조해일·조선작·송영·박완서·김주영·한수산·윤흥길·조세희 등의 70년대 작가들은 그들의 연령이나 문단 데뷔 연도의 편차와 같은 외적 차이 못지않게 그들의 작품도 매우 다양함을 먼저 지적하고 있다. 그에 따르면 70년대 작가들은 70년대의 사회문화적 제증상들이 그들의 작품을 긍정하고 있다는 점에서, 그리고 그러한 사회문화적 임상성을 떠나 문학 자체의 분석을 통해서 보아도 그들의 문학성이 높이 평가될 수 있다는 점에서 그들의 문학적인 업적이 가치를 지니게 된다.

가령 최인호는 진정한 의미에서의 도시문학가로서 우리 사회의 도회화 과정이 지니고 있는 여러 측면들을 예리하게 반영하고 있으며, 박완서나 김주영은 세태묘사를 통하여 일상의 허구와 우리 사회의 모순을 드러내 주고 있다. 그리고 황석영, 조해일, 조선작, 한수산 등의 작가들에 의하여 뿌리뽑힌 저변층의 삶과 이 사회에 통합되지 못한 채 소외되어 있는 인간들의 참담한 현실이 소설 공간 속으로 흡수되는데,

13) 김병익, 「70년대 소설을 어떻게 볼 것인가 : 그 정리를 위해서」, 『상황과 상상력』(문학과지성사, 1979), pp.90~99.

특히 민중문학의 대표적 소설가로 뽑히는 황석영의 작품에는 생존을 위해 싸우고 혹은 떠돌아다녀야 하는 하층민들을 통하여 이 사회가 개조되어야 할 것과 한국인의 바람직한 심성을 부활해야 할 것이 분명하게 드러난다. 조세희는 소외된 인간상의 표징인 난장이들을 통하여, 윤흥길은 버림받는 계층으로 추락한 전형적 인물을 통하여 산업공해 문제와 노동문제, 변두리 도시근로자의 소외된 삶의 양상을 제시하고 있다. 송영의 작품도 역시 소외의식이 더욱 강화되고 있는 오늘의 정신 상황에 대한 하나의 징조로서 그 문학성이 평가된다. 70년대 작가들의 이 같은 문학적 공통성은 그들이 다루고 있는 주제가 한 개인 혹은 한 집단내의 것이 아니라 한국사회의 전반적인 문제성이라는 점이다. 그들이 그리는 인물들은 대부분 우리 사회가 진행하고 있는 발전으로부터 소외 혹은 희생된 집단으로서, 이것은 도시화·산업화가 야기시킨 농촌의 퇴폐와 도시근로자의 내쫓긴 삶이란 현상을 반영한다. 즉 70년대 작가들은 대중의, 혹은 민중의 한 사람으로서 진부한 삶 속에서 함께 어울리는 사람들의 진부한 모습에서 자신과 자신의 문학을 드러내고 있으며, 이 점에서 70년대 작가들이 대중들과 쉽게 호응할 수 있다고 하는 귀결이 가능하다. 그리고 이와 같은 긍정적인 평가와 아울러 그는 70년대 작가들이 대중소설의 사회적 기능에 대한 책임을 회피해서는 안 되며, 대중소설로 인해서 70년대 작가의 창조적 문학성이 희생되어서는 안 된다고 하는 점을 지적하고 있다.

이러한 김병익의 70년대 소설론은 비평적 관심으로 이루어진 소략한 논의에 그치고는 있으나 70년대의 사회적인 증후와 70년대 작가들의 문학적인 특성을 연결시킴으로써 70년대 소설 연구의 한 방향을 제시하고 있다는 점이 높이 평가된다. 특히 70년대 소설에 대하여 문학사회학적 관심이 요구된다고 지적한 점은 본 연구의 방법론과 관련하여 주목되는 부분이다.

김치수의 「산업사회에 있어서 소설의 변화」[14]는 문학사회학의 관점으로 70년대 소설을 논의하고 있다. 그는 한국사회의 산업화 추세와 경제적 성장이 필연적으로 소설의 양식 변화에 영향을 미치고 있다는 견해를 보인다. 작가란 시장경제의 체제에 있어 그들의 창조적 활동이 겪을 수밖에 없는 타락에 이끌리게 된다. 작품의 교환가치에 의해서 작품의 진정한 가치가 밀려나는 산업사회의 현상 속에서, 작가가 추구하는 진정한 가치가 타락한 방법으로만 가능하다고 한다면 뚜렷한 소설의 변화를 나타내게 되는 것이다. 그런 의미에서 70년대 한국소설의 변화는 소재면에서 호스티스나 창녀를 주인공으로 내세우거나, 광주대단지 사건의 현장에 있는 인물, 대재벌의 공장에서 일하는 인물, 간척사업 현장의 노동자 등을 주인공으로 내세우고 있는 점에서 사회 변동과 어떤 연관을 맺고 있다. 김치수는 이러한 기본적인 논지를 조선작·황석영·윤흥길·조세희 등의 작품에 대한 분석을 통하여 확인한 후 소설은 사회의 보이지 않는 구조를 드러낸다고 하는 결론에 이른다. 이와 같은 김치수의 논의는 70년대 소설에 대한 실천적인 문학사회학적 분석이라는 의미를 갖는바, 소설이 사회적 구조를 드러냄으로써 억압적인 현실에 대한 자각을 가능하게 한다는 그의 논지는 70년대 소설 연구에 있어 큰 의의를 지니는 결론이라 하겠다.

이동하는 「70년대의 소설」[15]에서 우선적으로 '70년대'의 성격을 산업화라는 이름 아래 사회구조의 근본적인 대변동이 일어난 시대였으며, 또한 국제관계의 다극화와 국내관계의 양극화가 기묘한 대조를 보인 시대로 규정한다. 70년대는 대립되는 세력간의 거대한 부딪침으로 채워진 연대, 즉 대다수 국민의 인간다운 삶을 제약하는 요소들이 가

14) 김치수, 「산업사회에 있어서 소설의 변화」, 『문학과 지성』, 1979. 가을, pp.873~911.
15) 이동하, 「70년대의 소설」, 김윤수·백낙청·염무웅 편, 『한국문학의 현단계』(창작과비평사, 1982), pp.140~161.

장 극렬하게 힘을 뻗침과 동시에 거기에 맞선 민중의 움직임이 가장 치열하고 끈질기게 전개된 시대로서 70년대의 소설은 이러한 시대의 격동을 온몸으로 껴안고 있다. 그러나 70년대의 소설이 우리 문학사에서 특히 중차대한 의의를 지닌 것으로 기록될 수 있는 진정한 이유는 그것이 갈등의 시대적 고뇌를 진실 그대로 증언해 주면서도 결코 그러한 고통의 피동적인 수용에 머무르지 않고 그 어느 때보다도 치열한 극복에의 노력을 보여주었다는 점이다. 이런 전제하에서 그는 70년대 소설의 구체적인 전개 양상을 첫째 농촌소설의 새로운 개화, 둘째 노동자들의 절박한 생존 조건을 문제로 삼는 소설, 셋째 풍속의 혼란·모랄의 동요·자기 소외의 심화 등의 문제를 포착하고 있는 소설, 넷째 근대사의 전개 과정에 대한 관심을 불러일으키는 역사소설, 다섯째 남북 분단과 6·25의 참극을 객관적인 안목으로 바라보고 그것이 갖는 심층적 의미를 밝혀내는 소설 등과 같이 정리하고 있다. 이 과정에서 그는 70년대 중요 작가와 작품의 성과 및 한계를 지적하고 있는데 이를 살펴보면 다음과 같다.

「관촌수필」 연작을 비롯한 이문구의 작품은 전통적인 농촌공동체의 테두리 안에서 보장되었던 인간다운 삶이 오늘날에 이르러 얼마나 부당하게 훼손되었는가를 설득력 있게 이야기하고 있으며, 박태순의 작품들은 대도시 변두리의 현실에서 오늘의 한국을 지배하는 혼돈과 모순의 축도를 읽고 있다. 그러나 이문구의 경우 현실을 바라보는 작가의 눈이 치열한 비판의식을 유지하고 있으나 때로는 평면적인 세태소설가의 시선으로 추락하기도 하는 세계관의 결함을 지니기도 하며, 박태순은 다분히 개인주의적이고 자유주의적인 성격과 '인텔리의 안경'을 벗지 못한다는 점에서 한계가 있다. 황석영의 「객지」는 노동 쟁의의 전개 양상을 세밀하게 구체적으로 그려나간 최초의 소설이었을 뿐 아니라, 근로자들이 노동 조건의 부당성을 주체적으로 각성하고 그것을 바람직한 방향으로 개선시키기 위하여 단결하고 행동하는 과정을 박력 있게 그려냄으로써 주어진 현실을 적극적으로 극복하려는 의지의 역동성을 보인다. 윤흥길의 「아홉 켤레의 구두로 남은 사내」 연작은 개인의 자의식이 현실과의 대결에서 철저하게 깨뜨려지고 그 대신 다수 민중의 삶과 투쟁을 자신의 문제로 받아들이기에 이르는 과정이 박진감 있게 전개되고 있으며, 조세희의 「난장이가 쏘아올린 작은 공」 연작은 70년대의 거대한 사회적 변동 가운데서 가난한 사람들이 얼마나 고난에 찬 삶을 지속해야 했던가를 말하고 그들의 이상과 존엄성이 어떻게 부당하게 훼손되어 갔던가를 탁월하게 증언한다. 풍속의 혼란과 모랄의 동요, 자기 소외 문제 등을 탐구하고 있는 최일남, 박완서의 소설도 역시 그 근원을 따져 보면 저돌적인 산업화가 몰고 온 사회구조의 전면적 재편성과 밀접한 관련을 맺고 있다. 현재의 상황이 인간다운 삶을 보장해 주지 못하고 있다면 그것은 어떠한 원인에서 유래되었으며 그것을 넘어설 수 있는 방법은 무엇인가를 심층적으로 탐구해야 하는데, 이들의 작품은 이러한 수준에까지는 미치지 못하고 있음이 한계로 지적된다. 또한 풍속과 모랄의 문제를 주된 테마로 삼고 있는 최인호, 조해일, 서정인 등의 작품에서도 이러한 한계점이 보인다. 그리고 이청준의 경우는, 작품을 지배하고 있는 이념이 살아 있는 체험적 진실의 천착에서 자연스럽게 형성되어 나온 구체적 비전이라기보다는 고독한 사색가의 관념적인 설계도에 가까운 까닭에 쉽사리 수긍되기 어려운 점을 남기고 있다.

70년대 소설에 대한 이러한 이동하의 견해는 글의 성격상 개관적인 내용에도 불구하고 70년대 소설의 논점을 뚜렷하게 제시하고 있다는 점에서 주목된다. 그러나 70년대 소설의 전개 과정에서 큰 줄기를 구성하는 있는 상업주의 소설에 대한 논의와 의미 부여가 없다는 점이 아쉬움으로 생각된다.

조남현의 「70년대 소설의 몇갈래」[16]는 문학사 기술의 목적에 의하여 씌어진 글이다. 이 글에서 조남현은 특히 '뿌리뽑힌 자'의 성격에 의한 70년대 소설에 시선을 집중한다. 그는 70년대 소설에 나타난 뿌리뽑힌 자의 유형을 첫째는 생존에 필요한 요건마저 제대로 갖추지 못할 정도로 비인간적인 대우를 받고 있는 노동자들, 둘째는 근대화 · 산업화 · 도시화의 격랑에 휩쓸려 하루 아침에 삶의 터전 혹은 정신적 뿌리를 상실당하고 만 사람들, 셋째는 적응력을 갖추지 못한 나머지 몰락의 길을 걷고 만 정직하며 소박한 존재들, 넷째는 기존의 법 · 제도 · 관념과 극심한 마찰을 일으킨 끝에 정신적 항상성을 놓치고 만 사람들, 다섯째는 6 · 25와 같은 과거의 역사적 사건으로부터 받은 외상에서 헤어나지 못한 나머지 일종의 실조 상태를 드러내고 있는 존재들 등으로 분류한다. 그리고 그는 이러한 뿌리뽑혀 있음의 논리가 물질적 측면의 상실을 지나 정신적 소외감과 박탈감에까지 걸려 있다고 하였다. 70년대 작가들은 기본적으로 리얼리즘을 표방하여 도시영세민 · 농민 · 노동자 그 누구를 주인공으로 설정했든지 간에 또 도시 · 농촌 · 공장 · 회사 그 어디를 공간적 배경으로 삼았든지 간에 거의 한결같이 못 가진 자, 빼앗긴 자, 소외된 자, 짓밟힌 자를 연민이나 흥분에 찬 눈으로 부각시키는 데 주력했다는 것이다.

조남현은 70년대 소설의 이런 양상에 대하여 우려의 눈길을 보내고 있다. 궁기를 면하지 못한 농민, 척박한 근로 조건에 허덕거리는 노동자, 그리고 창녀 · 술집여자 · 혼혈아 · 도시빈민 등과 같은 밑바닥 군상을 주인공으로 설정하는 것이 나중에 가서는 아류작가들에 의해 일종의 유행 현상으로 굴러 떨어지고 말았기 때문이다. 문제의식과 창조적 정신으로 가득 찬 작가들에 의해 제기된 동정의 관점이 휴머니즘을

16) 조남현, 「70년대 소설의 몇갈래」, 감태준 외, 『한국현대문학사』(현대문학, 1989), pp. 379~390.

가장한 값싼 연민의 감정, 알량한 동지의식으로 변질되는 현상에 대하여 그는 특히 경계하고 있는 것이다. 조남현의 이러한 견해는 70년대 소설에 대한 단선적인 시각의 위험성을 경고하는 것으로 70년대 소설의 논의가 숙고해야 할 부분이라 하겠다.

김윤식·정호웅의 『한국소설사』의 한 항목인 '민중주의의 성장과 산업화시대의 소설'[17]은 70년대의 사회와 소설, 작가의식과 기법, 그리고 문학사적 의미를 종합적으로 논의의 대상으로 삼는 소설사 기술의 관점으로 70년대 소설에 접근한다. 그들의 관점에 따르면, 70년대는 우선 농업 중심의 경제가 공업 중심으로 바뀌면서 농민 분해와 농민의 노동자화·도시빈민화가 야기되고 인구의 도시 집중이 가속화된 시대이다. 이러한 변화는 한국사회의 급속한 자본주의적 발전을 의미하는 것으로, 이에 따라 사회구성체의 내적 모순이 심화되는 양상을 초래한다. 이와 같은 사회 현실의 변화와 이를 극복하려는 지향이 병행되는 과정에서 민중주의가 대두, 성장하게 되는 것이다.

이러한 사회구조의 변화에 따라 70년대 소설은 몇 가지의 유형을 나타내게 된다. 먼저 농촌에서 유리된 농민의 도시 편입을 그린 소설이 양산되고, 그 해체의 과정과 황폐화된 현실을 가장 넓고 깊게 묘파한 작가가 이문구이다. 또한 노동 현실의 소설화 양상도 두드러져 황석영의 작품에서는 노동자의 계급의식의 맹아와 더불어 현실과 소설의 구조적 상동관계가 나타나며, 윤흥길의 작품에서는 부랑노동자에서 공장노동자로 이행된 작가의 시선에서 생존의 문제에 묶여 있는 노동자들의 절박한 현실 인식이 보인다. 그리고 대단위 공장노동자의 세계가 문제되고 있는 조세희의 작품에서는 소시민의 방황과 회의, 자각이 엿보인다. 또 베트남전과 기지촌을 다루고 있는 송기원, 황석영, 박영한

---

17) 김윤식 · 정호웅, 『한국소설사』(예하, 1993), pp.383~477.

등의 작품에서는 냉전체제의 닫힌 틀에서 벗어나 제3세계적 인식이 확대 심화되고 반제국주의적 의식의 형상화가 드러난다. 이와 함께 억압적인 세계와 파편화된 개인의 욕망에 대한 소설적 탐구도 진행된다. 가령 최인호의 소설은 자아와 세계의 불화에 대한 낭만적 인식과 상업주의의 성격을 드러내고, 송영이나 오정희의 작품에서는 내면 성찰의 깊이를 엿볼 수가 있다.

김윤식 · 정호웅은 이상에서 열거된 작가와 작품의 성격에 부가하여 최일남, 최상규, 정을병, 강용준, 김문수, 유현종, 김용성, 홍성원, 손장순, 박순녀, 최창학, 이동하 등의 작가들에 대해서도 간략하나마 그들의 작품세계를 언급한다. 그들은 '소설사 기술의 허점'에 의하여 70년대 소설의 주류에서 다소 벗어나 있는 듯 보이지만 기실 작품의 성과로 볼 때는 결코 간과될 수 없는 작가들인 것이다. 그런 점에서 김윤식 · 정호웅에 의하여 나열식으로 그치고 있는 이들 작가들에 대한 개별적인 연구가 보다 축적되어 이들이 70년대 소설의 주류적인 한 유형으로 묶여질 수 있는 연구의 시각이 요청된다고 하겠다. 이와 같은 김윤식 · 정호웅의 70년대 소설론은 소설사의 한 항목으로 다루어지고 있기는 하지만 비교적 많은 작가와 작품을 제시하고 작품의 인용 분석을 보이는 등 본격적인 연구의 형태를 취함으로써 차후 70년대 소설 연구에 기여하는 바가 클 것으로 보인다.

전영태의 「소설적 인식의 전환과 다양성의 확보」[18]도 역시 광복 50년의 문학을 사적으로 정리하는 문학사의 한 항목으로 씌어진 것이다. 이 글에서 그는 우선 70년대의 근대화 일변도의 정책이 농어촌 공동체의 급격한 해체를 초래하였으며, 농촌 사회의 구성원인 농민은 도시노동자로의 변신을 강요당하고 거기에 적응하지 못한 농민은 도시빈민

---

18) 전영태, 「소설적 인식의 전환과 다양성의 확보 : 1960년대와 1970년대의 소설」, 권영민 편저, 『한국문학 50년』(문학사상사, 1995), pp.162~173.

으로 전락한다는 점을 지적하여 70년대의 사회구조에 대한 대응의 양식으로 70년대 소설이 전개되고 있음을 전제한다. 가령 이문구는 농촌사회의 해체를 과거에 대한 그리움으로, 산업화 정책에 희생되는 농민의 안타까움을 오늘의 세태에 대한 풍자로 묘사하고 있다. 또 송기숙의 작품에는 농민들의 삶의 해학과 가난 중에서 여유를 찾으려는 품격이 나타나 있기도 하다. 또한 노동 현실과 현실의 구조를 언급하는 가운데 황석영의 「객지」는 계급의식의 발아를 일용노동자의 작업 현장에서 찾아냈다는 점에서 가치가 있으며, 윤흥길의 「아홉 켤레의 구두로 남은 사내」는 도시적 삶에서 소외된 주변인의 삶과 의식의 황폐성을 일상의 디테일로 제시하면서 70년대 소시민의 삶의 밑바닥을 투영하고 있음을 확인한다. 70년대 소설에 대한 전영태의 관점에서 주목되는 점은 조세희의 「난장이가 쏘아올린 작은 공」에 대한 부정적 평가이다. 산업화의 세부적 현장에 대한 작가들의 무지와 산업자본주의의 형성 배경에 대한 작가들의 접근이 원천적으로 금지되어 있는 상황으로 볼 때, 알레고리 구조와 평면적 상징체계가 교차된 이 작품의 산업화에 대한 이해는 엉성한 것일 수밖에 없다. 따라서 거대한 산업화 구도의 일단을 육체적 · 정신적 불구인 난장이의 한정된 관점에서 본 이 작품을 70년대 노동소설의 대표작으로 꼽는 것은 우리 소설의 한계인 것이다.

그리고 전영태는 분단소설의 70년대적 양상에 대해서도 관심을 두어 윤흥길의 「장마」, 이동하의 「전쟁과 다람쥐」, 김원일의 「어둠의 혼」 등의 작품은 유년시절의 정서적 체험을 바탕으로 분단 상황을 재조명하고 있음을 말하였다. 또 황석영의 「한씨 연대기」는 월남한 의사의 삶의 행로를 분단 상황과 결부시켜 시대적 고민의 정체를 밝히려 했고, 신상웅의 「심야의 정담」은 휴전선 일대의 긴장 상황과 분단 현실의 냉엄성을 깊이 있게 포착하는 바가 있음을 지적하고 있다. 이와 아울러

70년대 소비주의의 발달이 필연적으로 문학의 상업주의 현상을 초래시켰다는 점을 언급하며 최인호의 「별들의 고향」이 상업주의 소설의 대명사처럼 여겨진 작품이지만 작품의 내용으로 보면 70년대의 상황을 변증하는 작품적 가치를 지니고 있다고 하였다. 그런데 전영태는 여기에서 최인호가 이 작품을 옹호하기 위하여 중간소설이라는 개념을 창출하여 자기 변호에 급급한 사실을 부정적으로 보고 있는데, 이는 상업적 성공과 문학적 성공을 동시에 확보하려는 우리 작가들의 중간자적인 태도에 기인하는 달갑지 않은 자세라는 것이다. 근년에 이르러 대중문화에 대한 관심이 높아지고 있으며 그에 따라 70년대 대중소설에 대한 논의 역시 활기를 띠고 있는 추세에서 최인호에 대한 이러한 일침은 눈여겨 보아야 할 것으로 생각된다.

70년대 문학을 전반적으로 다루고 있는 최근의 연구 성과로서 『1970년대 문학연구』[19]가 있다. 민족문학적 관점에서 70년대 한국문학의 전체상을 재구성하고자 하는 의도를 갖고 다수의 필자들에 의하여 씌어진 공동연구의 성과물인 이 책은 총론, 주제론, 작가론 등으로 나누어져 70년대 문학의 전체적인 양상을 조감하는 성격을 지닌다. '총론'에서는 70년대의 민족문학, 분단소설, 민족문학론 등 70년대 문학에서 주목되는 비평사적 논점들을 대상으로 하고 있는데, 특히 정희모의 글[20]은 『창작과 비평』과 더불어 70년대 문학의 긴장성을 고조시킨 『문학과 지성』의 비평가들이 지녔던 현실 인식과 문학관, 비평방법론을 다루고 있어 주목된다. '주제론'에서는 노동소설론, 농민문학론과 농민소설, 대중소설, 역사소설론, 민중시, 리얼리즘론, 여성시, 모더니즘시, 시동인지 등 70년대 문학에 대한 개관적인 성격의 논의가

19) 민족문학사연구소 현대문학분과, 『1970년대 문학연구』(소명출판, 2000).
20) 정희모, 「문학의 자율성과 정신의 자유로움 : 1970년대 『문학과 지성』의 이론 전개와 그 의미」, 위의 책, pp.84~104.

진행되고 있다. 이러한 논의 중에서는 김현과 김우창의 비평을 비교 분석하는 과정에서 70년대 한국문학의 고유한 가치를 지적하고 그 의미를 확인하는 오문석의 글[21]이 일독을 요한다. '작가론'은 황석영·조세희·이청준·최인호·김지하·신경림·황동규·정현종 등 70년대의 대표적인 소설가·시인의 작품세계를 조망하고 있다. 본 연구의 주제와 관련하여 주목되는 김한식의 황석영론[22]을 살펴보면, 황석영의 소설은 근대화의 과정에서 발생한 인간과 노동의 소외문제에 닿아 있으며 구조적으로는 집단과 개인의 갈등을 중요하게 다루는 것이 특징적이다. 또한 황석영은 70년대 산업화 시대의 대표적인 작가로서 시대의 첨예한 문제에 언제나 민감하게 반응해 온 작가로서의 책임의식이 높이 평가된다. 그리고 류보선의 조세희론[23]은 「난장이가 쏘아올린 작은 공」 연작의 서사 원리에 대한 분석을 통하여 이들 작품이 자본가와 노동자의 대립을 우리 사회의 가장 핵심적이고 본질적인 문제로 진입시키고 있으나 여기에 제시된 노동자 중심의 새로운 위계 질서가 아주 추상적임을 확인하고 있다. 이러한 추상성으로 인하여 이들 작품이 제기한 문제는 자본가와 노동자의 대립이 아직도 현실의 중요한 부면임에도 불구하고 문학사의 표면에서 사라지게 되는 것이다. 이와 같은 류보선의 평가는 조세희 소설의 긍정적 측면에 가려져 있던 부정적 측면을 주시하는 것으로, 앞서 개관한 전영태의 논지와 합치된다.

이상에서 살펴본 기존의 연구들은 70년대 소설 연구의 기본적인 자료로서 70년대 소설에 대한 객관적 분석과 평가, 그리고 문학사적인 의의에 대한 지적이 적절하게 이루어지고 있다는 점에서 그 가치가 인

21) 오문석, 「1970년대 한국시론에서 보여준 내재적 초월의 방법 : 김현과 김우창의 경우」, 위의 책, pp.314~338.
22) 김한식, 「산업화의 그늘, 또는 뿌리뽑힌 자들의 삶 : 황석영론」, 위의 책, pp.367~384.
23) 류보선, 「사랑의 정치학 : 『난장이가 쏘아올린 작은 공』을 통해서 본 조세희론」, 위의 책, pp.385~414.

정된다. 70년대의 각 작가들과 관계된 작품론이나 작가론이 위에서 포괄적으로 논의된 수준에서 그다지 멀리 벗어나지 않고 있다는 판단이 가능하다는 점에서도 위의 논지들은 70년대 소설 연구에서 의미 있는 것이라 하겠다. 그러나 70년대의 소설은 학위 논문의 형태나 학술 연구서로의 연구 업적은 아직도 미진한 상태라고 할 수 있다. 그러므로 70년대 소설의 각 유형을 폭넓게 수용하는 구조적 원리에 대한 천착은 아쉬운바, 본 연구는 이러한 점을 보완하는 하나의 방법론으로 일탈구조의 성격을 제시하고 그에 따른 70년대 소설의 분석과 해석을 시도하고자 하는 것이다. 앞 절에서 우리의 소설사에 있어 70년대 소설이 갖는 문학사적 의미를 강조한 바 있거니와, 70년대 소설은 아직도 많은 연구 영역을 남겨 놓고 있으므로 그 의미의 확충과 문학사적 가치의 정립을 위하여 70년대 소설에 대한 다양한 연구 방법론의 모색이 요청된다고 하겠다.

제 2 장

1970년대 소설의 배경과 일탈의 성격

1. 1970년대의 사회 상황과 소설의 대응 양상
2. 일탈의 개념과 소설과의 관련 양상

1. 1970년대의 사회 상황과 소설의 대응 양상

70년대 사회의 정치와 경제, 그리고 문화의 구조적 상황을 규정하는 것은 '비민주성'이라고 할 수 있다.[1] 유신체제의 권위주의가 지니는 정치적 비민주성이 70년대 사회의 성격을 명백하게 드러내고 있다는 점은 주지의 사실이다. 이와 더불어, 민주정치는 국민 대부분이 고도의 물질적 생활 수준을 누리며 부와 권력과 존경이 사회 전체에 넓게 분산되어 있는 사회에서 실현된다[2]는 원론적인 측면에서 70년대는 정치적 비민주성이 왜곡된 경제 발전의 양태인 경제적 비민주성 및 사회 구성원의 혼란된 가치체계인 문화적 비민주성을 배태하고 있었던 것

1) 사회학의 영역에서는 이를 '구조의 불균형'으로 표현하고 있다. 한완상에 따르면 70년대 사회를 특징짓는 구조의 불균형은 경제 성장과 분배 사이의 불균형, 경제 성장과 정치 발전 사이의 불균형, 도시와 농촌 간의 격차에 의한 불균형, 물량적 성장과 인간화 사이의 불균형, 정치와 행정 간의 불균형 등으로 정리된다. 한완상, 『민중과 사회』(종로서적, 1980), pp.201~202 참조. 본 연구는 이러한 구조의 불균형의 중심축에 정치를 두고 그 문제적 성격을 '비민주성'으로 표현하고자 한다. 즉 70년대 사회에 있어 독재권력에 의한 정치의 비민주적 성격이 경제와 문화의 전 영역을 불균형에 이르게 하는 원인이었음을 강조하고자 함이다.

2) 국민윤리교육연구회, 『인간과 국가』(삼화출판사, 1975), p.203 참조.

이다. 즉 70년대는 사회 조직의 전반이 비민주적인 성격으로 유지됨으로써 동시대를 살아가는 인간의 행위와 의식에서 비정상적인 양태를 보여주게 되었던 것이다.

소설은 근원적으로 인간적인 삶의 개체로서의 인간과 집단으로서의 사회, 그리고 개체와 집단의 상호관계에 대한 탐구이며 그 기록이다. 따라서 우리가 70년대의 소설에서 특히 주목해야 할 것은 그것이 70년대의 인간과 사회에 대한 정치한 탐구이자 기록일 수가 있는가 하는 점이다. 골드만(Lucien Goldmann)의 널리 알려진 표현을 빌리자면, 소설이란 타락한 사회에서 타락된 형태로 진정한 가치를 추구하는 이야기이며, 그 내재적인 과정에 있어 그것이 작가가 속한 집단의 사회생활 속에 어떤 토대도 없이 순전히 개인적인 창안으로만 나타날 수 있었다고 생각하기는 어려운 일이다.[3] 그러므로 70년대 사회의 비민주적 구조의 양상을 확인하는 과정에서 우리는 70년대 소설의 한 본질을 파악할 수 있을 것이라는 확신을 가지게 된다. 본 장에서는 이를 위하여 70년대의 사회 상황과 소설의 대응 양상을 유기적으로 살펴보고자 한다.

1) 정치적 억압과 폭력의 증언

70년대는 위정자의 집권 연장을 일차적인 목표로 하는 유신정치의 출현에 의하여 소설을 포함한 70년대의 모든 사회·문화적인 징후들이 권위주의 체제의 영향권에서 결코 자유로울 수 없었다. 그리고 그 자유롭지 못함이 70년대를 살아가는 개인의 삶과 사회 전체의 행보에 바

3) Lucien Goldmann, *Pour une sociologie du roman* (1965), 조경숙 역 『소설사회학을 위하여』(청하, 1982), pp.20~21 참조.

람직하지 못한 여러 가지 부정적인 현상을 낳고 있다.

이른바 '10월 유신'은 1972년 10월 17일 비상조치에 의하여 단행되고 10월 27일 비상국무회의에서 유신헌법이 의결·공고된 후 11월 21일 국민투표에서 확정, 12월 27일 공포·시행된 개정 헌법이다. 유신헌법은 법률 유보조항으로 국민의 기본권 제약, 대통령에게 긴급조치권·국회해산권 등과 같은 초헌법적인 권한의 부여, 대통령 임기의 연장, 국회 회기 단축과 국회의 권한 약화, 사법적 헌법 보장 기관인 헌법재판소를 정치적 헌법 보장 기관인 헌법위원회로 개편, 대통령이 법관과 일부 국회의원을 임명, 헌법 개정 절차의 이원화, 지방의회 구성의 보류 등과 같은 독소적 조항에 의하여 대통령 1인 독재의 강압적 통치체제를 구축함으로써 민주주의의 이념과 민주정치의 원리를 극도로 훼손시킨 것이었다.[4] 1972년 10월 18일에 발표된 '대통령특별선언문'은 대의기구인 국회가 무책임한 정당과 정략의 희생물이 되어왔으며, 정치 현실을 직시할 때 평화통일과 민족의 염원을 구현하는 '일대 유신적 개혁'이 정상적인 방법으로는 달성될 수 없으므로 비상조치를 선포한다는 명분을 내세웠다.[5] 그러나 유신체제는 1971년의 대통령 선거와 국회의원 선거 결과로 볼 때 재집권에 위기감을 느낀 박정희와 민주공화당 정권의 위기감이 '유신'이라고 하는 개혁 논리로 포장되어 나타났다는 점에 그 본질이 있다고 볼 수 있다. 10월 유신 이후 일체의 헌법 개정 논의 금지, 유언비어·사실왜곡의 금지, 헌법의 부정·반대·왜곡이나 개정·폐지 주장 금지 등을 위한 긴급조치가 남발되었음을 볼 때 유신헌법이란 결국 정권 고수를 위한 반민주적 통치 논리임을 확인할 수 있는 것이다.

이러한 유신정치의 허위성은 궁극적으로 70년대의 삶을 바람직하지

4) 한국사사전편찬위원회 편, 『한국근현대사사전』(가람기획, 1990), p.426 참조.
5) 『관보』, 1972. 10, p.3766-3~16 참조.

못한 방향으로 이끌어 가는 원심력으로 작용하고 있는바, 억압적인 지배체제에 기인하는 부정적 작용이 당대의 삶을 왜곡하고 있음은 결국 70년대 작가들에게 '문제성'을 던져 주는 것에 다름이 아니었다. 따라서 70년대 작가에게 있어 그러한 정치의 비민주성에 기인하는 삶의 문제성은 한 개인의 비극 혹은 한 집단의 체험과 현실을 확대시켜 한국사회의 구조적 양상으로 바라보게끔 만든다.[6] 그런 점에서 황석영의 「아우를 위하여」(1972), 「가객」(1978) 등의 작품은 억압적인 지배체제의 현실과 그 극복의 의지를 우화적으로 표현하고 있으며, 김원일의 「압살」(1973)과 같은 작품은 도저한 권력의 폭력성을 적나라하게 고발함으로써 70년대의 정치 현실에 대한 문학의 응전력을 보여주고 있다.

가령 김원일의 「압살」을 예로 들어 이 점을 확인하여 보기로 하자. 정치인 암살 현장의 부근을 지나던 '허목진'은 무고하게 범인으로 지목되어 체포를 당하고, 그를 진범으로 몰아가는 취조 과정에서 온갖 육체적 · 정신적인 폭력을 당하며 마침내는 쇠몽둥이를 맞고 뇌출혈로 죽게 된다. 평범한 생활인인 허목진을 암살범이라는 굴레에 씌워서 죽음에 이르게 한 주체는 정치적 적대세력을 제거하려는 권력의 '보이지 않는 손'으로서, 경찰 간부로 짐작되는 이 선생, 취조를 하고 있는 최형사, 그리고 진범인 김신태 등이 권력의 하수인으로 등장하여 허목진을 암살범으로 만든다.

---

6) 김병익, 「70년대 소설을 어떻게 볼 것인가 : 그 정리를 위해서」, 『상황과 상상력』(문학과지성사, 1979), p.95 참조. 김병익은 70년대 작가들이 파악하는 문제성과 그것을 바라보는 시선이 '사회구조'에 있음을 강조하고 있다. 그들이 그리는 인물들은 대부분 생존의 영역에 갇혀 허덕이며 부정하는 저변계층이며, 이 계층을 인간다운 삶을 갖는 기존 인사이더의 세계로 들어갈 수 없거나 오히려 그곳으로부터 추방된, 사회가 진행하고 있는 발전으로부터 소외 혹은 희생된 집단으로 보는 것이 70년대 작가들의 시선이다. 이것은 도시화 · 산업화가 야기시킨 농촌의 피폐와 도시근로자의 내쫓긴 삶이란 중요한 현상을 반영하는 것으로, 70년대의 소설과 사회구조와의 상동성을 말해 주는 것이다.

> 막강한 권력체가 한번 내린 지령, 그 지령에 자기가 이미 죽기로 점찍어졌다면 오직 죽는 일밖에 남아 있지 않을 것이다. 자기 한 개인의 목숨이 파리 목숨보다 가볍게 처치된다고 해서 결코 위대한 불의가 자질구레한 정의를 두려워할 이유는 없는 것이다.[7]

허목진을 암살범으로 몰아가는 '운명의 올가미'는 바로 '권력의 올가미'이며, '한 개인의 목숨이 파리 목숨보다 가볍게 처치'되는 비인간화의 극한 상황이 '위대한 불의가 자질구레한 정의를 두려워할 이유가 없는' 권력의 폭력에 의하여 야기되고 있다. 허목진이 취조 과정에서 당하는 고문의 행태는 인간을 철저하게 파괴하는 권력의 폭력을 증언한다. 이러한 폭력 앞에서 허목진은 그 어떠한 대항도 허용받지 못하며, 그의 죽음은 인간의 삶이 권력의 폭력 앞에서 얼마나 나약하고 하잘것없는 것인가를 보여준다. 이 작품은 고문에 의한 허목진의 죽음을 '손목의 동맥을 끊고 자살했다'는 내용으로 조작함으로써 폭력의 양상을 더욱 극대화하고 있다. 이와 아울러 암살의 진범인 김신태가 그 공로로 미국 유학을 보장받았으나 결국은 월북 간첩으로 조작되어 죽임을 당하는 점도 마찬가지로 '위대한 불의'인 권력의 폭력을 증언하기에 충분하다. 허목진과 김신태의 죽음의 양상을 통하여 이 작품은 권력이 누리는 도저한 폭력성을 고발하고 있는 것이다. 이러한 예에서 확인할 수 있는 70년대 소설의 정치 현실에 대한 문학적인 대응의 양상을 이동하는 다음과 같이 정리하고 있다.

> 이 시대의 소설가들 가운데 대부분은 이와 같은 지배체제의 성격에 대해 강렬한 비판과 의문의 자세를 견지하였으며 그러한 자세에 입각하

7) 김원일, 「암살」, 『어둠의 혼』(국민서관, 1973), p.312.

여 작품을 창작하였다. 그들은 유신시대의 지배체제가 물질적인 부를 최고의 가치로 규정하고 정신적 · 문화적 요소를 무시하는 데 반발하여 정신적 · 문화적 요소의 중요성을 강조했고, 그 지배체제가 빈부격차의 문제를 방치 내지 조장하는 데 반발하여 평등한 세상에로 다가가는 길을 모색했으며, 그 지배체제가 인권유린과 언론탄압을 일삼는 데 반발하여 인권의 존엄성과 언론 자유의 소중함을 열정적으로 부각시켰다.[8)]

유신정치의 위정자들은 군사주의적 사고로 자신들의 통치체제를 고수하는 방편을 강권정치로 몰아갔으며, 그로 인하여 발생되는 국민의 불만과 저항을 인권 유린과 언론 탄압으로 억누르고자 하였다. 70년대 문학사에서 문인들의 개헌청원 서명운동(1974. 1), 자유실천문인협의회 발족(1974. 11),[9)] 문학인 시국선언(1975. 3), 그리고 민족문학 개념의 정립과 실천 방향의 모색[10)]과 같은 운동 개념의 문학 활동이 진행되고 있는 사실은 강권정치에 대한 문학의 직접적 대응을 확인시켜 주는 것임과 아울러 이 시대의 소설이 그 양식 속에 지속적으로 유신체제에 맞서는 인간적 존엄성과 자유에의 의지를 내면화하고 있음은 "소설이 시대와 맞서 시달리면서 자기 파괴와 자기 응시를 지속할 수 있어야 성장한다는 것을 보여주는 사례"[11)]로서 70년대 소설이 이루어낸 값진 성과인 것이다. 따라서 우리는 80년대에 들어 더욱 가열해지는 민중소

---

8) 이동하, 「유신시대의 소설과 비판적 지성」, 문학사와 비평 연구회 편, 『1970년대 문학연구』(예하, 1994), pp.24~25.

9) 자유실천문인협의회는 유신 선포 이후에 구속된 문인의 석방과 표현의 자유, 시민의 자유를 구현하기 위해 1974년 11월 18일 조직된 단체로서 훗날 민족작가회의의 모체가 된다.

10) 70년대에 진행된 민족문학론의 양상은 김현의 「민족문학 그 문자와 언어」(『월간문학』, 1970. 10), 염무웅의 「민족문학, 이 어둠의 행진」(『월간중앙』, 1972. 3), 신경림의 「문학과 민중」(『창작과 비평』, 1973. 봄), 임헌영의 「민족문학의 명칭에 대하여」(『한국문학』, 1973. 11), 백낙청의 「민족문학 이념의 신전개」(『월간중앙』, 1974. 11), 김주연의 「민족문학론의 당위와 한계」(『문학과 지성』, 1979. 봄) 등의 글에서 확인할 수 있으며, 성민엽 편, 『민중문학론』(문학과지성사, 1984)은 이러한 민족문학 논의를 조감하는 성격을 지니고 있다.

11) 우한용, 「1970년대 소설의 응전력」(『소설과 사상』, 1998. 가을), p.215.

설의 토대를 70년대의 소설에서 발견할 수 있으며, 권력의 가압에도 불구하고 우리 사회의 민주화 과정을 중심부에서 헤쳐 나가고 있는 산문정신의 실천 의지와 행동성을 70년대 작가들에게서 나누어 받게 된다.

2) 경제적 모순과 소외 계층의 형상화

민주정치는 자유시장경제를 그 성원들이 합의한 가치체제와 목적에 종속시킴과 아울러 국민을 경제적 궁핍과 불안으로부터 해방시켜야 하는 과제를 지닌다.[12] 그러나 위에서 보았듯이 70년대는 독재체제의 고착을 획책하는 정치적 비민주성으로 인하여 강압적인 통치 논리에 지배되어 있었으며, 이로 인하여 경제적 측면에 있어서도 비민주성을 드러내게 된다.

1962년 이후 경제개발 5개년 계획으로 본격화된 우리 나라 경제 성장의 특성이 권위주의적인 정부에 의하여 주도되었다는 점에 있다는 사실은 그 공과를 논하기에 앞서 비정상적인 경제정책의 운용이라는 점을 지적하지 않을 수 없다. 자본주의 제도를 채택한 선진국의 경우 성장을 위한 투자 재원의 조달이나 투자 부문 등에 대한 결정은 주로 민간기업이 담당하였다. 즉 민간기업이 스스로 성장성이 있는 투자 기회를 발견하거나 창출하고, 또 이를 수행하기 위한 재원도 스스로 조달하여 투자하는 과정을 통해 경제가 서서히 성장해 왔다.[13] 그러나 70년대 한국의 경제 성장은 외국자본의 유치와 수출 주도형 공업화 정책을 추진하는 과정에서 권위주의적인 정부의 정책 유도와 경제 활동의

12) 이극찬, 『정치학』 5판(범문사, 1993), p.524 참조.
13) 류승호 외, 『현대 한국사회의 이해』(웅진출판주식회사, 1998), p.135 참조.

간섭이 개재됨으로써 일사불란한 경제 운영이라고 하는 순기능과 더불어 시장경제의 자율성이 억압된 불구적인 경제 발전의 양태라고 하는 역기능을 나타내었던 것이다.

경제 발전이 정상적으로 진행되는 사회에서는 그 경제적 이익이 일부 특권층에만 집중되어서는 안 되며, 특히 경제 배분에서 소외된 빈곤층이 존재한다면 그것은 이미 올바른 경제 발전이라고 할 수 없을 것이다. 70년대 경제 발전의 모순은 바로 정부 주도의 경제개발계획이 대도시 신흥 공업지역에서는 급속한 부의 축적을 가져왔으나 농민·근로자들은 이러한 성장 과정에서 발생한 성장의 배분에서 소외되었고, 외자에 의한 성장의 과정이 지역간·계층간에 소득 격차를 확대시켰다는 점에 있는 것이다.[14] 그런데 이와 같은 70년대 경제의 지역간·계층간의 소득 격차는 그것이 사회의 소외층에게 '상대적 빈곤'을 안겨주고 있다는 사실에 주목할 필요가 있다. 경제 성장의 결과 70년대는 절대적 빈곤의 정도는 상당히 줄어들었다는 것이 일반적인 견해이다. 그러나 타인과의 비교에서 느끼는 빈곤감, 사회 전반이 누리고 있는 일정한 수준의 물질적 생활 수준에 이르지 못한 낙오된 심정에 기인하는 빈곤감인 상대적 빈곤이 소득계층간의 불화와 사회구성에 대립을 가져온다는 점에서 더욱 심각한 문제가 되고 있는 것이다.

> 어떤 반체제자도 그간의 GNP의 팽창과 절대 빈곤의 개선과 빈궁민의 감소를 부인하지 못할 것이다. 실제로 실업자의 수도 줄었으며 우리

---

14) 조용범, 『후진국 경제론』(박영사, 1973), p.238 참조. 좀더 이해를 넓히기 위하여 다른 학자의 견해를 살펴보면, 이와 같은 소득불평등의 심화와 계층간 격차의 확대를 불러오게 된 원인으로 첫째 선성장·후분배라는 개발 원칙에 의하여 소득분배에 대한 소극적인 자세가 견지되었고, 둘째 공업과 재벌·대기업 편중정책으로 농업의 상대적인 침체와 중소기업의 몰락을 가져오게 되었으며, 셋째 경제활동의 분업체계가 중층적으로 심화되지 못함으로써 소득 확산의 메카니즘이 형성되지 못하였고, 넷째 근로계층의 이익 보장을 위한 제도적 기반이 취약하였다는 점 등이 지적된다. 이경의, 『경제발전과 중소기업』(창작과비평사, 1986), pp.50~52 참조.

의 일상 생활도 질에서나 양에서 현격한 개선을 보았으며 '우리도 잘 살 수 있다'는 자신감을 전반적인 경제관으로 보급시킨 것이 사실이다. 그러나 이런 성장에도 불구하고 상당수 아니면 대부분의 사람들은 오히려 더 큰 빈곤감을 느끼기 시작했으며 이러한 빈곤감을 재촉하는 경제 정책과 구조에 노골적인 비판을 가해 온 것도 사실이다. 〔…중략…〕 '성장에의 자신감' 못지않게 '풍요 속의 빈곤'이 만연되어 가는 이유는 무엇일까. 나는 그것이 많이 가진 자와 적게 가진 자의 격차가 너무 크다는 것, 그리고 그 격차에 어떤 정당성과 윤리성·공평성을 부여할 수 없다는 것, 나아가 우리의 정치·사회·문화·도덕 등등의 생활에서 경제적 부가 지나치게 큰 지표로 작용하고 있다는 것 등 세 가지 이유로 본다. 아무튼 우리가 70년대 현상의 하나로서 경제적 성장이 경제적 빈곤감을 고조시켰다는 역반응을 지적할 수 있을 것이다.[15]

70년대의 경제 발전은 위의 지적과 같이 경제적 성장이 경제적 빈곤감을 고조시키고 있다는 점에 모순이 있다. 이러한 모순점을 집약시켜 드러내는 것이 1970년 11월 13일에 발생한 전태일의 분신 자살이다. 이것은 경제 발전의 이익을 정당하게 나누어 가지지 못한 소외 계층의 좌절감을 집약시켜 드러냄으로써 70년대 경제의 모순을 증거하는 사건인 것이다. 근대화 정책의 영향으로 고향을 떠난 농어민은 도시빈민이나 공장노동자로 전락하였으며, 그들의 궁핍한 생활상은 생존의 문

---

15) 김병익, 「야곱의 씨름」, 『지성과 문학 : 70년대의 문화사적 접근』(문학과지성사, 1982), pp.29~30. 이와 같은 상대적 빈곤감의 고조를 확인시켜 주는 한 통계를 보면, 1965년도에는 소득의 하위층 40%가 전체 소득의 16.3%를, 상위층 20%가 41.8%를 점유하고 있었다. 그런데 이러한 비율이 1976년에는 16.9% 대 45.3%, 1980년에는 16.1% 대 45.4%로 변화하여 전체 소득이 상위층에 더욱 편중되는 경향을 보인다. 이러한 소득분배 구조의 불균형은 재벌·대기업 편중정책에서 비롯되었으며, 선성장 후분배라고 하는, 개발 초기 이후에 지속된 원칙 때문에 소득 재분배에 대한 정책의 소극적 자세에 의한 결과로 분석된다. 대한상공회의소 편, 『한국경제 20년의 회고와 반성』(대한상공회의소, 1982), p.118 참조.

제를 의식하기에 충분한 것이었다. 따라서 계층간의 갈등과 노사간의 대립을 촉발시키는 70년대 경제 발전의 모순은 농촌의 몰락과 노동자 계급의 극한적인 생활고를 야기시키고 있다는 점으로 구체화된다.

이러한 모순된 경제 현실에 대한 대응으로서 이문구·박태순·송기숙 · 김춘복 등의 작가들은 공업화 일변도의 정책에 의하여 피폐해진 농촌의 실상을 형상화하고 있다. 농업정책의 불합리성으로 파탄에 이른 농촌경제, 이농으로 인한 농촌 인구와 노동력의 감소, 상업적 소비문화와 농촌문화의 갈등, 취락구조의 낙후성과 열악한 생활 환경 등 그들이 보여주고 있는 농촌의 현실은 농경민족으로서의 우리의 전통과 고향의식의 붕괴를 확인시키고 있다. 가령 이문구는 「관촌수필」(1977) 연작에서 근대화의 논리가 파괴시킨 농촌 사회의 실체를 고향상실의 실향의식과 잃어버린 원초적 세계에 대한 절실한 그리움의 양상으로, 그리고 「우리 동네」(1981)[16] 연작에서는 도시적인 소비와 향락으로 오염되어 더 이상 자족적 공동체의 의미를 보유하지 못하는 농촌에 대한 풍자의 양상으로 표출하고 있다. 김우창에 의하면, 근대화는 소비문화의 유혹을 통하여 빈곤을 깊은 내적인 불행으로 정착시키고 구극적으로는 벗어날 수 없는 빈곤을 강요함으로써 삶의 질서의 정당성을 앗아가 버리므로 물질주의적인 세계관에 입각한 근대화가 정의하는 빈곤은 역설적으로 삶의 질서 전반의 문제가 된다.[17] 따라서 우리는 이문구 소설의 외연이 농촌을 몰락시킨 70년대 경제구조에 대한 강렬한 저항이라는 내포를 지니고 있음과 아울러 본원적인 삶의 질서에 대한 희원을 담고 있다는 점에 긍정할 수 있다.

또한 황석영의 「객지」(1970), 윤흥길의 「아홉켤레의 구두로 남은 사

---

16) 「우리 동네」 연작소설이 작품집으로 간행된 것은 1981년이지만 이 작품은 1977년에서 1981년에 걸쳐 발표되었으므로 본 연구에서는 70년대 소설로 간주한다.
17) 김우창, 「근대화 속의 농촌」, 이문구, 『우리 동네』 해설(민음사, 1981), p.320 참조.

내」 연작(1976), 조세희의 「난장이가 쏘아올린 작은 공」(1978) 연작 등의 작품은 부랑노무자, 도시빈민 및 근로자의 각박한 삶을 형상화하여 70년대 소설의 한 전형을 이룬다. 「객지」를 예로 들면, 이 작품은 부랑노무자의 노동 현실과 비인간적인 노동 조건을 개선하려는 투쟁의 과정을 통하여 산업화 과정에서 배태된 한국사회의 모순된 삶의 양상을 드러낸다.

> 동혁은 인부들이 소장이나 감독조와 맞대어 이제까지 당해 온 수모에 대한 불평을 한탄조가 아닌 직접적인 행동으로 터뜨린 것은 우연한 일이 아니라고 믿었다. 그는 인부들 각자가 지나치게 부당한 스스로의 조건들을 깨달았기 때문이라고 생각했다. 그들은 삽자루나 등태가 아니었던 것이며, 빚을 지고 있는 피로한 날품 인부였다.[18]

간척 현장의 '가축의 우리' 같은 함바에서 생활하며 적정한 임금이나 일정한 노동시간의 구분도 없는 열악한 조건으로 일하고 있는 떠돌이 노동자들의 생활상은 '피로한 날품팔이'를 양산하는 70년대 노동사회의 한 전형이다. 더욱이 감독조나 십장 등 현장 중간자의 착취와 폭력, 노무자에 대한 관리소장의 그릇된 인식은 인간적인 면을 상실당한 부랑노무자의 비극성을 여실하게 드러내고 있다. 주인공 동혁을 비롯한 노무자들이 쟁의를 일으키게 되는 것은, 노동할 권리마저 빼앗기게 될지도 모른다는 생존권에의 두려움을 무릅쓴 절박한 현실 극복의 몸짓이다. 그리고 그와 같은 쟁의를 가능하게 한 것은 '기껏 뼈빠지게 일해서 남 존일 시키는' 노동 현장의 부조리하고 모순된 현실에 대한 저항의식이다. 이러한 「객지」의 서사는 "작가의 이념이 바야흐로 산업

18) 황석영, 「객지」, 『객지』(창작과비평사, 1974), p.79.

화의 단계로 접어들었던 한국사회의 근본적인 모순과 부딪치고 있는 장면"[19]으로서, 70년대 소설이 사회구조와의 불화 속에서 적극적인 실천과 투쟁의 힘을 보유하게 됨을 말해 주는 것이라고 하겠다. 이러한 점은 조세희의 「난장이가 쏘아올린 작은 공」 연작에 이르면, 난장이의 아들 세대가 부당한 노동 현실을 강요하는 고용주에 대하여 더욱 조직적으로 대항하는 행동적 노동자의 면모를 보여주게 된다. 이와 같은 70년대 소설의 행동성은 80년대에 접어들어 이념적으로나 실천적으로 더욱 심화된 노동소설의 면모로 이어지고 있음을 볼 때 매우 의미가 큰 부분이라고 하겠다.

3) 상업화 논리와 대중문학의 형성

70년대의 모순된 경제 발전이 빚은 소득분배의 불균형이 계층간의 갈등을 불러옴과 아울러 소외 계층의 좌절감을 극도화시키고 있는 것에 반하여 경제 성장에 의하여 어느 정도 물질적인 혜택을 누리게 된 도시중산층에 있어서는 상업적인 소비문화를 조장하게 된다. 일반적 의미로 볼 때 이러한 소비문화가 인간성의 본질을 위협하는 독소가 됨은 재론의 여지가 없다. 예를 들면 염무웅은 상업주의적 소비문화에 대하여 날카로운 경계의 시각을 표시한 바 있다. 그에 따르면, 우리 나라는 근대화에 의해서 대규모의 농민 분해와 급격한 산업노동자의 창출, 즉 전국민적인 범위에서 계층적인 분화를 경험하였다. 이러한 사회적 조건 속에서 오늘의 소비문화는 단순히 자본가와 중산층의 문화일 뿐더러 이들이 직접생산자 계층을 길들이고 부려먹기 위해 생산·

19) 권영민, 『한국 현대문학사 : 1945~1990』(민음사, 1993), p.313.

보급·강요하는 문화이기도 하다. 이 점에서 오늘의 상업적 소비문화는 양반계급이 그 창조자인 동시에 독점적 향수자였던 과거 봉건주의 시대의 양반문화와 구별된다. 과거의 양반문화가 적극적인 뜻에서는 갖고 있지 않던 일종의 침략성을 가지는 점에서 오늘의 소비문화와 상업주의 문화는 인간 정신에 비해 비할 바 없이 파괴적으로 작용하며, 그것은 또한 우리 소설문학이 부딪치고 있는 가장 심각한 위협 중의 하나가 되는 것이다.[20]

그런데 이보다 더욱 심각하게 체감되는 위협으로서 이러한 70년대 소비문화의 근저에는 공업화의 진전과 대량생산, 대량소비가 불러온 가치관의 위기 양상이 개재되어 있음을 주목할 필요가 있다. 가령 70년대 대중문화 전개의 특징으로 대중문화가 한국의 전통문화와 그 형식이나 내용면에서 전혀 이질적이라는 점과 외래의 대중문화가 한국사회의 전통적 가치나 규범에 이식됨으로써 우리의 전통적 가치나 규범체계에 혼란을 초래하고 있다는 점이 지적된다.[21] 이와 같은 가치관의 혼란상이 인간의 삶에 안겨 주는 파장은 심리적·사회적 문제성을 아우르는 폭넓은 것이라는 점에서 매우 위험스런 양상이다. 따라서 다음의 견해에서 보듯이 문화적 시각에서 산업화의 부정적인 측면에 대한 점검과 극복의 논리가 요청되는 것이다.

경제적 물량 증가와 정치 권력의 강화에 불연속선적인 기류가 흐르고

---

20) 염무웅, 「도시-산업화시대의 문학 : 1977년의 소설·소설집을 중심으로」, 『민중시대의 문학』(창작과비평사, 1979), pp.323~324 참조.

21) 강현두, 「현대 한국사회와 대중문화」, 강현두 편, 『현대사회와 대중문화』(나남출판, 1998), pp.28~31 참조. 다음의 견해도 이와 동일한 논리를 보여준다. "산업화 시대로 접어들고 있는 한국 사회에서는 이에 상응하는 중심적 가치규범 내지 중심문화가 형성되어야 한다. 그러나 1960년대를 고비로 현대 기술이 한국사회 전반에 도입되고 채용됨으로써 전통적 사회 구조가 변형되는 과정에서 필연적으로 제기된 문화적 지체 현상 내지 문화적 공백기에 재빨리 대체된 문화가 1960년대 이후 주류문화로 자리잡은 매스미디어 문화, 다시 말해서 한국의 대중문화라고 규정할 수 있다." : 이강수, 「한국 대중문화, 이대로 좋은가」(『월간조선』, 1980. 12), p.252.

있을 때 문제되는 것은 그것들의 구조 위에 서 있는 문화의 질과 내용이 다. 〔…중략…〕 도시 문화의 퇴폐성, 현실 순응적인 시민 의식, 물신화 풍조에 따른 가치관의 타락이 더욱 만연하여 이 시대의 풍조를 이룬 것은 아무리 지적해도 지나침이 없을 것이며, 그럼에도 불구하고 그러한 풍조에 대한 비판과 양심의 촉구가 가열해졌다는 사실 자체, 그리고 이른바 의식화 작업이 문화 각계에서 광범하게 번져 갔으며 연구와 창작에서 높은 성과를 만들어냈다는 점도 높이 인식되어야 할 것이다.[22]

최인호 · 조선작 · 조해일 · 한수산 등의 작가들이 그려내고 있는 70년대 대중소설은 비록 그 대중적 성격이 지니고 있는 감상성이나 구조적인 결함, 피상적인 세계 인식 등의 결함에도 불구하고 산업화 · 도시화가 야기시킨 전통적인 가치관의 붕괴와 급조된 외래적 규범과의 갈등을 대중문학의 형태로 형상화하고 있다는 점에서 긍정적인 측면을 지닌다. 일례를 들면, 최인호의 「별들의 고향」(1973)은 여주인공 경아의 남성편력이 보여주는 성적 일탈의 과정을 통하여 자본주의 사회의 냉혹하고 모순된 현실과 자아 상실의 비극성을 드러낸다.

그래, 경아는 실제로 존재하지 않았던 여자인지도 몰라. 밤이 되면 서울 거리에 밝혀지는 형광등의 불빛과 네온의 번뜩임, 땅콩 장수의 가스등처럼 한때 피었다 스러지는 서울의 밤. 조그만 요정인지도 모르지.
그래, 그녀가 죽었다는 것은 바로 우리가 죽인 것이야. 무책임하게 골목골목마다에 방뇨를 하는 우리가 죽인 여자지.[23]

남성의 성적 욕망의 대상인 여주인공 경아는 본연의 인간성을 회복

22) 김병익, 「야곱의 씨름」, 앞의 책, p.31.
23) 최인호, 『별들의 고향 · 상』(예문관, 1974), p.45.

하지 못하고 있으며, 따라서 경아를 축으로 한 인간 관계의 본질은 진정성이 파괴된 불구의 것이다. 도시적인 삶의 부조리함을 구유하고 있는 남성이 '무책임하게 골목골목마다에 방뇨를 하는' 현실에서 경아의 죽음은 결국 '우리가 죽인 것'인 만큼 부조리하고 비극적이다. 이처럼 「별들의 고향」은 그 대중적 흡인력을 지닌 문맥 속에 여성이 상품적 가치를 지닌 소비의 대상으로 취급당하는 산업사회의 물신주의와 냉혹성, 그리고 그와 같은 사회구조 속에서 파괴되는 인간성의 문제를 제기하고 있다. 또 조선작의 「영자의 전성시대」(1973)는 70년대 사회 변화의 한 양상인 농촌 인구의 도시 유입을 그리고 있다. 돈을 벌기 위하여 시골을 떠난 영자는 서울에서 식모살이로 전전하다가 주인집 남자의 성적인 학대를 벗어나기 위해 집을 나오고, 버스 차장을 하는 동안에 버스에서 떨어져 한 팔을 잃는다. 그리고 외팔이로 창녀가 된 그녀는 자신의 비참한 처지에도 좌절하지 않고 영식과의 순수한 사랑을 나누며 '전세방 값만 모은다면 이젠 발씻고 살림을 차릴 테야'라는 소망을 가지고 '악바리처럼' 돈을 모은다. 그러나 영자의 소망은 이루어지지 못한다. 그녀는 포주에게 맡겨 두었던 돈을 찾으러 갔다가 원인 모를 화재로 죽어 버리고 마는 것이다.

불에 그슬려 알아볼 수 없게 되었어도 영자의 시체에는 역시 팔뚝 한 짝이 없었다. 나는 영자의 시체 옆에 쭈그리고 앉았다. 나는 이를 악물어 울음을 삼켰다. "이 바보야, 누가 널 보고 이 불길 속으로 뛰어들랬어. 누가." 그러나 영자는 마치 장난기까지 섞인 말투로 "불은 내가 질렀는걸요" 하고 말하고 있는 것처럼 보였다. 왜냐하면 나라도 지금 심정 같아서는 어디라도 한 군데 싹 쓸어 불질러 버리고 싶었으니까 말이다.[24)]

영자의 죽음은 영자 개인의 문제로 국한되는 것이 아니라 70년대 사회의 구조적인 모순에 기인하는 사회성을 함축한다. '지금 심정 같아서는 어디라도 한 군데 싹 쓸어 불질러 버리고' 싶은 갈등의 표출이 보편적인 감정으로 드러나고 있음으로써 「영자의 전성시대」는 한 여성의 비극적인 인생유전이 사회의 공동체적 문제로 확대되어 넓은 반향을 일으키고 있는 것이다. 그리고 조해일의 「겨울여자」(1976)는 정치권력에 대한 비판의식과 사회의 도덕성 부재에 대한 고발의 일면을 보여주며, 한수산의 「부초」(1976)는 서커스 단원들이 보여주는 삶의 행로를 통하여 산업화의 과정에서 소외되고 있는 인간 군상을 상징적으로 형상화하는 가운데 특히 70년대 사회가 양산하고 있는 '유민적 삶'의 형태를 적실하게 묘사하고 있다. 이와 같은 70년대 대중소설의 면면을 살펴볼 때 흔히 대중소설에 대하여 가지기 쉬운 사시적 시선은 재고할 필요가 있는 것으로 생각된다. 70년대적 시점은 문화적 유한층이 확대되었으며 그 계층의 생활이란 향락과 안일과 이기주의에 빠져 있다는 것을 대중소설들은 준풍속사적으로 그려 주고 있으므로 응당의 사회경제사적 의미의 해석이 따라야 하기 때문이다.[25] 이러한 점에 있어서 70년대 문학의 한 특성을 도시 인식으로 파악하고 있는 이재선의 다음과 같은 지적은 적절한 것이라 하겠다.

> 70년대 이래의 현대문학과 예술에서 나타나고 있는 매우 현저한 특성의 양상을 지적한다면, 그것은 도시와 도시공간에서의 삶에 대한 인식

---

24) 조선작, 「영자의 전성시대」, 조선작·문순태, 『한국소설문학대계 · 66 : 조선작/문순태』(동아출판사, 1995), p.137.

25) 임헌영, 「전환기의 문학 : 노동자문학의 지평」, 『창작과 비평』, 1978. 겨울, p.59 참조. 그러나 임헌영에게 있어 대중소설은 세계와 사회와 인생에 대한 고뇌의 깊이나 영원성에서 노동자 주인공들의 소설을 따르지 못하는 것으로 판단되며, 대중소설의 주인공들이 재치 있는 대화와 감각적인 행동으로 대중 독자에게 잠시 호소력과 감동을 주고 있는 것은 사실이지만 다시 새로운 세대가 자라나 새로운 감각과 윤리의식으로 생활하는 양식을 창조한다면 그때는 하나의 철늦은 풍속소설이 될 것으로 진단되고 있다.

이 뚜렷해지고 있다는 현상이다. [···중략···] 이것은 60년대 중반 이후 우리 사회가 이른바 '현대화', '산업화', '도시화'란 개발과 발전을 위한 성장 위주의 정책을 폄과 더불어 급격한 산업화, 도시화의 과정을 밟음으로써 인구가 도시로 집중화되고 도시적 삶에로의 대치에 의해서, 도시에 대한 경험, 생태, 심리 효과 등의 지평이 확산됨과 아울러 도시와 도시 환경이 지닌 문제점이 드러나는 현상에서 연유하는 필연적인 결과인 것이다.[26]

이와 같은 도시화의 필연적인 결과로서 70년대 이후 작가들이 도시와 도시의 삶을 인지하는 양상을 구체적으로 살펴보면 다음과 같다. 첫째는 도시가 이주의 지향처라는 장소의 개념과 직결되어 있는 현상으로서, 우리 사회가 시골로부터 도시로의 전이와 함께 인구학적인 인구의 도시 집중화와 함께 욕망 실현과 그 성취 여부의 땅으로서 받아들이는 의식의 위상과 관련되어 있다. 둘째는 사회구조론적인 관점으로 도시의 삶의 조건을 폭로하는 양상으로서, 이러한 인식을 기조로 하는 작가들의 작품은 주로 도시 개발이나 성장 속에서의 주거의 공간적인 질서의 대비나 차이 및 노동자·도시빈민 등의 가난한 삶의 조건과 협착한 터살이에 관심을 갖는다. 셋째는 도시나 그 속에서의 삶이 지니고 있는 문화적·심리적 양상과 성격을 주시하는 양상으로서, 이러한 위상과 관련되는 작품들은 도시 환경에 내재되어 있는 전통적이거나 정신적인 삶의 타락상이나 병리 현상에 관심을 두게 된다. 넷째는 생태학적인 관심의 투사로서, 이는 계약적인 이익사회인 도시인의 행동 형태와 인간 관계의 형태 속에 나타나 있는 특유한 생활 양식 및 생활 형태론이나 공간적으로 분할된 특정 지역과 장소에서의 삶 및 환

26) 이재선, 『현대한국소설사 : 1945~1990』(민음사, 1991), pp.247~248.

경 변화를 살핀다. 다섯째는 시간과 공간, 기타의 수렴화에 의해서 도시를 어떤 이미지의 틀로서 규정하거나 도시 탈출의 의식을 드러내는 양상이다.[27] 이러한 도시 공간에 대한 70년대 작가들의 대응 양상에서 유추되듯이 70년대의 소설은 특히 산업화의 과정 속에서 풍속의 혼란과 도덕적 가치관의 전도, 사회규범의 유실, 그리고 이러한 문제들의 공분모로서의 인간과 가족의 문제에 고민하는 모습을 보여주는 것은 시대 상황에 대한 70년대 작가들의 진지한 대응 논리라고 할 것이다.

도시화에 따른 문화적 변형 중에서 가장 강하게 나타나는 것이 바로 대중문화의 출현으로서, 대도시의 성원들은 대면적인 접촉과 의사 소통의 기회를 제한받은 채 운집한 군중 속에서 개인 상호간의 인격적인 유대를 이루지 못하고 매스커뮤니케이션의 매개를 통하여 간접적으로만 소통하는 고독한 군중이 되고 있다.[28] 70년대 대중소설이 주도적으로 드러내고 있는 도시적 감수성을 통한 도시인의 삶의 양태는 이러한 도시화에 따른 문화적 변형의 양상이다. 대중문화는 사회적 구조 분화의 산물이며 폐쇄적인 사회 단위 속에 정체되어 있던 대중이 산업화에 따라 지리적 이동, 직업 이동, 도시화, 사회적 이동, 직업의 분화와 확대, 교육의 보급 등에 새롭게 개방되어 사회의 전면으로 나서게 된 결과이다.[29] 70년대 대중소설이 부정적인 성격을 노정한 가운데서도 나름대로 70년대 사회에 대한 대응의 양상을 보여주는 것은 산업사회의 변화 과정에 놓여 있는 소설의 존재 방식에 대한 성찰의 의미를 띤다고 할 수 있다. 사회의 전면으로 등장한 대중에게 접근하고자 하는 문학적 노력을 폄하할 수는 없는 일이다. 따라서 70년대 소설의 대중문

---

27) 위의 책, pp.249~250 참조.
28) 김경동, 「도시화와 도시인의 의식구조」, 『한국사회—60년대 70년대』(범문사, 1982), p.297 참조.
29) 이옥경, 「70년대 대중문화의 성격」, 한국기독교사회문제연구원 편, 『한국 사회변동 연구 · Ⅰ』(민중사, 1984), p.267 참조.

학적 성격은 그 의미가 인정되는 가운데 그 상업화 논리에 대한 비판이 정당하게 이루어져야 할 것으로 생각된다.

2. 일탈의 개념과 소설과의 관련 양상

1) 일탈의 정의

'일탈'(deviance)은 흔히 어떠한 일상적·항시적인 상태를 벗어나는 현상 또는 어떠한 조직이나 단체에 동일하게 적용되고 있는 규범적·제도적인 범주에서 어긋나는 행동이나 사고를 가리키는 용어로 사용된다. 즉 자연계의 원리나 물리·화학적 법칙, 사회 집단의 구조적 범주, 개인의 일상적인 생활 태도와 사고체계에 있어 일반화되어 있거나 정상적인 어떠한 상황·원칙을 넘어서는 경우 일탈되었다고 표현할 수 있는 것이다. 사회학적 전문용어로서의 일탈의 의미도 그 기본 관점에 있어서는 이러한 일반적인 의미와 동일하다고 하겠다. 그러나 사회학의 경우 일탈을 "공동체에 의하여 용인되지 못하며, 공동체가 관용할 수 있는 한계를 넘어서서 사회적인 문제를 일으키는 행동"[30] 또는 "인

30) Marshall B. Clinard, *Sociology of Deviant Behavior* (New York : Rinehart and Company, Inc., 1957), pp.13~14.

간의 행동이 집단의 규범적인 기대에서 불명예스러울 만큼 벗어난 것으로 인식될 때, 그와 같은 행동을 한 사람을 격리·치료·교화시키거나 형벌을 가할 정도로 대인적·집합적 반응을 일으킬 때의 행동"[31]으로 규정하고 있는 점에서 확인되듯이 '사회규범의 위반'이라고 하는 의미를 더욱 강조하고 있다는 점이 주목된다. 여기에서 '사회규범'은 어느 한 집단이 집단으로서의 질서를 유지하고 통일을 기하기 위하여 그 구성원인 개인에게 자발적으로 따르도록 하거나 아니면 강제적·위압적·유도적인 방법 등으로 구성원에게 부과하는 집단적인 행동 양식을 뜻한다. 즉 사회규범은 사회 구성원의 생활과 행동을 규제하는 행동 기준 혹은 규칙이라고 할 수 있다. 사회규범에는 성문화된 법률·법규·규약 등과 같이 명확한 형태를 갖춘 것으로부터 선례·암묵적 합의·양해와 같이 애매한 것까지 여러 형태가 있으며, 이 형태는 다시 적용의 범위, 강제성의 유무에 따라 다시 여러 가지 유형으로 분류된다. 일반적으로 법·도덕·관습·습속·습률(양속)·예의·의례·종교·여론·유행 등이 모두 사회규범에 속한다.[32] 따라서 사회규범의 위반이라고 하는 의미에서의 사회학적 일탈에는 사회의 구성원인 개인에 대한 사회적 억압의 성격이 내재되어 있으며, 그와 같은 사회적 억압을 부정하는 것이 아니라 개인에 대한 사회적 억압이 지속됨으로써 사회체제가 원만하게 유지된다고 하는 '體制內的' 관점을 드러내고 있다.[33]

기실 '일탈행위'[34]는 사회규범의 기준에서 벗어나는 예측되지 못한

---

31) Edwin Schur, *Labelling Deviant Behavior* (New York : Harper and Row, 1971), p.24.

32) 변시민, 「한국인의 행동 규범 : 한국 사회의 특질 해명을 위하여」, 배용광·변시민, 『한국 사회의 규범 문화』(고려원, 1984), pp.54~55 참조.

33) 사회학적 일탈이 체제 내적 관점을 취한다는 점은 본 연구의 논거에 매우 의미 있는 사항이다. 본 연구는 기본적으로 이러한 사회학적 일탈의 체제 내적 관점이 소설의 구조 속에서는 일탈을 통하여 사회규범에 도전하는 체제 외적 관점으로 변형될 수 있다는 논지를 확보하고자 한다.

인간 행위의 형태라는 관점에서 오랜 관심사가 되어 왔다고 할 수 있다. 가령 프로이트(Sigmund Freud)의 정신분석학이 병리적 퍼스낼러티의 개념으로써 인간의 무의식 속에 잠재되어 있는 충동적 이드가 성적 욕구를 만족시키기 위하여 자아나 초자아와 갈등하는 과정에서 욕구불만, 공격 성향 등의 성격적 특성을 드러낸다고 하는 점을 지적하는 것도 결국 일탈행위에의 접근일 것이다.[35] 그러나 일탈행위에 대한 사회학의 접근은 이러한 개인 성향의 행위적 특성은 고려되지 않으며, 사회의 구조·제도가 인간의 행위를 결정한다고 하는 점에 본질적 특성을 지닌다. "인간에 있어서 환경의 중요성을 인식하고, 그 병리 현상이나 사회 계층간의 관계에서 발생하는 현상을 분석"[36]하는 사회학의 연구 태도로 볼 때 프로이트 식의 개인 심리와 관련된 병리 현상은 사회학적 대상이 되지 못하는 것이다. 즉 본 연구에서 원용하고자 하는 일탈의 개념은 근대 이후의 사회 변동 과정에서 초래된 도덕적 혼란성에 기인하는 개인의 '사회화의 실패'의 한 양상으로서의 일탈로서, 그것은 현대 사회의 구조적 특성과 현대인의 삶의 존재 방식과 관련된다.

사회의 구조가 단순한 체계로 구성되어 있고 노동의 분업화가 이루어지지 않은 전근대적인 농경사회의 구성원은 그들의 기능과 사상, 그리고 가치관에 있어 유사한 사회적 감정으로 조화·결속되어 있었다. 이러한 사회에 있어서는 한 개인의 사회적 낙오 또는 사회에 대한 적대감이 그다지 심각한 사회적인 문제를 유발하지 않는다. 그러나 급격

---

34) 일탈행위의 구체적인 양상은 다양하다. 각종 범죄(특히 살인), 비행, 약물·알콜 중독, 동성연애, 정신 질환, 자살, 과잉 동조, 종교적 광신 등 '일탈'의 의미대로 정상적인 규범적 기준에 동조하지 않거나 과잉 동조하는 모든 행위들이 일탈행위가 된다. 박유진, 『일탈행위의 사회구조적 원인에 관한 연구 : R. K. Merton의 혁신형을 중심과제로』(연세대 대학원 석사학위논문, 1980), p.54 참조.

35) Calvin S. Hall, A Primer of Freudian Psychology(1954), 황문수 역, 『프로이트 심리학입문』(범우사, 1977), pp.52~95 참조.

36) 이장현, 『사회학의 연구』(홍익대학교 출판부, 1984), p.212.

한 산업화의 결과로 사회구조가 복잡한 체계를 지니게 되고 노동의 전문화에 따른 역할의 분화가 뚜렷해지는 산업사회는 각 개인의 분화된 역할들간의 상호의존에 의하여 기능적으로 통합되어 있다. 따라서 사회의 원만한 유지는 이와 같은 개인의 상호의존성이 유지될 때 가능한 것이며, 이를 위하여 필연적으로 사회적인 규칙이 발생한다. 그런데 이러한 기능적 상호의존성의 규칙을 어기는 행위가 발생하는 경우 이것이 일탈로 규정되는 것이다.[37] 그러므로 일탈에 대하여 제도화된 기대—사회체계 속에서 정당한 것으로 인정되고 공유되고 있는 기대를 위반하는 행동으로 정의하거나,[38] 또는 일탈행위란 사회의 기본적인 규범을 위반하는 것으로 만약 이러한 행위가 공식적으로 알려지게 되면 법에 의하여 비난받게 된다[39]는 등의 사회학적 일탈의 정의는 필연적으로 개인에 대한 사회적 규제의 성격을 내포하게 되는 것이다.

> 어느 사회나 그 존속을 위하여 제도화된 또는 제도화되지는 않았다 하더라도 사회적으로 강제되고 있는 행동의 규범체계를 가지고 있다. 이 체계에서 벗어난 경우, 그 사회는 집단적으로 강력한 제재를 가하게 된다. 이 규범체계에서 벗어난 사람은 일탈행위자로 규정되고, 규범에서 벗어난 행동은 일탈행위라고 지칭된다. 일탈행위자가 명문화된 사회규범을 어겼을 경우, 그는 범죄자로 규정되어 응분의 법적 조치를 받게 된다.[40]

이와 같은 일탈의 사회학적 의미 규정은, 19세기 이후 자본주의의 발달에 따라 근대화·산업화에 의한 사회 변동이 급속하게 진행됨으로

37) 전경갑, 『현대사회학의 이론』(한길사, 1993), pp.142~145 참조.
38) Albert K. Cohen, "The Study of Social Disorganization and Deviant Behavior," Robert K. Merton, et al. ed., *Sociology Today* (New York : Basic Books, 1959), p.462 참조.
39) Richard A. Cloward and Lloyd E. Ohlin, *Deliquency and Opportunity : A Theory of Delinquent Gangs* (New York : The Free Press, 1960), p.3 참조.
40) 김채윤 외, 『사회학 개론』(서울대학교 출판부, 1986), pp.248~249.

써 사회 구성원의 혼란된 사고와 범죄를 연구할 필요성의 제기로 사회학에 있어서 일탈이론이 관심을 받게 되었다는 점에 기인하고 있다. 이를테면 현대 사회학의 창시자로 불려지는 뒤르켐(Emile Durkheim)은 전통 사회에서 현대 사회로 이행되는 구조적인 변환의 과정에서 나타나는 사회구조의 변화와 집합의식의 분열을 통하여 현대 사회의 도덕적인 위기를 직시하고 있다.

> 지난 1세기 동안의 경제 발전은 주로 산업관계를 모든 구속으로부터 해방시킴으로써 이루어졌다. 최근에 이르도록 산업관계를 규제한 것은 도의체계의 기능이었다. 첫째로 노동자와 고용주, 빈자와 부자가 다같이 종교의 영향을 받았다. 종교는 노동자와 빈자들에게 사회질서는 신의 섭리이며, 각 계급의 몫은 신이 스스로 할당한 것이라는 것을 가르치고, 현세에서의 불평등을 내세에서 보상해 줄 것이라는 소망을 심어줌으로써 그들이 현세에 만족하도록 한다. 종교는 또한 고용주와 부자들에게 현세에 있어서의 이익이 결코 인간의 모든 배당이 아니라는 것과, 보다 더 상위의 이익에 귀속되어져야 한다는 것, 그리고 현세의 이익을 무제한하게 추구해서는 안 된다는 것 등을 가르침으로써 그들을 지배한다. 〔…중략…〕 그러나 우리는 이와 같은 조직을 모범으로 제안하자는 것은 아니다. 커다란 반동을 경험하지 않는 사회는 있을 수 없다. 따라서 우리가 강조하고자 하는 것은 그러한 규제가 과거에도 존재하였다는 것과 그 규제의 영향이 유용했다는 것, 그리고 그것을 대신할 규제가 아직 생기지 않고 있다는 점이다.[41)]

뒤르켐에 따르면, 사회 현상 중에는 생물학적 · 심리학적 분석으로는

---

41) Emile Durkheim, Le suicide : etude de sociologie (1897), 임희섭 역, 『자살론/사회분업론』(삼성출판사, 1990), p.246.

설명될 수 없는 사회적 사실이 있다고 한다. 가령 공중도덕이나 종교적 관행, 직업 활동에 있어서의 규칙 같은 개인에 외재하는 행위 양식, 사고 방식, 감정 등이 바로 사회적 사실로서, 이것은 개인에 대하여 규제력을 지니는 사회학적 분석의 대상이 된다. 즉 사회적 사실은 개별적인 인간 의지의 산물이 아니라 개인에 대하여 강제력을 지님으로써 개인의 행위에 가해지는 규제의 의미를 지니며 집단전체에 보편적으로 확산되어 있는 집합의식이라는 것이다. '도덕'도 하나의 사회적 사실이다. 그런데 근대사회의 급속한 사회구조의 변화로 인하여 도덕적 규율이 규제의 기능을 하지 못하게 될 때, 즉 사회가 개인의 욕망을 규제하지 못하게 될 때 일종의 무규율 상태인 아노미(anomie) 현상이 발생한다. 근대사회의 인간이 고통스러워하고 불안한 것은 단순한 정치적 불안이나 경제적 빈곤이 아니라 사회구조적 특성 때문이다. 그리고 인간의 욕망과 필요의 추구에 정당성과 한계를 부여받음으로써 행위의 방향감을 제공해 줄 수 있는 행위의 표준이 없고, 존재의 도덕적 의미가 비어 있는 절박한 도덕성의 빈곤 때문이다. 이와 같이 뒤르켐은 근대사회의 위기를 도덕적 혼란 또는 自我正體性의 혼돈에서 찾았으며, 일탈은 그러한 위기감의 외적 표출의 양태가 되는 것이다.

그러므로 "사회적인 규범 혹은 규칙의 위반, 특히 사회에서 부정적으로 평가되는 위반"[42]이나 "공동체나 사회에서 많은 사람들에 의해서 받아들여지는 규범에 순응하지 않는 행위"[43]라고 하는 일탈에 대한 사회학의 보편적인 정의는 결국 사회규범을 위반하거나 위반할 개연성을 지니고 있는 개인에 대한 사회체제의 '감시와 처벌'의 의미를 내포하고 있는 것으로 볼 수 있다. 사회 질서는 사회적으로 기대하는 바에

42) Allen E. Liska, *Perspectives on Deviance* (1981), 장상희·이성호·강세영 역, 『일탈의 사회학』(경문사, 1986), p.1.

43) Anthony Giddens, Sociology, 3rd ed.(1997), 김미숙 외 역, 『현대 사회학』 3판(을유문화사, 1998), p.199.

따라 개인이 사회적인 규범에 동조하는 행동을 하는 데 있으므로,[44] 집단적 개념으로서의 사회는 그 질서의 유지와 체제 고수를 위하여 부단하게 개인을 감시하게 되며 또한 그러한 규범적 범주를 이탈하는 개인에게는 처벌을 가하게 되는 것이다.

이와 같은 일탈의 사회학적 의미에서 우리는 푸코(Michel Foucault)의 사유와 부합되는 논리를 얻게 된다. 푸코는 사회의 모든 지식의 형성이 지배권력의 작용과 밀접한 연관이 있으며, 사회적 담론이나 지식이 그 사회의 지배세력이 억압하고자 하는 것을 체계적으로 배제하는 작용을 한다고 하였다. 즉 담론이나 지식이 참과 거짓, 이성과 광기를 나누는 기준을 제시하면서 정상적인 것과 비정상적인 것을 구분하고 비정상적인 것을 금지시키는 과정에서 권력이 작용한다는 것이다. 가령 이성이 강조되지 않았던 시대에는 부랑인, 실업자, 정신이상자 등에 대해 관용적이었으나 이성이 강조된 시대에 와서는 이성과 광기, 정상과 비정상이 명확하게 구분되기 시작했고 감옥, 정신병원 같은 수용시설로써 광기를 체계적으로 억압하기 시작했다. 이러한 억압, 배제, 구분, 금지의 과정에 의하여 정상적인 규범이나 가치체계는 더욱 강력한 힘을 지니게 되는바 이것이 사회적 담론이나 지식이 권력과 결합되는 방식이다.[45] 이러한 점으로 볼 때 일탈은 사회화가 실패된 개인

---

44) 이장현, 앞의 책, p.198 참조.

45) 한국산업사회학회 편, 『사회학』(한울, 1998), p.116 참조. 푸코의 사유에 대한 이해를 좀더 넓혀 보면, 국가의 권력이 법으로 운영되듯이 소단위 집단의 권력은 그 나름대로의 '규정'에 의하여 질서를 유지한다. 법이 세밀하게 인간의 행동을 규제하지 않는 반면에 규정은 인간의 행동을 세부적인 항목으로 나누어 규제한다. 규정은 모든 것을 개별화시키고 분리하며, 일정한 태도와 몸짓과 습관을 만들어낸다. 그러한 규정 혹은 제재는 개개인이 자신의 삶과 행동에서, 아니면 자기의 생각과 의지에서 권력이 의도하는 방향대로 길들여지게 하는 장치들이다. 모든 규정은 규정을 따르는 사람들을 결속하게 하고, 이들은 규정을 따르지 않는 사람들을 거부하기 마련이다. 그런 과정에서 사람들은 권력의 상투어 혹은 관례적 표현을 내면화하여 그것을 자기의 생각과 동일시하면서 권력이 거부하는 사람들, 즉 비정상적인 사람, 반체제 인사, 광인, 불순한 노동자 등을 배척하고 혐오하게 된다. 오생근, 「미셸 푸코, 지식과 권력의 해부학자」, 한상진·오생근 외, 『미셸 푸코론 : 인간과학의 새로운 지평을 위하여』(한울, 1990), pp.48~49 참조.

자체의 문제가 아니라 개인을 사회화의 실패로 이끌어 가는 사회체계의 문제이며, 또한 한 개인이 사회로부터 일탈되었는가 혹은 일탈되지 않았는가를 규정하는 사회적 담론의 문제라고 할 수 있겠다.

2) 일탈의 사회학적 이론

일탈의 정의에 내재되어 있는 일탈의식과 일탈행위의 논리는 사회학적 일탈이론의 유형과 연구 방법론을 살펴볼 때 더욱 뚜렷하게 확인될 수 있을 것이다. 아래에서는 사회학의 영역에서 논의되고 있는 일탈이론에 대한 검토를 통하여 일탈구조의 성격을 이해하기 위한 기본적인 논거로 삼고자 한다. 그러나 사회학적 일탈이론의 연구 영역과 방법이 워낙 광범위하기 때문에 이 글에서 다양하고 깊이 있는 고찰을 수행하기에는 제약이 있다. 따라서 여기에서는 일탈이론의 가장 핵심적인 학자들의 이론을 개관하는 수준에서 논의를 진행할 것인바 이는 소략하나마 일탈의 개념을 이해하는 데 참고가 될 것으로 본다.

(1) 아노미이론

현대 사회학에서 있어 사회 현상을 분석하는 논거로 아노미의 개념

46) 그러나 연원을 살펴보면 아노미에 대한 논의는 기원전 7세기부터 발견되고 있다. 아노미의 개념과 이론은 고대 희랍사상과 신·구약성서, 르네상스로 이어지는 장구한 시대 속에서 철학, 사상, 종교의 영역을 포괄하는 다양한 영역에 존재해 왔다. 가령 아노미에 대하여 유리피데스는 신에 대한 불경으로, 플라톤은 무절제와 무질서로, 구약성서에서는 죄와 사악함으로 해석하였다. 따라서 뒤르켐이 사용하는 아노미의 개념은 '창시된 것'이 아니라 '재발견된 것'이라고 보아야 할 것이다. 본 연구에서는 현대 사회학의 범주내에서만 아노미의 개념을 논의하기로 한다. 고대부터 현대까지의 아노미 개념의 전개 양상과 시대적인 특성에 대해서는 Marco Orru, *Anomie : History and Meaning* (1987), 임희섭 역, 『아노미의 사회학 : 희랍철학에서 현대사회학까지』(나남, 1990) 참조.

을 처음으로 사용한 학자는 뒤르켐이다.[46] 앞에서 보았듯이 그는 산업 사회의 급격한 사회 변동기에 있어 전통적인 규범은 붕괴되는데도 불구하고 새로운 행위의 규범이 미처 확립되지 않은 규범의 혼란 상태를 아노미적 상황이라고 정의하여 자살 현상을 설명하는 개념으로 취급하였다.[47] 이러한 그의 논의는 '이중적 인간'(Homo Duplex)의 개념에 토대를 둔 것이다. 즉 교육을 통해서 창조된 인간의 사회적 성격인 기준, 가치 관념 등이 그의 생물학적 성격인 능력, 생물학적 기능, 충동 열정 등과 모순됨으로써 끊임없는 내적 불안정과 긴장, 공포의 느낌을 만들어낸다. 오직 사회의 통제행위만이 그와 같은 인간의 생물학적 성질과 욕구를 제한할 수 있는데, 사회가 개인에 대한 통제를 풀어 놓았을 때 아노미, 즉 사회와 개인의 분열 상태가 발생한다. 그러한 사회 상태에서는 개인의 행위에 대한 든든한 도덕적 통제가 존재하지 않으며, 낡은 기준과 가치는 더 이상 그것의 역할을 수행하지 못하고 새로운 것들은 아직 확고하게 자리잡지 못함으로써 일종의 도덕적 진공 상태가 창출된다. 이러한 상태는 정상적이고 건강한 사회 상태를 특징짓는 도덕적 질서, 규제, 통제와 대립하게 된다. 일탈행위는 이와 같은 아노미의 결과인 것이다.[48] 그러므로 뒤르켐에게 있어 아노미는 사회 질서를 붕괴시키는 일종의 사회악으로 받아들여진다.

어떤 사회의 구조가 더 이상 변화할 수 없어 전체 사회체제의 혼란이

47) Emile Durkheim, 임희섭 역, 앞의 책, pp.233~268 참조. 이해를 돕기 위하여 본문의 일부를 인용해 둔다. "산업사회에서는 위기의 상태와 아노미는 항구적이며 말하자면 정상적이다. 상층에서부터 하층에 이르기까지 탐욕은 끝을 모르고 일어나고 있다. 욕구의 수준은 달성될 수 있는 한계보다 훨씬 멀리 있기 때문에 그것을 안정시킬 수 있는 것은 아무것도 없다. 그와 같이 들뜬 상상에 비하면 현실은 너무나 무가치하다. 그리하여 마침내는 현실은 포기되며, 모든 가능성도 포기된다."(p.247)

48) Igor S. Kon, ed., *A History of Classical Sociology*(1979), 김형운 · 노중기 · 유현 역, 『사회사상의 흐름』(사상사, 1992), pp.254~255 참조.

초래된다면, 이제까지 사회에 의해 내재화된 가치체계와 그에 기초한 인간 행위의 규범도 함께 무너진다. 이런 상황을 우리는 '아노미적'이라고 부른다. 아노미 상태는 이제까지 의식하였든, 않았든 간에 인간을 이끌어 온 행위 규범을 인간으로부터 박탈한다. 인간의 사회적 공동 생활의 해체 속에서 가장 첨예하게 나타나는 특정한 도덕적 혼돈의 상태는 낡은 사회 구조가 새로운 사회 구조로 대치됨으로써만이 극복될 수 있다. 이 경우 새로운 사회 구조는 사회체제 전체에, 그리고 이제까지 지배적이었던 가치체제와 행위 규범의 체제에 새로운 질서를 도입함으로써만이 가능한 것이다. 이같이 본질상 혁명적인 변화의 대안은 바로 주어진 사회의 몰락을 의미한다.[49]

그런데 이러한 뒤르켐의 아노미 개념은 머턴(Robert K. Merton)에 이르러 보다 명확한 사회학적 논거로 사용된다. 머턴은 아노미를 집단 구성원의 문화적 목표와 이를 수용하는 사회적 수단 간에 분열이 있을 때 발생하는 긴장 상태로 규정하고 일탈행위의 다양한 형태를 설명하고 분석하는 데 사용함으로써 일탈행위의 이론으로 아노미이론이 정립되는 핵심적 개념으로 사용하고 있다.

문화구조는 어느 일정한 사회나 집단의 구성원에게 공통된 행동을 지배하는 일단의 조직화된 규범적 가치라고 정의된다. 그리고 사회구조는 사회 또는 집단의 구성원이 다양하게 관련을 맺고 있는 일단의 조직화된 관계를 말한다. 따라서 아노미는 문화구조의 붕괴로 생각된다. 특히 그것은 문화적 규범·목표와 이와 일치하게 행동하려는 집단 구성원의 사회적으로 구조화된 능력 사이에 심각한 단절이 존재할 때 발생한다.

---

49) Adam Schaff, *Entfremdung als Soziales Phanomen* (1977), 이영철 역, 「아노미와 자기소외」, 정문길 편, 『소외』(문학과지성사, 1984), p.181.

〔…중략…〕 문화구조와 사회구조가 제대로 통합되지 못함으로써 전자가 요구하는 행동이나 태도를 후자가 배제한다면 규범의 붕괴에 이르는 긴장이 존재하게 되는 것이다.[50]

머턴에 의하면 자본주의 사회가 강조하는 문화적 목표는 현세적 성공이다. 그런데 사회 구성원 모두가 제도적으로 인정된 수단에 대한 접근 기회를 평등하게 가진다면 문제가 없으나 현실은 그렇지 않다. 소수 인종과 흑인, 빈민들은 높은 수준의 교육을 받을 기회가 구조적으로 제한되어 있고, 따라서 문화적 목표를 달성하는 데 이용할 수 있는 제도적 수단이 없기 때문에 긴장과 좌절이 누적된다. 이와 같은 누적된 긴장은 사회에 비동조적 행위를 하는 압력 수단이 되며, 목표 달성을 위해서는 어떤 수단이든 가리지 않고 동원하게 됨으로써 결국 비행과 범죄를 저지르게 되는 것이다.[51] 이를테면 일탈은 인간의 행동 방식에 있어 사회적 부적응의 한 양상으로서, 그 원인은 전적으로 아노미를 일으키는 사회구조에서 찾아진다.

이와 같이 머턴은 개인이 사회적인 목표를 달성하고자 하는 과정에서 합법적이고 제도화된 수단을 얻지 못할 때 개인의 행동에 따르는 긴장을 아노미로 지칭하고, 이러한 개인에게 받아들여진 규범이 사회적 현실과 갈등을 일으킬 경우 비행과 범죄를 저지르게 된다고 했다. 이것은 곧 사회구조가 개인에게 성공과 행복 추구를 위한 적절한 수단을 제공하지 못함으로써 일탈행위가 조장된다는 것이다. 이를 머턴은 "사회구조가 어떤 사람들에게 동조적 행동이 아니라 비동조적 행동을 하지 않을 수 없도록 압력을 행사한다"[52]고 표현하고 있다. 따라서 머

50) Robert K. Merton, *Social Theory and Social Structure*, rev. ed.(New York : The Free Press, 1957), pp.162~163.
51) 전경갑, 앞의 책, pp.146~147 참조.
52) Robert K. Merton, 앞의 책, p.186.

턴의 아노미이론의 핵심은 사회 문화의 구조적 불균형이 일탈행위의 원인이 된다는 점을 강조함으로써 사회적인 범죄나 비행의 원인이 개인의 성향에서 기인하는 것이 아니라 아노미를 일으키는 사회구조의 문제성에 있음을 지적하는 점이라고 볼 수 있다. 개인의 가치 또는 목표, 그리고 이에 대한 사회적 통제규범의 붕괴로 인하여 개인과 사회 간의 단절적 상황이 아노미를 규정하는 근원적인 인식이며, 이러한 단절적 상황의 근본 원인은 사회체계 속에 내재한다.

이상에서 살펴본 뒤르켐과 머턴의 아노미이론을 대비해 보면,[53] 우선 뒤르켐은 인간의 욕망을 무제한적인 것으로 보았으나 머턴은 문화에 의해 그 상한선이 그어지는 것으로 보았음을 알 수 있다. 그리고 뒤르켐은 아노미를 급격한 사회 변동의 산물로 보아서 잠정적 현상으로 간주하였으나 머턴은 문화와 제도의 속성으로 보았기 때문에 아노미를 장기적 · 만성적인 것으로 보았다. 또한 뒤르켐에 비하여 머턴은 사회통제의 약화나 붕괴에만 관심을 쏟지 않고 목표와 수단 간의 괴리에 집중적으로 관심을 쏟았다. 머턴은 이 괴리가 아노미를 지시하는 것으로 보았다. 그러나 이러한 차이에도 불구하고 뒤르켐과 머턴은 아노미가 일탈행위을 일으키는 원인이 된다고 하는 공통분모에 놓여 있으며, 특히 개인의 일탈행위를 사회구조와의 관련성에 의하여 해명하고 있다는 점에서 동일한 일탈이론의 입지를 지니고 있다. 또한 앞에서 일탈의 정의를 살펴보며 지적한 바 있지만, 이들의 아노미이론이 자본주의적인 경제구조를 합리화하는 체제 긍정적인 시각으로써 사회적 문제를 해결하고자 하는 입장을 갖고 있다는 사항도 다시 언급되어야 하겠다. 즉 그들에게 있어 일탈은 공동의 도덕성에 대한 관심을 일깨우고 사회조직에 어떠한 결함이 발생하였음을 경고하는 역할[54]을 함으로

53) 한완상, 『현대사회와 청년문화』(법문사, 1973), p.140 참조.
54) Marshall B. Clinard, 앞의 책, pp.23~24 참조.

써 궁극적으로는 일탈이 사회 통합과 유지에 기여하고 있음을 보여주는 것이다.

(2) 차별교제이론

뒤르켐과 머턴의 아노미이론은 일탈행위의 원인을 개인의 심리적인 특성에서 찾는 것이 아니라 사회 문화적인 구조에서 찾음으로써 개인적인 행동의 유형에 대해서는 주목하지 않았다. 이 점을 비판적으로 수용한 서덜랜드(Edwin H. Sutherland)는 개인의 행동과 사회구조적 환경의 상호작용에 의하여 비행이나 범죄가 유발·전파된다는 관점을 내세운다. 그에 따르면, 일탈은 보편적인 사회규범을 충분히 내면화하지 못한 '사회화의 실패의 결과'가 아니라 일탈적인 사회 환경 속에서 일탈자들과 접촉하면서 그들의 문화와 행동을 학습한 결과, 즉 '사회화의 결과'이다. 다시 말하면 자신이 소속된 집단이 일탈적인 행동과 문화를 지니고 있을 때 그는 집단에 속한 사람들과 자연스럽게 어울리면서 자신의 행위규범을 형성하게 되는데 이것이 곧 차별교제이며 또한 사회화인 것이다.[55] 이러한 점에 의하여 서덜랜드의 논리는 차별교제이론으로 불려진다.

서덜랜드는 이러한 일탈적 사회화가 일어나는 사회·심리적인 과정을 아홉 가지의 명제로 설명하고 있는데 그 내용을 들어 보면 다음과 같다.[56] 첫째, 일탈행위는 생물학적으로 결정되는 것이 아니며, 생물학적 원인에 의한 심리적 특성의 결과도 아니고, 다른 사람으로부터 격리된 상태에서 생겨나는 것도 아니라 학습되는 것이다. 둘째, 일탈행

55) 한국산업사회학회 편, 앞의 책, p.115 참조.

56) Edwin H. Sutherland and Donald R. Cressey, *Criminology*(New York : J. B. Lippincott Company, 1970), pp.75~77 참조.

위는 타인과의 상호작용 속에서 의사소통 과정을 통해 학습된다. 셋째, 일탈행위 학습의 주요 부분은 친밀한 개인 집단내에서 일어난다. 넷째, 일탈행위가 학습될 때 그 내용은 때로는 매우 복잡하고 또한 매우 간단한 일탈행위에 필요한 기술과 범죄 행위에 유리한 동기, 충동, 합리화 및 태도를 포함한다. 다섯째, 동기와 충동의 구체적 방향은 법규범에 대한 긍정적 혹은 부정적 정의로부터 학습된다. 즉 부, 사회적 성공 등에 대해 일반적인 동기를 유지하는 양식은 일탈행위에 대한 긍정적 혹은 부정적 정의와의 접촉에 의해 영향을 받는다. 여섯째, 어떤 사람이 일탈자가 되는 것은 법이나 관습적 규범의 위반에 대한 긍정적 정의가 부정적 정의를 능가하기 때문이다. 일곱째, 차별교제는 일탈적 교제의 빈도, 기간, 일탈적 정의를 처음으로 접촉하는 나이 및 강도에 따라 달라질 수 있다. 여덟째, 일탈자와의 접촉을 통해서 일탈행위를 배우는 과정은 다른 모든 행위의 학습과 같다. 아홉째, 일탈행위는 사회의 일반적 욕구와 가치관의 표현이지만, 일반적 욕구와 가치관으로 일탈행위를 설명할 수는 없다. 왜냐하면 어떤 사람들은 비일탈적 행위를 함으로써 욕구를 만족시키고 또 어떤 사람들은 일탈행위를 함으로써 욕구를 만족시키기 때문이다.

이처럼 차별교제이론은 범죄나 비행 같은 일탈행위가 근본적으로는 법규범이나 제도를 지키는 비일탈적 행위와 마찬가지로 학습되는 것으로 보며, 일탈의 여부는 개인이 사회와의 상호작용 속에서 일탈적 가치와 비일탈적 가치 중 어떠한 가치를 더 긍정적 정의로 접촉하여 내면화하는가에 달려 있는 것으로 본다. 즉 개인의 사회화 과정에 있어 그의 인성과 가치관을 결정하는 중요한 인자가 바로 개인이 속해 있는 소집단으로서, 소집단에서 일탈적인 규범을 가지고 있는 타인들과 접촉하게 되는 경우 그 개인의 일탈의 가능성은 높아진다고 하는 것이 차별교제이론의 논지인 것이다. 그런데 이러한 서덜랜드의 관점은 두 가지의 논쟁점을 제기해 주고 있다. 그 하나는 긍정적인 측면에서, 여타의 일탈이론이 하위문화(subculture), 곧 하류층 사회에서 일어나는 일탈행위를 주로 다루고 있음에 비하여 차별교제이론은 상류층의 일탈행위를 설명할 수 있는 단서를 제공한다는 점이다. 다시 말하면 상류층도 그들의 직업적 활동이나 동기 부여에 따라서 일탈행위에 노출되는 경우 그것을 학습하고 실행하게 되는 것이다. 다른 하나는 부정적인 측면에서, 그의 관점이 '수동적인 인간관'[57]에 근거하고 있다는 점이다. 가령 우범지대에 살며 항상 일탈행위에 노출되어 있는 경우라도 그것을 학습하지 않는 개인이 있다는 사실을 차별교제이론은 설명하기 어려운 것이다. 차별교제이론이 지니고 있는 이러한 한계점은 이후 글레이서(Daniel Glaser), 마트자(David Matza), 코헨(Albert Cohen) 등의 학자들에 의하여 수정 보완되어 보다 정치한 이론을 갖추게 되지만 여기에서는 서덜랜드에 대한 논의만으로 그치도록 한다.

(3) 사회유대이론

힐시(Travis Hirschi)의 사회유대이론은 일탈행위에 대하여 아노미이론이나 차별접촉이론과는 다른 시각으로 접근한다. 앞에서 살펴본 두 이론은 사회의 규범에 동조하는 행위가 정상적인 것이며 그렇지 않은 경우는 비정상적인 행위, 곧 일탈행위라는 전제를 기본으로 하고 있다. 그러나 사회유대이론은 일탈행위를 "만약 발각된다면 그 사회의 집행자들에 의해 처벌을 받을 만한 행동"[58]으로 규정하고 있기는 하나,

57) 전경갑, 앞의 책, p.151.
58) Travis Hirschi, *Causes of Delinquency*(Berkeley : University of California Press, 1969), p.47.

인간이라면 누구나 선천적으로 일탈행위의 성향을 갖고 태어나기 때문에 개인의 비행 성향이나 비행 동기가 일탈의 원인이 되지 못하는 것으로 보고 있다. 다시 말하면 조직화된 사회에 있어서 인간은 생활의 과정에서 재산, 명예, 기대감 등을 획득하게 되며 이러한 것들을 잃게 되는 경우를 원하지 않는다. 인간이 여러 가지 관대한 본성과 더불어 법률적·도덕적 규범을 일탈하고자 하는 본성을 지니고 있음에도 불구하고 그 규범을 준수하는 이성적 측면을 드러내는 것은 그러한 일탈의 결과에 대한 두려움 때문이며, 이와 같은 요소들의 축적이 지속될 때 사회는 안정을 이루게 되는 것이다.[59] 따라서 일탈행위에 대한 물음은 '어떻게 일탈행위를 하게 되는가'가 아니라 '어떤 이유로 일탈행위를 하지 않게 되는가'에 두어진다. 이러한 물음에 대하여 힐시는 범죄나 비행 또는 다른 형태의 일탈행위가 일어나는 것은 개인의 사회에 대한 유대 또는 결속력이 파괴되었기 때문으로 본다.

〔사회유대이론은〕 비행의 원인보다는 비행 성향을 갖고 있는 인간이 어떠한 이유로 비행을 안 하게 되는가라는 동조의 원인을 설명하려고 한다. 그에 따르면 비행 성향을 통제해 줄 수 있는 사회에의 유대를 그 원인으로 본다. 즉, 어떠한 개인이 사회에의 유대가 강하면 비행 성향을 통제할 수 있게 되어 비행을 안 하게 되지만, 그 유대가 약하게 되면 비행 성향을 통제할 수가 없어 자연적으로 비행으로 이어지게 된다고 보고 있다.[60]

이와 같이 힐시는 사회 구성원이 일탈행위를 하게 되는 것은 개인에

59) 위의 책, pp.20~22 참조.
60) 김준호, 「일탈행동론 연구의 성과와 전망」, 안계춘 편, 『한국사회와 사회학』(나남출판, 1998), p.260.

게 일탈을 일으키는 어떠한 개인적 성향이나 사회적 체제에 의한 것이 아니라 그 사회와의 '유대의 결여'에 기인하는 것으로 보며, 개인과 사회의 유대는 애착, 수용, 참여, 신념의 네 가지 요소에 의하여 결합된다고 보고 있다.[61] '애착'이란 타인에 대한 감정적 유대를 뜻하는 것으로, 한 개인이 타인의 견해를 어느 정도 민감하게 받아들이는가 하는 것이다. 타인에 의하여 자신에게 제공되는 존경이나 지위에 대해 민감한 사람은 자신의 일탈적 성향을 강하게 통제할 수 있게 된다. '수용'이란 개인이 사회로부터 받는 보상이 사람들을 사회에 대하여 순응하도록 한다. 기존 사회의 사회 통제가 효율적으로 운영되고 있다면 그 속에서 행위하고 있는 개인은 자신의 행위의 결과로 사회로부터 주어지는 보상을 생각하게 되므로 이것이 규범을 위반하는 행위를 삼가하도록 하는 것이다. '참여'란 관습적 활동에 소비하는 시간의 양을 말하는 것으로, 사회가 인정하는 관습적 활동에 참여하는 사람은 일탈행위를 할 시간을 별로 가지지 못한다. '신념'이란 사회에서 일반적으로 인정되고 있는 관습적 규범이 개인에게 내면화된 정도를 말한다. 개인이 관습적 규범을 내면화할수록 규범을 어길 가능성이 줄어드는 것이다. 이와 같은 네 가지의 사회 유대의 형태에 의하여 개인은 일탈행위를 억제하고 사회에 순응하게 되며, 다른 한편으로 사회는 일탈행위에 대한 처벌의 수준을 강화함으로써 사회 질서를 유지할 수 있다고 하는 것이 사회유대이론의 중심적인 논지가 된다.

(4) 낙인이론

르메르트(Edwin Lemert), 베커(Howard Beker) 등의 낙인이론은 일

61) Travis Hirschi, 앞의 책, p.91 참조.

탈행위가 어떠한 행위 유형 자체의 특성이 아니라 그 행위에 대하여 사회적으로 정의된 결과라는 관점에서 출발한다. 즉 "일탈을 개인이나 집단의 속성으로 해석하지 않고 일탈자와 비일탈자 사이의 상호 교류의 과정으로 해석"[62]함으로써 행위 자체가 일탈행위의 속성을 규정하는 것이 아니라 그것을 규정하는 사회적인 동의 곧 '낙인'이 일탈행위로 정의되는 것이다. 낙인이론의 주장을 구체적으로 살펴보면 다음과 같다.[63] 첫째, 그 어떠한 행위도 행위 그 자체가 본질적으로 비행적이거나 범죄적인 것은 아니며, 특정 행위의 범죄성 및 비행성은 행위의 본질적 내용이 아니라 그 행위에 대한 타인의 반응과 정의에 연유한다. 둘째, 인간은 누구나 정해진 규칙과 규범을 어기는 일탈행위를 하므로, 인간을 정상인과 병리적 인간, 청소년을 모범적인 청소년과 비행 청소년으로 구분하는 관점을 거부한다. 셋째, 경미한 일탈행위를 한 모든 사람들이 견책을 받는 것은 아니며, 사회가 어떤 규칙을 설정하고 이를 위반한 일부의 사람들에게 비행자, 범죄자 혹은 문제아로 부르는 과정을 낙인이라고 한다. 넷째, 일차적 비행의 결과 일단 비행자 혹은 범죄자로 낙인찍히게 되면 그는 그러한 낙인에 맞는 자아상을 형성할 가능성이 높고, 그 낙인에 따라 자아 정체감을 형성하여 이차적 비행을 범하게 될 가능성이 높다. 다섯째, 비행 청소년 혹은 범죄자로 낙인찍힌 사람은 국외자로 고립되며, 이와 같은 좌절감을 공유하는 사람들이 비행성 하위문화를 형성하게 된다.

그런데 앞 절에서 언급한 바 있지만, 이러한 낙인이론에서 특히 주목되는 것은 일탈이 권력 또는 지배와 깊은 연관성이 있다는 점이다. 가령 지배권력이나 시대의 성격에 따라 노동자들의 쟁의가 불법적일 수도 있고 합법적일 수도 있는 것처럼 동일한 행위에 대한 합·불법의 규

62) Anthony Giddens, 앞의 책, p.209.
63) 전경갑, 앞의 책, pp.159~160 참조.

정이 권력의 '낙인'에 기인하는 것이다. 이는 곧 어떠한 행위를 일탈행위로 규정하는 것이 일종의 지배의 방식임을 의미한다.[64] 따라서 낙인이론이 여타의 일탈이론과 구별되는 것은 어떠한 행위도 본질적으로 일탈적인 것이 아니며, 그것을 일탈로 규정하는 것은 지배체제의 필요에 의한 지배적 담론의 결과로 본다는 점에 있다. 낙인이론의 이러한 전제는 우리가 흔히 범죄 또는 비행으로 간주하는 행위가 자체적으로 일탈성을 지니는 것이 아님을 지적함으로써 일탈행위를 부정적인 시각으로만 보아서는 안 된다는 인식을 가능하게 해준다. 이를테면 일탈은 지배권력의 거대한 힘에 도전하는 개인의 지극히 정상적인 인간 행위일 수도 있음을 우리는 낙인이론에서 시사받는 것이다.

3) 소설에서의 일탈의 의미

위에서 고찰한 일탈의 정의와 사회학적 일탈이론의 유형에서 우리는 소설의 논의와 관련되는 몇 가지의 의미 있는 사항을 도출할 수 있었다. 그것은 첫째 일탈이 근대사회의 급격한 구조적 변화 속에서 겪게 되는 개인의 도덕적 혼란의 양상인 '아노미'에 근원을 두고 있다는 점, 둘째 그러한 아노미의 원인이 개인의 심리적인 성향에 있는 것이 아니라 사회의 집단구조나 규범체계에 있다는 점, 셋째 이와 같은 사회구조적 범주로서의 일탈성은 사회로 하여금 개인에 대한 일탈의 감시와 처벌을 가능하게 하여 사회적 억압의 한 형태가 된다는 점, 넷째 그 억압의 형태는 하나의 '낙인'처럼 지배권력이 그 필요에 따라 일탈성의 여부를 규정하고 형벌을 가하는 경우로 나타나기도 한다는 점 등이다.

64) 한국산업사회학회 편, 앞의 책, pp.116~117 참조.

이러한 논점들을 좀더 축약해 보면 사회학적 의미의 일탈은 그것이 개인 행위의 양상이기는 하지만 사회의 구조적 양상에 기인하는 행위이며, 사회는 일탈을 통하여 부단히 개인을 감시하고 처벌함으로써 그 질서를 유지하려 한다는 점이 될 것이다.

이와 같은 사회학적 일탈의 논점에서 우리가 소설 논의의 논점으로 그 의미를 확대해 볼 수 있는 것은 일탈이 구현하는 '인물'과 '행위'의 구조적인 성격이다. 소설에 있어서 행위란 작품 속에 설정되어 서로 대립하거나 하나로 합쳐지는 힘들의 조작으로서, 행위의 각 순간은 인물들이 서로를 추적하거나 동맹관계가 되며 또는 대결하는 하나의 갈등적 상황을 이룬다.[65] 그러므로 소설에서는 인물의 성격과 그 인물에 의하여 수행되는 행위의 성격이 그 작품의 총체적인 서사구조의 성격을 결정하는 인자임은 주지의 사실이다.[66] 다음에서는 사회학적인 범주에서 기인하는 일탈적 성격의 인물 및 행위가 문학적인 담론으로 확대될 수 있는 연결고리를 검토함으로써 일탈의 개념이 소설적 서사의 일탈구조로 전이되는 의미를 확인하기로 한다.

(1) 일탈적 인물 : 사회 변혁의 주동자

근대사회에서의 인간이란 운명적으로 '일탈적 인물'의 성격을 지닐 수밖에 없다. 근대 과학문명의 발달은 인간에게 물질적 풍요를 가져다 주었지만 한편으로는 인간적 윤리성과 가치관의 위기를 초래하여 인간의 사고와 행동에 있어 반사회적 성향을 부여하고 있으며, 사회는

---

65) Roland Bourneuf and Real Ouellet, *L'univers du roman* (1972), 김화영 편역, 『현대소설론』(현대문학, 1996), p.286 참조.

66) 서사구조에 있어서 인물·행위의 역할 및 의미에 대해서는 이봉채의 『소설구조론』(새문사, 1984), 조정래·나병철의 『소설이란 무엇인가』(평민사, 1991), 한국현대소설학회의 『현대소설론』(평민사, 1994) 등 참조.

일탈에 대한 감시와 처벌의 금기체계로 인간의 반사회적 성향을 억누르고 있다. 이는 일탈이론의 근대사회 인식이 사회학적인 것임과 아울러 그럼으로써 문학적인 것임을 말해 준다. 가령 산업사회의 핵심 요소인 노동생산의 경우를 예로 들어 본다면, 마르크스(Karl Marx)는 근대 산업사회에 있어 노동의 분업은 노동의 생산력과 사회의 부와 세련성을 드높이는 데 반하여 노동자를 기계로 영락시키는 것으로 진단한 바 있다. 노동은 자본의 축적을 유발하고 그렇게 함으로써 사회의 복지를 증진시키지만, 또 다른 한편으로는 노동자를 자본에 더욱더 종속시키고, 노동자를 보다 극심한 경쟁 속에 빠지게 하며, 노동자를 초과생산의 사냥터로 몰고 간다는 것이 근대인의 노동과 삶의 관계에 대한 마르크스의 견해였다.[67] 노동자들은 생산에 참여하면서도 그 생산이 자신을 위한 것이 아니라 자본가의 영리 추구를 위한 것으로 오히려 자신들을 자본가에 예속화시키는 것으로 보고 있는 것이다.

이러한 노동의 억압체계와 마찬가지로 근대인에게 있어 제도·기구·관습 등은 한 사회가 스스로 자신의 사회적 구조를 지켜내기 위하여 고안한 금기체계이다. 그러므로 이러한 금기체계를 건드리면 사회 자체의 기틀이 흔들리게 된다. 근대사회의 기본 구조는 시장을 위한 생산이므로 그것을 위해 여러 제도가 생겨나고, 그 과정에서 인간은 물화되고 소외된다. 인간의 노동이 그것을 행하는 자에게 유희로 느껴지지 않고 억압으로 느껴질 정도로 근대사회는 한 극단에 와 있다.[68] 이러한 반사회적인 성향이 사회화의 실패를 가져오고 일탈행위를 일으키게 하는 요인이 되는 것이다. 아도르노(Theodor W. Adorno)에 있어서도 근대사회는 야욕에 찬 몰인간적, 폭력적 인간과 그 행위를 낳

---

67) Karl Marx, *Economic and Philosophic Manuscripts of 1844*, 김태경 역, 『경제학 · 철학 수고』(이론과 실천, 1987), p.70 참조.
68) 김현, 「일탈과 컴플렉스에서의 해방」, 『사회와 윤리』(일지사, 1974), pp.237~238 참조.

은 관리사회, 억압적 집합주의 시대, 교환의 원칙이 지배하는 사회, 이데올로기화한 사회로 규정되었는데,[69] 이러한 사회 속에서 살아가고 있는 인간이 일탈적 인물의 성격으로 전형화되는 것은 운명적인 일이다. 앞에서 보았던 힐시의 사회유대이론이 인간의 선천적인 일탈 성향을 이론적인 가정으로 삼고 있는 것은 기실 근대사회의 구조가 필연적으로 인간의 일탈 성향을 배태시키는 악의 근원임을 지적함에 다름 아닐 것이다. 근대소설이 이른바 '문제적 인물'을 그 주인공으로 내세울 수밖에 없는 소이가 여기에 있다.

더구나 그와 같은 인물의 일탈적 성격은 그것이 단순하게 개인적인 성향의 문제로 끝나는 것이 아니라 사회의 구조적인 문제를 환기시키는 '거울'로서, 사회구조의 불합리한 측면에 비판과 변혁의 시선을 집중시켜 준다는 점에서 또한 문학적 의미를 지닌다. 즉 일탈적 인물이 보여주는 행위의 양상은 그가 사회에 의하여 길들여지지 않은 채 반발하고 있다는 증거이고, 그의 반발은 사회를 향한 것임으로 하여 사회구조를 발전적으로 자극하는 일면이 있는 것이다. 이를 좀더 구체적으로 확인하기 위하여 머턴의 아노미이론을 다시 살펴보기로 하자. 머턴이 뒤르켐의 아노미 개념을 수정하여 아노미 현상을 개인의 문화적 목표와 사회의 제도화된 수단이 괴리됨으로써 발생하는 구조적 긴장, 또는 갈등으로 개념화하여 일탈행위 발생의 한 과정으로 설명하고 있음은 앞서 이야기된 바와 같다.

> 머턴은 받아들여진 규범이 사회적 현실과 갈등을 불러일으킬 때, 개인의 행동에 따른 긴장을 지칭하는 것으로 아노미의 개념을 수정하였다. 미국 사회에서와 다른 산업 사회들에서 일반적으로 지닌 가치들은

---

69) 송동준, 「문학과 사회」, 정명환 외, 『20세기 이데올로기와 문학사상』 증보판(서울대학교 출판부, 1997), p.147 참조.

출세와 돈을 버는 것 등 물질적인 성공을 강조한다. 이러한 것을 달성하는 방법은 절제와 노력이라고 간주된다. 이러한 믿음에 따르면, 인생의 어느 시점에서나 실제로 열심히 일하는 사람이 성공할 수 있다. 그러나 특권이 없는 대부분의 사람들은 성공을 할 수 있는 기회가 제한되어 있기 때문에 이 말은 실제로 타당하지 않다. 그러나 성공하지 못한 사람들은 물질적 성취를 하지 못하는 자신들의 분명한 무능력을 탓한다. 이러한 상황에서 합법적이건 혹은 비합법적이건 모든 수단을 동원하여 '성공하려는' 압력이 있게 된다.[70]

이와 같이 사회문화의 구조를 개인에게 규정된 문화적 목표와 이를 달성하기 위한 사회의 제도적 수단이라고 하는 두 축으로 분석한 머턴은 사회구조의 가장 일반적인 기능을 예측성 및 규제성의 기반을 제공하는 것으로 보았다. 그러나 사회구조의 목표—수단의 부조화에 의하여 점차 예측성·규제성이 극소화됨으로써 아노미가 횡행하여 일탈행위를 초래하게 되는 것이다. 머턴은 이러한 사회구조적인 불균형에 대하여 개인이 적응하게 되는 유형을 순응(Conformity), 혁신(Innovation), 의례(Ritualism), 도피(Retreatism), 반역(Rebellion) 등 다섯 가지로 나누고 있는데, 이것은 일탈행위의 양식 유형을 시사하는 분류가 된다.[71]

'순응형'은 목표—수단의 괴리에 있어 아무것도 하지 않는 것으로 반응하는 사람이다. 즉 이러한 사람들의 행동은 단지 반응이지 목표와 수단 간의 괴리를 해결하려는 것이 아니다. '혁신형'은 관습적 또는 합법적 기회를 통하여 성공할 수 없기 때문에 규범 위반을 통하여 성공하려는 사람이다. 이런 유형의 사람으로는 약물 판매나 도박, 매춘 등

70) Anthony Giddens, 김미숙 외 역, 앞의 책, p.207.
71) Robert K. Merton, 앞의 책, pp.139~157 참조.

의 서비스를 제공하는 등 불법적 활동으로 경제적 성공을 성취하는 협잡배를 들 수 있다. '의례형'은 목표 약화의 심리적 과정과 관련되어 있는 것으로 실현 가능한 목표만을 세움으로써 좌절과 스트레스를 감소시키는 유형이다. 이 의례형은 다른 사람들이나 조직에 별로 문제를 일으키지 않는 일탈의 유형이다. '도피형'은 문화적으로 승인된 목표와 사회적으로 받아들여질 수 있는 수단을 모두 부정하는 것으로써 스트레스에 적응하는 유형으로, 이들 부류는 사회 속에 그저 존재하는 인물일 뿐이며 '사회의 부분'으로는 존재하지 않는 이방인과 같은 인물이다. 이들은 사회적 도피를 정신 질환, 부랑, 약물 · 알콜 중독 등의 일탈로 실행한다. '반역형'은 도피형처럼 문화적 목표와 합법적 수단을 모두 거부함으로써 스트레스에 적응하는 방식이지만 도피주의와는 달리 새로운 목표와 수단을 주창한다. 즉 반역자는 사회로부터 후퇴하는 것이 아니라 사회의 변혁을 꾀한다.[72]

이와 같은 아노미 상황에서의 개인의 적응 유형인 일탈행위의 양상에서 주목되는 것은 '반역형'이다. 반역형은 문화적 · 사회적 구조에 적응하기보다는 기존의 구조를 변화시키려는 유형으로서, 이러한 유형이 발생하는 계층은 사회적인 이동 통로의 제한이 기회 불균형의 사회구조에 있음을 인식하는 행동적 계층, 곧 사회구조에서 소외감을 느끼고 반역하는 급진적인 계층이다.

---

72) 이러한 내용을 도식화하면 다음과 같다(위의 책, p.140).

적응 유형	문화적 목표	제도화된 수단
순응	+	+
혁신	+	−
의례	−	+
도피	−	−
반역	±	±

여기에서 '문화적 목표'에 있어 +표시는 개인의 문화적 목표를 달성하기 위하여 노력한다는 의미이고 −표시는 그렇지 않다는 것이며, '제도화된 수단'에 있어 +표시는 합법적으로 제도화되어 있는 수단을 준수한다는 의미이고 −표시는 위반한다는 의미이며, ±표시는 기존의 가치를 무시하고 새로운 가치를 추구한다는 의미이다.

이러한 적응방식은 인간으로 하여금 그를 에워싸고 있는 사회구조를 벗어나서 새롭고 크게 변형된 사회구조를 전망하고 실현하도록 추구하게 한다. 이것은 지배적인 목표와 기준으로부터의 소외를 의미한다. 〔반역형에게는〕 이들 목표와 기준은 순전히 자의적인 것으로 간주된다. 그것은 자의적이므로 충실함을 요구하지 못하며 정당성도 갖지 못한다. 다른 것도 똑같이 목표와 기준일 수 있기 때문이다. 우리 사회에서 반역을 획책하는 조직화된 운동은 성공의 문화적 기준이 완전하게 달라지고 능력과 노력, 그리고 보상이 정확하게 일치하는 법규를 마련할 사회구조를 목표로 하는 것이 분명한 것이다.[73]

이러한 반역적 적응 유형은 '혁명가'의 태도를 지닌다고 할 수 있다. 즉 반역형의 인물은 사회의 지배적인 문화적 목표—기존의 가치관과 도덕성을 수용하지 않고 또 사회에 의하여 합법적으로 제도화되어 있는 수단에 얽매이지 않은 채 다른 목표와 수단을 설정하고 행동함으로써 그의 일탈행위는 사회에 대한 반역임과 아울러 혁명인 것이다. 이것은 곧 일탈적 인물형이 사회 변혁의 주동자가 될 수 있음을 의미한다. 예를 들면 황석영의 「객지」에서 주인공 동혁이 노동 쟁의의 과정을 주도하는 과정에서 사용자측에 대하여 보여주는 영웅주의적 면모는 근원적으로는 기존의 노동 관행에 대한 반역성을 띠고 있는 것이 사실이다. 이것은 이 작품의 결미에서 쟁의의 완결성을 추구하는 동혁의 태도에 반하여 그의 동료들이 쟁의 장소를 떠나가고 있는 점에서도 확인된다. 이를테면 동혁은 쟁의가 실패로 끝날 경우 동료들에게서도 외면당할 가능성이 농후한 반역적 인물이다. 그러나 우리의 사회는 반역적 인물에 의하여 변혁이 가능하다는 점을 부인할 수 없다. 이와 같은

73) 위의 책, p.155.

반역적 인물의 일탈은 비록 사회의 체제내적 시각에서는 반역적인 것이지만 체제외적 시각에서는 불합리한 사회구조를 변혁시키고 인간적인 삶의 진정성을 회복하고자 하는 개혁 의지의 표출이 되는 것이다.

(2) 일탈적 행위 : 자아와 세계의 대립적 양상

일탈적 인물이 구현하는 '일탈적 행위'의 양상도 사회적 개체로서의 인간과 집단으로서의 사회, 곧 자아와 세계 간에 존재하는 운명적인 대립 양상의 구현이라는 점에서 매우 중요한 소설 담론의 요소가 된다. 사회규범의 위반에 대한 감시와 처벌의 의미를 지니고 있는 사회학적 일탈의 개념을 좀더 숙고해 본다면, 그와 같은 일탈은 사회에 대한 개인의 대립과 저항, 좌절의 의미를 지니고 있다고 볼 수 있다. 사회 질서의 유지라고 하는 대의는 규범체계를 공고하게 하여 그 보수성을 부단하게 유지하고자 하며, 그러한 대의에 도전하는 개인은 일탈자로 낙인찍혀 사회로부터 처벌받게 된다. 따라서 사회학적 범주에서는 일탈이 사회에 대한 개인의 좌절을 의미하는 것임은 물론이다. 그러나 사회라고 하는 거대집단에 도전하는 개체로서의 개인이 존재한다는 사실은 분명히 '인간적인 사실'로서 문학적으로 주목되어야만 하는 당위성을 지닌다. 그 주목의 가치는 아래에서 김현이 광기의 문학적 의미를 사유하는 논리에서 보여지고 있듯이 '사회에 대한 비판'이다.

한 개인이 그가 속한 사회의 여러 제도에서 정신적·심리적으로 일탈하여 그것을 오히려 부정하게 되는 과정을 이해하기 위해서는 그 개인이 속한 사회의 구조와 그 사회를 축소시킨 그의 가족 관계, 그리고 거기에서 영향을 받았을 그의 성인화 과정을 면밀하게 분석하고 판단하지 않으면 안 된다. 그것은 사회 속의 한 분자로서 자신을 정립시켜 나가는 사회화 과정과 역을 이루는 과정의 분석이기 때문에, 자칫하면 현실 혹은 사회로부터의 도피라는 비난을 받기가 쉽다. 그러나 제도에서의 일탈과 거기에서 연유하는 광태·광기는 도피가 아니라, 그 제도의 비판을 의미한다고 나는 생각한다. 진정한 광기 속에는 그것을 야기시킨 사회에 대한 날카로운 비판 의식과 긍정을 전제로 한 부정 의식이 반드시 내재해 있다. 그것은 일상적인 삶과 세계를 그대로 수락하여 '개인 생활'을 계속하지 않으려는 노력이다. 일상적인 삶의 허위성을 날카롭게 드러내고 그러한 삶을 가능하게 한 세계를 변혁하겠다는 의도를 은연중에 광태는 보여준다. 정상에서의 일탈이라는 점에서 그것은 정상적인 제제도에 대한 방법론적 부정을 의미하는 것이다.[74]

한 개인의 사회로부터의 일탈이 일상적인 삶의 허위성을 드러내고 그러한 삶을 억압하는 세계를 변혁시켜 보고자 하는 의도를 내포하고 있음으로 인하여 그 일탈은 소설의 세계에서는 좌절로 끝나지 않는다. 그것은 정상적인 것에서의 일탈이지만 정상적인 것의 허위와 기만—곧 비정상성을 비판적으로 환기시킴으로써 그러한 비정상성이 탈각된, 본질적으로 정상적인 것에의 희원을 열어 준다. 따라서 '일탈적 행위'란 본질적으로 정상적인 차원을 지향하는 자아와 세계와의 대립적 양상으로 볼 수 있는 것이다. 여기에서 우리는 루카치(Georg Lukacs)가 말하는 '이원성'과 '총체성'의 개념을 떠올릴 수 있다. 루카치가 소설의 유형학을 정립하는 이론적인 근거인 총체성은 '내부와 외부 사이의 균열을 말해 주는 하나의 징후'인 동시에 '자아와 세계가 본질적으로 서로 다르고 영혼과 행위는 서로 일치하지 않음을 말해 주는 하나의 표지'인 이원의 분열이 일어나기 이전의 상태, 다시 말하면 영혼의

74) 김현, 앞의 책, p.229.

행위가 자기 자신을 중심점으로 하여 하나의 의미로 가득 차고 완결되는 '원환적 성격'을 띤 경우를 말한다. 루카치에 따르면, 그와 같은 '내면성과 대립되는 외부세계는 존재하지 않고 영혼의 모든 행위에 대립되는 타자 또한 존재하지 않는' 세계는 자체적으로 완결된 구조를 지님으로써 '개별적인 현상을 형성하는 제일 요건으로서의 총체성'이 확보된 행복한 시대로서 그리스 문화의 완결성이 보여주는 이른바 서사시의 시대가 바로 그것이다. 그런데 인간이 '원환적 성격'의 협소함을 인식하고 그 원이 폭파되어 버림으로써 세계가 무한하게 커지고 풍부해짐과 아울러 우리 자신의 정신의 생산성이 더 이상 그리스적 의미의 원환적 성격에 어울릴 수 없게 되는 시대에 서사 형식이 출현한다. 즉 소설은 이처럼 원환적 성격의 붕괴로 인하여 외부세계의 낯설음 및 개인과 세계 사이의 극복될 수 없는 단절을 특징으로 하는 이원성의 세계에서 발생한 문학양식인 것이다.[75)]

작품세계에서 이원적인 구조는 구체적으로 개인과 사회 환경, 즉 주인공과 객관적 현실세계의 대립으로 나타나게 된다. 루카치에게 있어 소설의 주인공은 광인이거나 범죄자이다. 왜냐하면 그는 절대적인 가치를 알지도 못하고 그걸 전적으로 살아 보지도 못하고 따라서 거기에 접근하지도 못했으면서도 그 절대적인 가치들을 언제나 추구하고 있기 때문이다. 소설의 주인공은 자아와 세계 사이의 불화로 인하여 생겨난 존재이며, 소설은 삶의 외연적 총체성이 더 이상 구체적으로 주어지지 않고 있고, 또 삶에 있어서의 의미의 내재성은 문제가 되고 있지만 그럼에도 총체성을 지향하고자 하는 시대의 서사시가 된다. 따라서 루카치의 다음과 같은 말은 문학이 현실세계에서는 주어지지 않는 어떠한 '길'을 찾는 것이라고 하는 문학적인 일탈의 의미를 암시해 준

75) Georg Lukacs, *Die Theorie des Romans* (1920), 반성완 역, 『소설의 이론』(심설당, 1985), pp.29~45 참조.

다고 하겠다.

> 소설에 있어서 형식을 규정하는 기본적 의도는 소설 주인공의 심리로서 객관화된다. 즉 소설의 주인공은 언제나 찾는 자인 것이다. 찾는다는 단순한 사실은, 목표나 그 목표에 이르는 길이 직접적으로 주어질 수 없다는 것을 의미한다. 아니면 찾는다는 사실은 설령 그러한 목표와 길이 심리적으로 직접적으로 또 확고부동하게 주어진다고 해도, 그러한 것은 실제 존재하는 상호관련성이나 윤리적 필연성에 대한 분명한 인식이 아니라, 객관적 세계에서나 규범적 세계에서는 그것에 상응하는 것이 있을 수 없는 단순한 하나의 영혼적 · 심리적 사실에 불과하다는 것을 의미한다. 이를 바꾸어 표현하면, 만약 그러한 목표와 길이 심리적으로 직접적으로 주어진다면 그것은 범죄가 되거나 아니면 광기가 되는 것을 의미한다.[76]

그런데 골드만은 '문제적 개인'의 출현을 시장생산 체제라는 역사적 개념과 관련하여 보다 구체적으로 설명하고 있다. 그는 교환가치가 자본주의 사회를 지배한다는 마르크스의 논리를 출발점으로 삼아 소설 주인공의 문제적 성격이 타락된 문화 현실과 관련하여 설명된다는 점을 논증한다.[77] 골드만에게 있어 소설은 시장생산에 의해 이루어진 개인주의적 사회내에서의 일상생활을 문학적 차원으로 전환시킨 것이다. 즉 소설이라는 문학 형식과 시장 사회내에서 일반적으로 인간과 상품 간의 일상적 관계, 나아가서 인간들과 다른 인간들 간의 일상적 관계 사이에는 '엄격한 상동관계'가 존재한다. 그는 루카치의 개념을

76) 위의 책, p.707.

77) Peter V. Zima, *Manuel de Sociocritique*(1985), 정수철 역, 『문학의 사회비평론』(태학사, 1996), p.137 참조.

빌려 소설을 '타락한 세계에서 진정한 가치를 추구하는 이야기'로 규정한다. 그리고 시장생산 체제하에서의 '경제적 생활'이란 전적으로 교환가치, 즉 타락된 가치를 지향하는 사람들로 구성되어 있는데, 여기서 생산 과정 속에서의 소수의 개인들, 즉 모든 방면에서 창조자들이 남아 있게 된다. 이들은 본질적으로 사용가치를 지향하는데 바로 그 점 때문에 사회의 주변으로 밀려나고 '문제적 개인들'이 되는 것이다. 골드만의 지적 작업이 일관성 있게 추동한 관심이 근대 이후 전통사회를 붕괴시키며 지배적인 생산양식으로 자리잡은 자본주의 체제에서의 원자화된 인간의 삶의 조건을 어떻게 극복할 수 있을 것인가 하는 문제였음을 생각할 때,[78] 우리는 외부세계에 의하여 좌절을 겪으면서도 그에 대한 도전을 멈추지 않는 근대인의 역동적인 힘에 의미를 두지 않을 수 없는 것이다. 기실 산업화의 시대인 19세기 이후의 소설에서 가장 특징적인 성격을 찾는다면 집단과 개인 간의 갈등을 보여준다는 점에 있다. 이전의 소설이 집단의 의식 표현이었던 데 반하여 산업화 이후에는 개인의식이 전자와 대립 형태로 나타나게 된다. 이것은 산업화라는 사회적 구조의 변동과 유사한 형태를 취함을 의미하는 것으로, 산업화 이전의 개인은 자신을 집단과 등가의 가치로 인식하고 있기 때문에 자신의 행동과 사고를 집단의 행동과 사고로 환치시킬 수 있었다. 그러나 산업화 이후에는 개인이 자신을 사회의 구성원으로, 즉 사회의 일부로 인식하였을 뿐 자신을 사회와 등가의 가치로 인식하지 못한다. 이것은 개인이 자신의 행동과 사고를 사회의 행동과 사고로 생각하기를 포기하였음을 의미한다. 따라서 이 경우의 개인은 자신과 사회를 등식의 관계로 본 것이 아니라 때로는 대립적인 관계로, 때로는 비례의 관계로 본 것이다. 그렇기 때문에 개인은 자기 중심으로

78) 홍성호, 『문학사회학, 골드만과 그 이후』(문학과지성사, 1995), p.12 참조.

사회를 보고 사물을 파악하고자 할 뿐 사회 중심으로 파악하고자 하지 않는다.[79)]

이러한 집단과 개인 간의 갈등의 양상을 사회적·문학적으로 표면화하고 있는 것이 바로 일탈적 인물의 일탈적 행위이다. 다시 말하면 '자본주의의 출현으로 경제구조 그리고 나아가서는 전체 사회 생활내에서 개인 및 개인 생활에 주어지고 있던 모든 기본적 중요성이 상실'[80)] 된 근대사회의 인간이 경험하는 심리적·행동적 투쟁이 바로 일탈이다. 그 투쟁의 대상은 물론 物神과 이데올로기로 무장한 사회구조이다. 일탈이 소설구조의 담론 방법일 뿐만 아니라 문학적으로 의미 있는 인간 행위로 다루어져야 하는 이유가 여기에 있다. 소설 속에서의 문제적 인물은 곧 일탈적 인물이며, 그는 사회 속의 한 개인으로서 일탈행위를 통하여 불화하는 세계에 대한 인간으로서의 자아를 주장하고 사회 변혁을 주동하는 것이다.

---

79) 김치수, 「산업사회에 있어서 소설의 변화」, 『문학과 지성』, 1979. 가을, p.875 참조.
80) Lucien Goldmann, 앞의 책, p.208.

제 3 장

1970년대 소설에 나타난 일탈의 양상

서 언

황석영과 조세희는 70년대 소설에 있어 노동 현실의 문학적 수용을 통한 소설의 '사회사적 증언'[1]을 가능하게 한 작가들이다. 앞 장에서 살펴본 바와 같이 70년대 사회는 정치·경제·문화 등 사회체계의 구조적 비민주성이 인간적인 삶의 의식과 행위에 비정상적인 양태를 노정한 시대였다. 이러한 사회구조의 왜곡된 현실에 대하여 문학적 상상력이 예민한 반응을 보이는 것은 당연하며, 특히 황석영과 조세희는 노동자·빈민의 궁핍한 생활상을 소설적 구조로 확대함으로써 소외층에 대한 사회의 관심과 문제의 심각성을 환기시키는 작가로서의 사회적 역할을 성실하게 수행한 경우라고 하겠다.[2] 흔히 이야기되고 있듯이 두 작가는 산업의 근대화가 신봉하고 있는 물질주의적 가치관에 의하여 필연적으로 제기되는 인간다운 삶과 소외의 문제를 포착함과 아울러 그와 같은 문제성을 심화시키는 자본의 논리에 대하여 환멸과 적개

1) 임헌영, 「전환기의 문학 : 노동자문학의 지평」, 『창작과 비평』, 1978. 겨울, p.59.

심을 드러낸다. 이것은 '70년대 한국 사회에 대해서 더 깊이 아는 것을 가능하게 한 것'[3]이므로 이미 소설의 차원을 넘어서서 70년대를 살아가는 삶의 모습을 들춰내는 것이라 하겠다. 따라서 이들의 문학적 성취는 정치 논리와 경제 논리가 인간적인 삶의 진정성을 위협하는 70년대 사회의 반인간적인 세태에 대하여 인간 정신의 확장으로서의 문학이 대응력을 갖추는 문학적 윤리성의 세계를 열어 두고 있다는 점에서 찾아진다.

그러나 이들 두 작가가 지향하고 있는 세계관의 입지와 70년대 소설사에서의 위상이 동일선상에 놓여져 있다고는 하지만 그 소설적 구현의 방법론이 동일할 수는 없는 일이다. 이것은 '경험을 조직화하는 문학적 구조물'[4]로서의 소설이 지니는 기본적인 속성이므로 새삼 강조할 바는 아니다. 그러나 소설에 있어서 형식을 규정하는 기본적 의도는 소설 주인공의 심리로 객관화된다고 하는 루카치적인 개념의 '내면화 양상'[5]에 의거하여 한마디를 언급해 두자면, 황석영과 조세희의 인물들이 드러내는 심리의 객관화는 뚜렷한 차이점을 보여준다는 사실이다. 그러므로 두 작가가 하나의 지점을 향해 나아가는 그 道程의 구조

---

2) 70년대 소설에 있어 노동자 · 빈민 등의 소외계층에 대한 사회적인 관심의 환기라는 측면에서는 황석영, 조세희, 윤흥길 등의 작가가 한 계열로 묶여진다. 예를 들면 김윤식은 산업사회에 대한 문학의 시각을 세 단계로 나누고, 황석영의 「객지」가 부랑노동자의 세계를, 윤흥길의 「아홉 켤레의 구두로 남은 사내」가 부랑노동자에서 공장노동자로 이행되는 세계를, 조세희의 「난장이가 쏘아올린 작은 공」이 대단위 공장노동자의 세계를 그려낸다고 하는 단계적인 이행 과정을 지적하고 있다(김윤식, 「문학사 10년의 내면풍경 : 산업사회와 관련하여」, 『문예중앙』, 1988. 봄, pp.51~54 참조). 따라서 70년대 소설에 대한 문학사 기술의 시각에서는 이들 세 작가가 함께 다루어져야 마땅하다. 그러나 본 연구는 70년대 소설의 성격 규명을 위한 '방법론의 모색'을 의도하고 있으며, 이러한 논지를 보다 선명하게 이끌어 가기 위하여 황석영 · 조세희 소설의 대비적 고찰에 기대고자 하므로 부득이 윤흥길에 대한 논의는 그 유익성에도 불구하고 뒤로 미루게 되었다.

3) 오생근, 「진실한 절망의 힘」, 『창작과 비평』, 1978. 가을, p.359.

4) Jonatan Culler, The Persuit of Signs (London : Routledge and Kegan Paul, 1981), p.213.

5) Georg Lukacs, *Die Theorie des Romans* (1920), 반성완 역, 『소설의 이론』(심설당, 1985), p.77 참조.

는 바로 그들 각 작가를 자리매김하는 가장 유용하고 설득력 있는 논리를 얻게 할 것으로 생각된다. 이를 위하여 본 장에서는 70년대 소설에 나타나고 있는 일탈구조의 양상을 확인하는 과정을 통하여 황석영과 조세희의 소설이 드러내고 있는 일탈구조를 분석하여 보고자 한다. 이 과정에서는 주로 두 작가의 작품이 구현하고 있는 인물들이 형상화하는 일탈의식의 객관화된 형태인 서사구조와 의미구조의 변별성에 주목할 것이다. 따라서 본 장에서의 논의는 황석영과 조세희의 소설에 대한 대비적 고찰의 성격을 지니며, 이들의 작품이 나타내고 있는 일탈구조의 양상과 의미가 70년대 소설의 전형적인 성격으로 수용되는 근거를 도출하게 될 것이다.

1. 일탈적 방황과 '길'의 사회학 ; 황석영론

황석영은 1962년 『사상계』 신인문학상에 「입석 부근」이 입선되어 소설가로 등단하였으나 이후 가출과 유랑, 막노동과 행자 생활, 베트남전으로의 파병과 같은 삶의 편력을 거치는 8년 동안 작품을 발표하지 않았다.[6] 그러나 이 기간 동안에 이루어진 개인적인 체험의 적실성은 1970년 『조선일보』 신춘문예에 「탑」의 당선으로 작품활동을 재개한 후 『객지』(1974), 『북망, 멀고도 고적한 곳』(1974), 『심판의 집』(1977), 『가객』(1978) 등의 작품집과 장편소설 『장길산』의 연재(1974~84)에서

6) 이러한 편력기의 생활을 좀더 구체적으로 살펴보면, 1964년 숭실대 철학과에 입학하였으나 경찰서 유치장에서 장교 출신의 한 노무자를 알게 되고, 계절을 따라 전국 각지를 떠돌며 사는 그의 생활이 부럽게 느껴져 그를 따라 나서게 된다. 그후 신탄진 공사장, 청주의 아이스케이크집, 진주의 빵공장을 전전하다가 그와 다투고 헤어지며, 칠복의 장춘사라는 절에서 불목하니로 있는 동안 주지의 눈에 띄어 출가를 권유받고 해운대의 금강사에서 행자로 지낸다. 그러던 중 아들의 소재지를 알고 달려온 어머니에게 이끌려 집으로 돌아왔으나 여전히 집을 떠나고 싶은 생각은 가시지 않아 1966년 해병대에 자원 입대를 하게 되고, 이듬해 청룡부대원으로 베트남에 파병되었다가 1969년에 제대한다. 황석영은 이와 같은 자신의 편력에 대하여 '문학이란 인생과 따로 떨어진 어떤 별스런 세계 또는 재주 자랑이 아니라 삶의 전체성 내지는 보편성 속에 있는 것이며, 우선 어떻게 사느냐가 가장 중요한 일' 임이라는 것을 깨닫게 해주었다는 의미를 부여하고 있다. 황석영, 『심판의 집』 작가 연보(열화당, 1977), pp.2~7 참조.

드러나듯이 그의 작품을 관류하는 작가의식의 자양이 되고 있으며, 그가 "70년대의 전형적 현실을 그 예민한 시대적 감각에 의해 가장 탁월하게 형상화한 대표적인 70년대 작가"[7]로 평가받는 논거가 되는 것이다.

황석영에 대한 그간의 논의가 일관되게 지적하고 있는 그의 작품세계는 70년대 사회가 산업화·도시화하는 과정에서 야기한 노동자·빈민 계층의 소외와 열악한 생활상, 소득분배의 불균형, 도시적인 삶이 지닌 인간 관계의 불구적 양상 등에 사실주의의 시선으로 접근함으로써 70년대적인 삶이 노정하고 있는 부조리와 모순을 비판적으로 극복하는 모습을 보여주었다는 점이 될 것이다. 이를테면 황석영의 소설이 "뿌리뽑힌 서민의 삶에 대한 구조적 해부와 뿌리뽑힌 민족의 역사적 관찰이 그의 창작에서의 중심 모티프로 전개"[8]되고 있음을 지적한 김병익의 견해나, "산업화에 기인된 사회의 명암을 대비시켜 가면서 음지와 질곡 속에 있는 삶에겐 인간다운 조건의 증진을, 양지에서 진실을 외면하고 허위와 외화에 놀아나고 있는 삶에는 반성을 촉구"[9]하고 있다는 김주연의 견해 등에서 우리는 황석영의 작품에 대한 폭넓은 동의를 확인할 수 있다. 이러한 황석영의 작품세계는 그가 오랜 편력의 과정에서 체험한 밑바닥 인생의 현실과 열악한 서민의 삶의 실상, 그리고 전쟁의 폭력과 야만성에 대한 목도를 통하여 얻어진 지적 시선과 작가의식의 결과로서, 작가로서의 황석영이 사회에 대하여 드러내는 '사회성'의 표현일 것이다. 물론 한 개인이 처해 있는 삶의 세계란 그의 내면에서만 구성된 관념적 세계가 아니라 타인과의 부단한 접촉을 통해 영위하는 실제적·구상적 공간이기 때문에 그것은 필연적으로 사

7) 염무웅, 「민중의 현실과 소설가의 운명」, 황석영, 『한국소설문학대계 · 68 : 황석영』 해설(동아출판사, 1995), p.586.
8) 김병익, 「시대와 삶」, 『상황과 상상력』(문학과지성사, 1979), p.295.
9) 김주연, 「70년대작가의 시점」, 『변동사회와 작가』(문학과지성사, 1979), p.43.

회성을 지니게 마련이다.[10] 그러므로 이러한 소박한 의미로 볼 때는 소설의 사회성이란 보편적인 것이므로 황석영의 소설에 있어서도 그다지 강조될 수 있는 사항이 아니다. 그러나 황석영의 경우 그의 소설은 개인적인 체험의 입체화·구조화 양상이 개인의 영역을 넘어서는 절실함으로 사회 전체의 현실로 확대되고 있다는 점에 의의를 갖는다. 즉 황석영에 있어 그의 체험은 문학적 변환 과정을 거치며 개인의식을 넘어서는 까닭에 사회라고 하는 집단적 범주에 놓였을 때 더욱 큰 파장으로 전환하는 구조를 지니고 있다.

본 연구에서는 이와 같은 황석영 소설의 '사회성'이 지니고 있는 소설적 구조로서의 의미를 확인하기 위한 논의를 심화시킬 수 있는 방법론의 하나로서 일탈구조의 성격을 고찰하고자 한다. 이러한 과정에서 70년대에 있어서 소설과 사회와의 구조적 관계망을 이끌어냄으로써 황석영 소설에서의 사회학적 의미가 문학적 의미로 환원·확대되는 양상을 보다 깊이 인식하게 될 것이다.

1) 길 위의 인물과 방황의 서사구조

(1) 집의 부재와 실향의 자의식

근대사회는 근대 이전의 '자연 속의 생활'을 붕괴시킨 산업의 발달과 도시화로 인하여 인간 주체와 세계 사이의 상호작용을 깨뜨리고 있으며, 인간은 자연과 분리된 관조자로서 자연을 보는, 다시 말하면 자연의 바깥에 서 있는 관찰자로서 자연을 하나의 풍경으로 바라보는

10) 권오룡, 「체험과 상상력 : 황석영론」, 황석영, 『돼지꿈』 해설(민음사, 1980), p.307 참조.

'주관과 대상 간의 지양될 수 없는 거리'를 노정하고 있다.[11] 이것은 소규모 집단이나 사회 구성원간에 친밀성·동질성을 바탕으로 하는 생활공동체가 소원성·이질성을 바탕으로 하는 대규모 도시 사회의 기능공동체로 바뀌는 사회구조의 변화에 따른 근대적 인간의 필연적인 존재태라고 할 것이다. 이러한 삶의 변화는 문학이나 사회학의 영역에서 다같이 문제성을 내포하는 것으로, 산업화에 수반된 분업의 발달이 사회 구성원들의 이질성을 높여 개인을 심리적으로 고립시킴으로써 '원자화된 개체'[12]로 살아가게 하고 있다.

따라서 근대인은 소외되고 원자화된 환경 속에서 개인과 개인 간에 공유할 수 있는 진정한 경험을 갖지 못하고 파편화된 체험만을 간직하며, 그럼에도 불구하고 근대의 소설가들은 파편적인 과거의 체험들을 회상함으로써 여전히 타자와 인간적으로 소통하려는 충동과 새로운 이야기하기의 가능성을 모색한다. 그러므로 선험적 고향을 상실한 근대의 소설가가 자신의 자아와 나아갈 길을 찾아 헤매는 서사적 모험과 여행의 모티프를 표출하게 되는 것은 상실된 총체성을 추구해야 하는 이야기꾼으로서의 소설가의 운명적인 일이 된다.[13] 예를 들어 벤야민(Walter Benjamin)이 '산책'의 개념으로 보들레르의 시를 설명하고 있는 것에서 이러한 점을 확인할 수 있다. 근대에 이르러 거대한 도시의 건물, 군중, 교통기관 때문에 도시 속에서 생활하는 인간은 사물에 대한 총체적 지식과 경험이 해체되고 단편적 반응과 체험에 안주하게 된다. 반면 거리를 목적 없이 떠도는 문제적 인물인 시인은 그 속에서 생활하지 않는 국외자이기 때문에 도시 속에 뛰어들지 않고 그곳을 거리

---

11) Georg Lukacs, *Geschichte und Klassenbewußtsein*(1970), 박정호·조만영 역, 『역사와 계급의식』 4판(거름, 1999), p.285 참조.
12) 박승위, 『현대사회와 인간소외 : 한국인의 소외의식』(영남대학교 출판부, 1996), p.22.
13) 김민수, 「1960년대 소설의 미적 근대성 연구 : 최인훈과 김승옥의 소설을 중심으로」, 중앙대 대학원 박사학위논문, 1999, pp.144~145 참조.

를 두고 봄으로써 이 상황에 문제점을 느끼게 된다. 즉 그는 통일적 자아를 유지하기 위한, 생존적 필요에서의 체험을 인정하면서도 체험을 무조건 수긍하는 일상인과는 달리 외부의 자극에 대한 자신의 전적인 개방인 경험을 갈구하는 이중성을 가지고 있다. 이 딜레마를 노출시키는 과정에서 보들레르는 현대의 익명적인 도시에서 시인의, 죽음과 같은 자기 상실의 감정, 영혼의 사물화와 상품화를 역설적으로 폭로한다. 결국 '산책자'는 소외자로서 사회와 격리됨으로써 오히려 상품화된 사회를 부정하는 존재로서 의의를 획득하는 것이다.[14] 황석영의 소설을 논의하기 위한 근거로 방황 또는 편력의 모티프가 주목되는 것은 이와 같은 근대소설에 있어 삶의 총체성을 추구하는 서사양식으로서의 방법론적 의미와 더불어 그것이 개인적인 체험의 확대라는 의미에서 작가의 세계관과 현실 인식에 깊이 천착되는 측면이 있기 때문이다.

황석영의 유소년기가 해방과 한국전쟁의 시대사 속에서 만주의 신경, 평양, 해주, 서울, 대구, 인천 등지로 이어지는 이주의 개인사를 보여주며, 그러한 개인사가 '고향의식'을 형성할 수 있는 원체험의 부재를 가져오고 있다는 점은 그의 작품이 드러내고 있는 '집의 부재'라고 하는 구조적 성격을 이해하는 단서가 된다. 황석영에 있어 집의 부재란, 안주성의 부재라고 하는 작가의 내면성이 객관화된 상관물로서 '失鄕'의 자의식이 표상된 형태이다. 근대문학에서 향수 모티프는 성인기의 소외나 결핍의 의식과 대비되는 풍요로운 현존, 환상적인 원초적 조화의 이미지를 구현하는 '어머니로서의 자연'을 환기시킨다. 그리고 이를 통하여 물질주의의 증가, 과학적 이성의 숭상, 소외된 도시환경 등과 같은 근대문명의 구속에서 인간을 벗어나게 하여 도시 산업

14) 최혜실, 『한국현대소설의 이론』(국학자료원, 1994), pp.60~61 참조.

사회의 도구적·비인간적 국면이 전복된 구원적 도피처를 상정한다. 그런 까닭에 향수 모티프는 이상화된 과거를 회상하는 퇴행의 욕망임에도 불구하고 근대를 구성하는 지배적인 주제로 나타나고 있다.[15] 황석영의 소설에서 이러한 향수 모티프가 실향 또는 귀향의 좌절로 반복되고, 그로 인하여 어느 곳에도 정주하지 못하는 집의 부재를 표상하고 있음은 그의 작품에 나타나는 원초적 공간의 결손에 대한 이해를 가능하게 한다. 가령 황석영이 학창시절을 보냈던 영등포에 대하여 다음과 같은 기억을 떠올리고 있는 점을 보자.

해방이 되자 부모님을 따라 월남, 영등포에 정착했어요. 당시 영등포는 도시도 아니고 시골도 아닌 어중간한 공업지대였어요. 이런 곳에서 30년 이상 살아오면서 받은 느낌은 정착인의 생활이 아니라는 것이었어요. 이를테면 음식만 봐도 그때그때 필요에 따라 구멍가게에서 구입하는 식이지, 된장에 박은 오이나 마늘, 오래된 젓갈 같은 오랫동안 뿌리를 내리고 사는 사람들의 밑반찬은 별반 먹어보지 못했어요. 또 저는 작가로서 도시 변두리 지역에 사는 공장근로자들이나 단순노동에 종사하는 사람들을 많이 그려왔고, 그런 사람들과 접촉도 많았어요. 그런데 그런 부류의 사람들이란 대부분 고향이 없는 표류자들이지요.[16]

황석영의 일상에 대한 경험이 '정착인의 생활이 아니라는 것'과 그가 목도한 도시 변두리의 공장근로자나 단순노동자가 대부분 '고향이 없는 표류자'의 부류라는 것은 곧 황석영 자신의 正體性에 대한 확인이

---

15) Rita Felski, *The Gender of Modernity*(1995), 김영찬·심진경 역, 『근대성과 페미니즘』(거름, 1998), pp.74~77 참조. 이와 같은 퇴행의 욕망에 대하여 펠스키는 그것이 근대 시기의 빈번한 이동에 기인하는 것으로 진단한다. 근대 산업사회에 늘어난 유동성과 인구의 이동으로 근대인은 자신의 고향땅에서 뿌리뽑혀 자신의 출생지와 역사에 대한 자연스런 연대감을 상실했기 때문이다.

된다. 문학사회학의 관점으로 볼 때, 작가는 자신의 주인공들이 작가가 인위적으로 설정한 상황 속에서 움직여 나가도록 하여 그들 주인공이 자신의 개인적 '운명'을 맞이하고 그 사회 속에서 의미와 가치를 발견하도록 한다.[17] 이러한 경우에 작가의 정체성은 사회에 대한 작가의 욕망과 가치관을 드러내는 매개체이며, 개인으로서의 작가가 내면화된 시선을 통하여 외부세계에 대한 이해를 시도하는 거점이다. 즉 소설은 작가 개인의 정체성을 원점으로 하여 그 의식의 미시구조가 언어체계를 통하여 사회적 상호작용이 가능한 거시구조로 변환된 것인바, 황석영의 소설이 일관되게 그려내고 있는 인물형이 바로 비정착적인 표류자의 모습으로서 '집'이 없는 사람들의 삶의 현실이라는 사실은 그의 소설의 구조적 양상을 이해하는 근간이 되는 것이다. 신화비평의 이론가인 프라이(Norhrop Frye)가 집을 원형 상징의 하나로 상정하고 인류가 경험한 낙원 상징의 천상적 이미지로 의미화하고 있음은 널리 알려진 사실로서,[18] 인간에게 있어 '집'은 근원적으로 삶의 평온과 안식을 제공하는 것으로 인간의 질서 있는 삶, 화해로운 삶이 이루어지는 공간으로서 그 가치를 지닌다.[19] 따라서 황석영 소설의 인물들이 '집'을 구유하지 못한 실향의 자의식을 보여주고 있음은 결국 현실 세

16) 홍정선, 「김지하와 황석영의 고행」, 『정경문화』, 1985. 10, p.361. 홍정선은 황석영의 방랑에 대하여 '뿌리없는 도시 지식인이 민중을 향해 떠나는 방랑'으로 규정하고 다음과 같은 의미를 부여하고 있다. "황석영에게 우리가 고향이 어디냐고 묻는 것은 무의미해 보인다. 김지하의 목포 부두처럼 '고향의 뜨거운 인사'를 나눌 원초 체험의 장소를 황석영의 생애는 애초에 배제하고 있는 것이다. 따라서 그에게는 남녘땅에 대한 성인의 정신적인 사랑이 고향의식을 대체하고 있다. 〔…중략…〕 이런 점은 자칫하면 한 작가의 작품 전체를 거대한 관념의 덩어리로 만들어 버리기 쉽다. 자신의 고향, 자신의 든든한 체험이 없는 곳에는 타인들의 세계만이 펼쳐질 것이기 때문이다. 황석영은 이와 같은 문제를 극복하는 방안으로 끊임없이 유랑했다. 그의 유랑은 사치스런 여행이 아니라 뿌리를 내리기 위한 고행처럼 보인다. 그는 삶으로부터 솟아오르는 작품을 쓰는 것이 아니라 삶을 찾아서 작품을 쓰고 있다."(pp.360~361)

17) Diana Laurenson and Alan Swingewood, *The Sociology of Literature*(1972), 정혜선 역, 『문학의 사회학』(한길사, 1984), p.14 참조.

18) Northrop Frye, *Anatomy of Criticism*(1957), 임철규 역, 『비평의 해부』(한길사, 1982), p.194 참조.

19) 김수복, 『정신의 부드러운 힘』(단국대학교 출판부, 1994), p.23 참조.

계에서의 평온과 안식에 대한 기대감이 좌절된 의식의 표상이라고 하겠다.

인간이 어떠한 집단내에서 평안함을 느낀다면 그들은 집단의 지배적인 규범을 따를 것이며 존재와 행복에 대한 사회적 개념에 동의할 것이지만, 사회적 다양성과 가변성이 많은 집단에 있어 개인은 그들의 사회적 환경을 바꿀 기회를 가지게 되며 폐쇄된 집단의 한계내에서만 살아갈 필요가 없으므로 집단 밖으로 뛰쳐나가 여러 가지 방법으로 행동하고 사고할 기회를 갖는다.[20] 근대사회에 있어서의 소외의 형태는 이와 같은 다양성과 가변성의 사회 속에서 개인이 적응하지 못하고 유리 또는 고립되는 경우라고 하겠는데, 황석영 소설이 드러내는 실향의 자의식도 사회적 유대의 안정성이 훼손된 일종의 소외적 양상이라고 할 수 있다. 따라서 황석영의 인물들은 애초부터 '집'을 구유하지 못하고 있으며, 그들은 운명적으로 '길' 위에 서 있다. 이재선의 지적에 따르면, 인간의 삶이란 공간적인 방위성에서 보면 그가 태어난 땅을 원점으로 한 떠남과 돌아옴의 이중적인 운동으로 귀결된다. 고향은 우리들 생명의 근원인 동시에 감성을 기르고 최초의 경험을 비장하는 세계이며 상상력과 기억의 보고인 동시에 생의 목표 설정과 가능성을 향한 외부로의 출발의 기점이다. 또한 고향은 향수의 대상이며 귀환의 마지막 종점이다. 이러한 떠남과 돌아옴을 가능하게 해주는 地誌的 공간이 바로 '길'로서, 모든 길은 고향으로부터 시작되며 돌아옴의 통로가 된다. 또한 길은 인간과 지역을 결합시키는 관계의 체계인 동시에 연결과 지속의 장소적 표상체계로서 서로 단절된 지역을 하나의 공동체로 묶는 등질화의 원리를 지닌다.[21] 그러므로 우리는 길 위에 서 있는 황

---

20) Johan Goudsblom, *Nihilism en Culture*(1960), 천형균 역, 『니힐리즘과 문화』(문학과지성사, 1988), p.140 참조.

21) 이재선, 「길의 문학적 체계」, 『우리 문학은 어디에서 왔는가 : 원천 · 지속 · 변화의 문학적 주제론』(소설문학사, 1986), pp.201~202 참조.

석영의 인물들에게서 이러한 길의 문학적인 의미망을 기대할 수 있는 바, 이러한 기대감의 충족은 우선 텍스트에 대한 실상의 확인에서부터 가능할 것이다.

> 1970년대가 남겨 놓은 사회적 초상들 중 가장 두드러진 것은 바로 '뿌리뽑힌 자들'이었다. 이 말은 '없는 자'라는 말보다는 분명 지시 영역이 좁은 것이기는 하지만, 반면에 더욱 동태적인 느낌을 안겨 준다. 1970년대 소설은 물질적인 면에서 뿌리가 드러나 버린 사람들이나 뿌리가 드러나는 과정을 그리는 쪽으로 기울었다. 이 시기의 소설에 나타난 '뿌리뽑힌 자' 속에는 대체로 다음과 같은 존재들이 포함되어 있다. 첫째, 생존에 필요한 요건마저 제대로 갖추지 못할 정도로 비인간적인 대우를 받고 있는 노동자들, 둘째, 근대화 산업화 도시화의 격랑에 휩쓸려 하루 아침에 삶의 터전을 상실당하고 만 사람들, 셋째, 적응력을 갖추지 못한 나머지 몰락의 길을 걷고 만 정직하며 소박한 소시민들, 넷째, 기존의 법, 제도, 관념과 극심한 마찰을 일으킨 끝에 정신적 항상성을 놓치고 만 '의식 있는 자들', 다섯째, 특히 6·25와 같은 과거의 역사적 사건으로부터 받은 외상에서 헤어나지 못한 나머지 정신적 실조 상태를 드러내고 있는 존재들.[22]

위의 인용문에 정리되어 있는 70년대 소설에서의 '뿌리뽑힌 자'의 유형을 볼 때 황석영의 경우는 위의 여러 유형의 성격을 두루 지니며, 다른 어느 작가보다도 선명하게 인물의 전형화를 드러내 보여준다고 할 수 있다. 가령 「객지」·「삼포 가는 길」의 부랑노무자와 술집 작부, 「한씨연대기」의 피난민, 「돼지꿈」의 도시빈민, 「장사의 꿈」·「이웃사

22) 조남현, 『한국현대문학사상논구』(서울대학교 출판부, 1999), pp.349~350.

람」의 이농민 또는 실업자, 「낙타 누깔」·「철길」의 군인 등 황석영 소설의 인물들은 일정한 직업과 정착지를 갖지 못한 채 부유하거나 심리적인 방황과 일탈을 겪는 인물들이다. 이와 같은 황석영 소설의 인물들이 지니는 비정착적인 성격은 70년대 소설의 전반적인 경향과도 궤를 같이하는 것이다.

「객지」(1971)의 경우, 노동자들의 생존 문제를 노동 쟁의로 연결시켜 노동 현장의 부조리를 고발하고 나아가서는 70년대 사회의 모순을 비판하는 민중적 역량을 확인시켜 주는 작품이다. 이런 점에 있어서 이 작품은 70년대 민중소설의 성격을 규정하는 의미를 지니고 있다. 「객지」는 노동자들의 비인간적 근로 조건을 적나라하게 파헤쳐 우리나라의 노동 현실을 생생하게 드러내 보여주고 있으며, 당대의 역사적 요청을 성실하게 반영함으로써 '우리 나라 소설문학사에서 하나의 획기적인 사건'으로 표현될 정도로 70년대 소설에 주어지는 찬사를 가장 앞자리에서 받아온 작품인 것이다.[23] 이러한 평가가 가능할 수 있었던 것은 우선 이 작품이 노동 현실의 실체에 구체적으로 접근하고 있다는 점에 기인하는데, 그것은 등장인물인 부랑노무자들의 '뜨내기 의식'에 의하여 구조화되고 있다. 즉 무능한 직업 군인 출신의 대위, 기술 없는 제대 군인인 동혁, 땅을 버린 농민인 장씨와 목씨 등 이 작품의 인물들은 대개 불구적인 산업화 과정과 경제 성장 정책에 휘둘려 가정과 고

23) 황광수, 「삶과 역사적 진실성」, 김윤수 · 백낙청 · 염무웅 편, 『한국문학의 현단계』(창작과비평사, 1982), p.122 참조. 같은 책에 수록되어 있는 이동하의 글에서도 「객지」에 대한 이와 유사한 의미 부여를 읽을 수 있다. "(「객지」는) 노동쟁의의 전개양상을 세밀하게 구체적으로 그려나간 최초의 소설이었을 뿐 아니라, 근로자들이 노동 조건의 부당성을 주체적으로 각성하고 그것을 바람직한 방향으로 개선시키기 위하여 단결하고 행동하는 과정을 박력 있게 그려냄으로써 주어진 현실을 적극적으로 극복하려는 의지의 역동성을 증언한 첫번째 작품이기도 했던 것이다. 비록 이 작품의 결미는 쟁의가 실패하는 것으로 끝나지만 작가는 거기서 오는 일시적인 절망을 넘어선 더 큰 희망을 암시하고 있다. 그것은 작가의 현실 인식이 객관성을 유지하면서도 소박한 민중에 대한 신뢰와 사랑으로 감싸여져 있기 때문에 가능했던 것으로 생각되는데 우리는 이러한 사랑과 희망의 빛을 「삼포 가는 길」, 「돼지꿈」 등 이 작가의 다른 뛰어난 작품들에서도 되풀이하여 만나게 된다." : 이동하, 「70년대의 소설」, 위의 책, pp.145~146.

향을 잃어버린 사람들로서 이들의 의식과 행위가 노동 현장에서 궁핍한 삶의 사회적 실체로 확대되고 있는 것이다.

누구나 객지 나올 땐, 그렇게 시작한다네. 나도 머슴살일 해봤다구. 부농이나 호농이나 매한가지야. 소작붙이 해먹는 사람들도 마찬가질세. 토지 수득세, 수리비, 공과금, 뭐 어쩌구 하는 터에 곡가는 형편없이 싸지, 거기다 어디 땅 파먹는 놈들이 한둘인가. 식구 작은 집에서도 쉴틈없이 부업으로 잔푼벌이를 해야 되네. 땅을 더 사야지, 자기 땅을 말이야. 부농도 별수는 없지. 농번기 핑계로 우리네 같은 뜨내기들이 붙어있긴 하지만 오래 못가. 인근의 품팔이 농군들이 많거든. 그 사람들도 얼마 안가 우리네처럼 대처로 꺼질 게 뻔하단 말일세. 날품팔이를 해야 할 촌놈들이 많으니, 아무려나 대처엘 가든 공사판엘 가든 마찬가지가 아니겠나. (「객지」, p.44)[24]

주인공 동혁과 대위, 그리고 목씨와의 대화 과정에서 나온 목씨의 위와 같은 말은 농민이 유민으로 전이되는 70년대의 사회 현실을 증거함과 아울러 농촌에서이든 도시에서이든 '뜨내기'의 삶이 겪어야 하는 고달픔을 이야기한다. 따라서 그들에게는 이미 안식의 처소인 가정과 고향이 존재하지 않는다. 단지 동혁의 생각처럼 '한몸 세상에 붙이고 살기가 이렇게도 어려웠든가' 하는 고단한 현실 인식이 있을 뿐이다. 산업화 과정의 사회에서 농촌 사회는 이미 소외구조를 지니고 있으며, 농민층은 사회구성체의 기본적인 구성이 되지 못한 채 지배적 경제제도인 자본주의 경제 법칙의 지배하에 자본주의적 편성으로의 자기 지

24) 황석영, 『객지』(창작과비평사, 1974). 이하 작품의 인용은 이 책에 따르되 인용문의 말미에 책의 면수를 밝힐 것이며, 황석영의 다른 소설집에 수록된 작품을 인용할 경우에는 따로 출처를 밝힐 것이다.

향을 갖고 있고 또 그렇게 될 수밖에 없도록 운명지어져 있다.[25] 60년대 후반 이후 젊은 노동력 중심의 부분 이농이 급증하고 농촌내의 저임금 노동력의 기반이던 소작농 중심의 영세소농의 이농이 지속적으로 진행되었으며, 농업 부문에 대한 독점자본의 수탈이 더욱 노골적으로 시행된 우리 나라 농촌의 몰락상이 이를 구체적으로 말해 준다.[26] 한국의 70년대를 압도적으로 지배한 산업화 정책이 무엇보다도 먼저 농촌의 막대한 희생을 발판으로 삼아 진행되었으며, 이들의 피땀이 곧 사회 전체를 움직이는 동력원이 되고 있다는 사실[27]에도 불구하고 이들에게 주어진 것은 사회적 유민으로서 '날품팔이'의 기층 노동력 제공자의 역할을 강요하고 있다는 점이 70년대 사회의 불합리성을 증거한다. 따라서 이들은 고향을 잃어버린 뜨내기의 삶을 운명적으로 받아들이면서도 그 내면에는 자신의 운명에 대한 막연한 저항감을 품고 있다.

"참 먼데루 흘러왔구먼……."

주먹밥을 베어물던 동혁이 대위에게 물었다.

---

25) 박현채, 「농촌사회의 소외구조」, 『역사 · 민족 · 민중』(시인사, 1987), pp.155~161 참조.

26) 서울대 사회학과 사회발전연구회, 『농민층분해와 농민운동』(미래사, 1988), pp.82~87 참조. 70년대의 이농 현상에 대하여 구중서는 다음과 같이 구체적인 통계를 들어 이야기하고 있다. "한국사회의 경우 1945년의 8 · 15해방 이전까지만 해도 농촌 인구는 한국 전체 인구의 70%를 넘는 것으로 여겨졌었다. 그런데 1979년에 와서 농촌 인구는 이제 전체 국민의 32%선으로 줄어들었으며, 1985년까지는 20%선으로 더욱 줄어들리라는 예측도 나타나고 있다. 〔…중략…〕 이러한 이농 현상은 처음에 생계농업이 불가능하게 되는 빈농층에서 시작하여 점차로 생산 수지의 적자에 좌절을 느끼는 중농층에도 번져 간다. 그리하여 농촌사람들의 대체적인 심리가 보람 없어 보이는 환경에서 벗어나 보려는 욕망을 지니게 된다. 게다가 농촌의 새로운 세대는 미지의 세계에 대한 호기심 · 모험심, 혹 벼락부자가 될 수 있을까 하는 기대, 풍요해 보이는 도시 생활시설을 향락하려는 헛된 꿈을 지니게 된다. 이것이 이른바 산업화 시대의 물질주의를 향해 기울어지게 되는 농촌의 시대적 분위기이다." : 구중서, 「산업화 시대의 문학」, 『한국문학과 역사의식』(창작과비평사, 1985), p.154. 구중서의 이와 같은 견해는 70년대 농촌 현실의 핵심을 지적하고 있는 것으로 생각되는데, 황석영의 소설에서 드러나는 이농자의 사정과 의식이 대개 이러한 범주에 포함된다.

27) 이동하, 「70년대의 소설」, 앞의 책, p.142 참조.

"뭐요…… 뭐라구 그러셨수?"

"동네집 불빛이 무척 멀어 보여서 말요."

동혁은 강 건너 어두운 벌판 위에 찍힌 마을의 불빛들을 물끄러미 바라보았다. 그는 한참을 보느라니까 불빛의 빛살들이 씨앗의 잔털처럼 퍼져 눈앞에 아주 가까이 다가온 듯했고, 불점 사이의 간격들도 좁아진 것 같은 착각을 했다. 나지막한 처마 밑에 하나둘씩 불이 켜지고 가까와진 창문들이 자기의 귓전에 와서 두런대는 소리라도 들은 것 같았다. 동혁이 말했다.

"코 끝에 닿을 듯이 보이는데……."

"나는 아주 멀어 보인단 말요."

말하면서 대위는, 마을의 불빛들이 들판을 밤 열차처럼 요란한 고함을 지르며 미끄러져 달아날 것 같다고 생각했다. 그는 자기가 낯선 곳에 강제로 하차되었으며, 모든 불빛들은 지정된 땅으로 저희들끼리만 발차해 가는 듯한 느낌이었다. (「객지」, p.77)

자신의 삶의 여정에 대하여 '참 먼데루 흘러왔구먼'이라고 느끼는 대위의 자의식은 자기만이 낯선 곳에 강제로 격리되어 남겨졌다는 소외감에 젖어든다. 대위의 이러한 의식 상태는 인간이 자신의 경험 중에서 자기 자신을 낯선 사람인 것처럼 경험하는 소외적 경험 양식을 보여주고 있다는 점에서 주목된다. 프롬(Erich Fromm)에게 있어 소외란 스스로를 따돌림당한 사람이라고 느끼게 되는 경험을 뜻한다. 소외된 인간은 그 자신으로부터 소원해진 나머지 스스로를 자기 세계의 중심체나 자기 행위의 창조자로 느끼지 못하고 자신의 행위와 그 행위의 결과가 주인공이 되어 복종과 숭배를 강요하게 되며, 다른 사람들로부터 떨어져 있듯이 자기 자신으로부터도 떨어져 자신과 외부세계를 생산적으로 연결시키지 못한다.[28] 고향 상실과 집의 부재로 뿌리뽑힌 삶을 영위하는 대위의 '세상과의 단절'은 근대적 경험의 부정적 측면인 소외의식에 이르고 있는 것이다. 이와 같이 근원적으로 집이 부재하는 부랑노무자로서의 대위의 자의식은 「객지」의 등장인물들이 대부분 공유하는 성격이다. 따라서 이것은 황석영 소설의 지니고 있는 방황 모티프의 행위 주체인 '길 위의 인물'들이 공통적으로 지니고 있는 실향적 자의식으로 그 의식 유형의 분류가 기능하다. 그들은 선험적인 고향을 상실당함으로써 타인뿐만 아니라 자기 자신조차도 타인이 되는 소외의 지점에 놓여 있으며, 그 지점은 정착을 허락하지 않은 채 끝없이 길을 떠날 것을 강요하고 있는 것이다.

(2) 부랑자의식과 일탈의식

「삼포 가는 길」(1973)은 뿌리뽑힌 삶의 성격을 더욱 여실하게 보여주는 작품이다. 뜨내기 노무자인 노영달과 정씨, 술집 작부인 백화의 조우와 별리의 과정에서 일어나는 인간적인 연민과 연대감을 서정적으로 묘사하고 있는 이 작품은 등장인물의 면면이 모두 생활의 근거지를 확보하지 못하고 유랑하는 삶을 지니고 있다. 가령 열여덟에 가출하여 스물두 살에 이르기까지 전국의 술집과 창녀촌을 전전한 '관록이 붙은 갈보'인 백화는 일하던 술집에 빚을 남기고 도망치는 중이며, 공사장의 일자리가 있는 곳이라면 어디든지 찾아다니는 부랑노무자인 노영달 역시 밥집 안주인과의 불륜이 들켜서 도망을 하고 있는 처지이다. 또 정씨는 십여 년 전에 고향을 떠나 '큰집'(감옥)을 드나들며 배운

---

28) Erich. Fromm, *The Sane Society* (1955), 김병익 역, 『건전한 사회』 2판(범우사, 1994), p.124 참조. 프롬은 소외의 원인에 대하여 인간이 자연의 일부이면서 동시에 자연에서 분리되어 있다는 점과, 인간이 동물적인 동시에 인간적 존재라는 기본적인 모순에서 출발하는 것으로 보았다. 따라서 인간은 자신을 자기 세계의 중심으로 파악하지 못하고 이질적인 존재로 경험하게 되어 행위의 주체자가 되지 못한다. 즉 소외된 인간은 자연, 사회, 이웃 및 타인들과 자신, 자아의 본질적 근원에서 단절되어 있기 때문에 고독감과 소외감을 느끼게 된다.

기술로 떠돌이 생활을 하다가 '나이드니까, 가보구 싶어서' 아는 이도 없는 고향인 삼포를 찾아가는 길에 있다. 이들은 '산업사회와 더불어 찾아온 물신주의에 의해 희생되어 그들이 돌아가야 할 땅을 잃어버린 자'[29]로서 그들의 삶은 결코 '집'에는 이르지 못하는 '길' 위에 있다.

> ⅰ) 영달은 어디로 갈 것인가 궁리해 보면서 잠깐 서 있었다. 새벽의 겨울 바람이 매섭게 불어왔다. 밝아오는 아침 햇볕 아래 헐벗은 들판이 드러났고, 곳곳에 얼어붙은 시냇물이나 웅덩이가 반사되어 빛을 냈다.
>
> (「삼포 가는 길」, p.258)

> ⅱ) 그때에 기차가 도착했다. 정씨는 발걸음이 내키질 않았다. 그는 마음의 정처를 방금 잃어버렸던 때문이었다. 어느결에 정씨는 영달이와 똑같은 입장이 되어 버렸다.
>
> 기차가 눈발이 날리는 어두운 들판을 향해서 달려갔다.
>
> (「삼포 가는 길」, p.277)

위에 인용한 「삼포 가는 길」의 첫 장면인 ⅰ)과 마지막 장면인 ⅱ)의 문맥은 주인공인 영달과 정씨의 정처없는 삶의 여정을 상징적으로 드러낸다. '새벽'에서 시작되어 '밤'으로 이어지는 하룻동안의 서사적 시간 속에서 매서운 겨울바람과 헐벗은 들판, 눈발이 날리는 어두운 벌판의 공간 속을 부유하는 이 작품의 인물들에게 고향 또는 집은 그 열망과 지향에도 불구하고 닿을 수 없는 거리에 있다. 정씨의 고향인 삼포는 '바닷가까지만도 몇백 리 길'이고 거기서 또 배를 타야 하는 물리적인 거리도 물론이려니와, 관광호텔을 짓기 위해 바다에 방둑을 쌓고

29) 이태동, 「역사적 휴머니즘과 미학의 근거 : 황석영론」, 『한국현대소설의 위상』(문예출판사, 1985), p.343.

트럭이 수십 대씩 돌을 실어나르는 개발지임으로 해서 동네와 나룻배가 모두 없어진 '사라진 고향'이다. 따라서 영달과 정씨가 찾아가는 삼포는 이미 고향으로서의 삼포가 아니라 부랑노무자의 현실인 공사 현장의 의미밖에는 가지지 못한다. 즉 백화와 헤어지고 난 후 삼포를 향해 가는 그들의 여정은 '집'에 닿지 못하는 '길'의 연장인 셈이다. 백화의 경우도 마찬가지다.

> 그래요. 밤마다 내일 아침엔 고향으로 출발하리라 작정하죠. 그런데 마음뿐이지, 몇 년이 흘러요. 막상 작정하고 나서 집을 향해 가보는 적두 있어요. 나두 꼭 두번 고향 근처까지 가봤던 적이 있어요. 한번은 동네 어른을 먼발치서 봤어요. 나 이름이 백화지만, 가명이에요. 본명은…… 아무에게도 가르쳐 주지 않아. (「삼포 가는 길」, pp.267~270)

백화가 고백하고 있듯이 그녀의 귀향 의지는 고향을 '먼발치'에 두는 스스로의 단절의식에 의하여 좌절되고 있다. 이것은 가명인 '백화'와 본명인 '이점례'의 분절적 거리를 상정하고 본명을 아무에게도 가르쳐 주지 않는 심정과도 동궤에 놓이는 것으로 백화에게 있어 고향이란 이미 근접할 수 없는 세계의 것이다. 따라서 백화가 '조용히 틀어박혀 집의 농사나 거들지요' 하는 소망을 지니고 귀향한다고 해서 그것이 쉽게 이루어질 수 없다는 것을 우리는 다음과 같은 노영달과 정씨의 대화에서 암시받는다.

> "쳇, 며칠이나 견디나……."
> "뭐라구?"
> "아뇨, 백화란 여자 말요. 저런 애들…… 한 사날두 시골 생활 못 배겨나요."

"사람 나름이지만 하긴 그럴 거요. 요즘 세상에 일이 년 안으루 인정이 확 변해가는 판인데……." (「삼포 가는 길」, p.276)

이러한 사정은 자신의 고향으로 함께 가지 않겠느냐는 백화의 제의에 대하여 '어디 능력이 있어야죠' 하는 말로, 뜨내기 신세를 청산하고 '말뚝 박고 살게 될지'도 모를 기회를 쉽게 포기하는 노영달의 태도에 이어져 있다. 실직과 가정의 붕괴, 밥집 안주인과의 불륜 등의 그의 행적에서 보이듯이 그는 이미 집과 고향이 지니는 안식에 대한 기대와는 거리가 너무 멀어진 인물이며, 그럼으로써 노영달은 자신의 정착에 대해서도 부정적일 뿐더러 백화의 정착에도 의심을 지닌다. 그리고 삼포에 대하여서도 '잘됐군. 우리 거기서 공사판 일이나 잡읍시다'라고 하여 장씨와는 달리 공사판 현장으로의 인식에 쉽게 도달하고 있는 것이다.

이와 같이 「삼포 가는 길」의 인물들이 공유하고 있는 성격이 '집'의 부재 또는 상실로 인하여 '길'의 여정을 보인다는 점은 물론 그들의 계층적 위치가 정착을 용납받지 못하는 사회 기층으로 굳어졌음을 의미한다. 김병익이 말하고 있듯이, 70년대적 의미에서의 집은 단순한 주거 공간이 아니라 이 사회에 뿌리박고 사는 근거가 되며, 따라서 집이 없다는 것은 그의 삶이 사회에 안주하지 못하는 '뿌리뽑힌' 것임을 웅변해 준다.[30] 이렇게 볼 때 황석영 소설이 그려내고 있는 집의 부재와 길 위에서 방황하는 인물들은 사회적인 문맥에 의하여 그 성격의 본질

30) 김병익, 「한국 문학에 나타난 계층 문제」, 『들린 시대의 문학』(문학과지성사, 1985), pp.123~125 참조. 김병익은 황석영의 「삼포 가는 길」과 윤흥길의 「집」, 그리고 조선작의 「영자의 전성시대」 등 70년대 작가들의 대표적인 작품들이 집 없이 떠돌아다니는 사람들의 집에 대한 간절한 소망을 보여주고 있다는 점에서 '70년대적 증상'을 발견하고 있다. 70년대에서의 집은 그 소유와 비소유가 이 체제에 편입해 있는가 탈락되어 있는가의, 좋은 집과 시원찮은 집은 이 사회에서의 높은 소득계층인가 낮은 소득계층인가를 잴 수 있는 잣대가 됨으로써 집은 곧 계층 분화의 매개물이 된다. 이를테면 70년대 소설이 드러내는 '집의 부재'는 70년대의 한 사회적 현상인 소외계층의 불안정한 삶에 대한 문학적 구조화인 셈이다.

이 찾아진다.

황석영의 이 같은 방황과 동요가 우리 사회 자체의 방황과 동요에 깊이 연관되어 있다는 사실은 거증하기 어려운 일이 아니다. 이 점은 그의 가난하고 힘없는 주인공들과 저 50년대의 처절한 젊은 파탄을 비교해 보면 그 성격이 저절로 부각될 것이다. 손창섭이나 이범선의 가난한 사람들이 전후의 피폐한 현실의 어쩔 수 없는 축도였다면 황석영의 그들은 상대적인 가난과 무력함을 느끼는 자들로서 그들은 언제나 부유하고, 힘있는 자들에 의해 그 의식의 상처가 깊이 패인다. 그에게 민중작가라는 이름을 붙여준 「객지」의 상황은 바로 이런 사정을 예리하게 드러내 주고 있다. 말하자면 그의 가난, 그의 무력함은 사회 현실 전반이 처하고 있는 상황의 압축이 아니라 사회가 경제적으로 발전하는 과정에서 야기되는, 다시 말해서 사회 조정의 부산물로서 드러나는 사회적 불화의 반영인 것이다.[31]

이와 같이 황석영의 인물들은 사회와의 불화로 인하여 아무 곳에도 뿌리를 내리지 못하고 정처없이 떠돌아다녀야만 하는 운명을 지니고 있으며, 그것은 운명적인 것이므로 그들의 삶도 역시 그러한 부유성에 의하여 규정된다. 황석영 소설에 있어서 지배적으로 드러나는 이러한 부랑자로서의 일탈의식은 곧 사회와 단절된 개인으로서의 이질감과 불안감을 조성하고 있으며, 이것이 곧 일탈구조로 작용하고 있는 것이다. 그러므로 일탈구조는 일탈적 인물의 내면의식이 소설 속의 행위적 사건으로 반영된 양상으로 일탈의식을 구현하고 있다.

---

31) 김주연, 「떠남과 외지인의식」, 『현대문학』, 1979. 5, p.239.

2) 길 찾기로서의 일탈구조

(1) 길에서 보는 집—대립의 이미지

앞에서 보았듯이 뿌리뽑힌 삶을 살아가고 있는 '길' 위의 사람들에게 있어 일상적인 의미의 '집'은 삶의 원점으로서의 시원적 의미를 띠고 있는 귀향의 이미지를 지니는 것이 아니라 오히려 현실과의 불화 또는 세계와의 대립을 확인시켜 주는 매개물에 다름이 아니다. '세계와 자아가 전일하게 통합되어 완전한 전체를 이루었던 태초의 시간, 즉 태극의 전일성을 회복하고자 하는 근원적인 갈망'[32]을 담고 있는 귀향성·정착성이 좌절되어 버린 현실세계에서 인간에게 주어지는 것은 '낯선 세계'에 대한 이질감과 대립감일 것이다. 가령 「객지」에서 부상으로 입원한 목씨에게 저녁을 갖다 주러 읍내의 병원으로 가는 동혁과 대위는 마을의 풍경에서 공사 현장과는 이질적인 세계를 만나게 된다.

> 선술집, 시계포, 다방, 그리고 무선사에서는 스피커를 통해 유행가가 흘러 나왔다. 두 사람은 흙탕물을 피하지 않고 철벅철벅 밟으며 걸어갔다. 그들은 묘한 감회 때문에 서로 내색을 않으려 하고 있었으나, 이런 마을이 자기들을 황량한 공사판의 흙벽 속으로 밀어 처넣었던 게 아닌가 하는 착각에 사로잡혀 있었다. 그들이 마을의 찬란한 진열장 속을 넘겨다보았을 때, 거기 비쳐 왔던 것은 손에 넣을 수 없는 상품들 위로 비치던 자신들의 젖은 꼬락서니였었다. 그 희미한 윤곽은 잠옷 위로, 색깔들 위로, 가구나 찻잔들 위로 망령처럼 떠올랐었다. 그들은 얇은 유리창 위에 흐르고 있는 낯익은 집동네의 생활을 훔쳐보고 있었던 것 같았다.
>
> (「객지」, p.40)

---

32) 김영석, 「한국시의 생성이론 연구」(경희대 대학원 박사학위논문, 1984), p.89.

동혁과 대위의 삶의 현실인 간척지의 공사판과는 대조적으로 마을은 '찬란한' 풍경으로 존재하고 있으며, 그 속에서 그들은 '젖은 꼬락서니'의 자신을 확인한다. 마을의 생활과 공사판의 생활은 대립적인 세계였던 것이다. 자신의 존재와는 병립할 수 없는 이질감을 마을에 대하여 느끼게 됨으로써 그들의 자의식은 마을의 풍경을 구경하는 것조차 '훔쳐보고 있었던 것' 같은 일종의 범죄의식으로 증폭되며 마침내는 '이런 마을이 자기들을 황량한 공사판의 흙벽 속으로 밀어 처넣었던 게 아닌가 하는 착각'에 이르게 한다. 이와 같이 시골 마을의 소박한 일상의 모습에 대하여서도 위화감을 느끼는 것은 공사판의 현실이 극도로 비일상적·비인간적 상태에 있음을 보여주는 동시에 돌아가거나 들어앉을 집이 없는 노무자들의 참담한 현실을 말해 주는 것이다. 법정임금에 미달하는 노임, 전표로 부당한 이윤을 취하는 서기들과 노임을 착취하는 함바, 뚜렷한 휴식시간이나 고정된 일정량이 없는 노동시간, 깡패들을 앞잡이로 내세워서 노무자를 폭행하는 십장과 노무자 간부급들, 그리고 '마치 가축의 우리 같은 데다가 십여 명 이상씩 때려넣고, 각 집에서 형편없는 식사를 제공해 주고' 있는 함바의 조건 등 간척지 현장에서 노무자들의 삶은 지극히 비극적이다. 따라서 이러한 부랑노무자들에 있어 일상의 풍경을 간직하고 있는 마을의 '집'은 자신들의 세계에 존재하는 것이 아니라 오히려 자신들의 세계를 더욱 비참하게 비추어 주는 대립적인 세계의 이미지인 것이다.

「이웃 사람」(1972)에서도 마찬가지로 대립적인 이미지로서의 집의 성격을 확인할 수 있다. 이 작품은 화자인 '나'가 창녀촌에서 방범대원 복장을 한 남자를 '죽일 마음은 전혀 없었'지만 칼로 살해하고 잡혀와 형사에게 술회하는 담화체로 진행되는 작품으로서 역시 '집'에 대한 대립적 이미지를 구현한다. 베트남 파병군 출신으로 농사일이 하기 싫어서 고향을 떠난 인물인 그가 서울에서 기거하게 된 곳은 근로자 합숙소였다. 그런데 이 합숙소는 '숙소'의 의미를 갖지 못하는 열악한 환경을 지닌다.

> 창고 같은 델 널판자로 칸막이했구요, 세멘 바닥 위에다 다다미를 깔은 좁다란 방에 스무명쯤이 서로 발바닥을 맞대고 누워 자는 형편이었죠. 침구라곤 반으로 자른 군용 누비이불이 전부죠. 창문이 없어서 아침에도 불을 켜야 할 정도루 어두웠어요. [⋯중략⋯] 저녁마다 이 방 저 방에서 보잘것없는 술판이 벌어지고 법석대며 싸우는 난장판 때문에 새벽이 되어야 겨우 코 고는 소리들이 들리지요. 문앞에서부터 벌써 퀴퀴한 더러운 살냄새가 나구요, 벌거숭이 사내들이 빨지 못해 누리끼해진 속옷 바람으로 복도를 어슬렁거리는 꼴은 무슨 짐승우리 같은 느낌입니다. 아니, 바깥 길거리가 헐벗은 들판이거나 야산이라면 또 모르되 아침마다 신사, 숙녀들이 꽃 같은 차림으로 지나가는 바로 열 걸음 안쪽이 그 모양이니 말씀이지요. (「이웃 사람」, pp.199~200)

이와 같이 '아침마다 신사, 숙녀들이 꽃 같은 차림으로 지나가는 바로 열 걸음 안쪽'의 합숙소가 지니는 비인간적인 주거의 형태는 이미 '집'이 아니라 '짐승우리'와 같으며, 여기에서 화자가 안주의 의미를 가지지 못하는 것은 당연하다.[33] 따라서 일차적으로 열악한 주거 환경에 편입되는 것으로 시작된 화자의 서울 생활은 공사장 막일꾼과 종합병원에 피를 파는 처지에까지 이르게 되고, 화자로 하여금 '왜 그리 살벌한 때에 작은 죄라도 저지르고 유치장에 갈 생각을 하지 못했는지

33) 황석영에게 있어 '집'의 공간적인 의미는 부정성을 지닌다. 황석영의 소설로서는 특이하게 심리소설적인 성격을 띠고 있는 작품인 「假花」(『가객』, 백제, 1978, pp.187~226)의 경우, 주인공 '무'에게 있어서 '방'은 그가 잠에서 깨어나자마자 곧장 나와 버리는 구역질나는 공간이며, 그가 한 여자를 찾아 헤매다니고 있는 '건물'은 인간의 존재 가치가 무시되는 지옥과도 같은 공간이다. 따라서 이 작품에서 '집'은 분열되고 건조한 이미지를 지님으로 해서 주인공과 화합하지 못하는 공간이 되고 있다.

모르겠군요'라고 술회하듯 최소한의 인간적인 생존을 위한 방법의 선택으로써 범죄를 통한 일탈의식을 보이게 되는 것이다. 이를테면 화자의 의식에 있어서 훼손된 집의 의미는 범죄를 통해서라도 확보하고자 하는 최소한의 생존 조건이었던 것이며, 이러한 사실을 미처 깨닫지 못함으로써 그에게 가해진 추위와 배고픔은 화자의 의식에 있어 이미 인간으로서의 자기 자신을 부정하는 인식에까지 이르고 있다.

> 한끼에 목을 매단 놈이 어디 사람입니까. 어차피 사람 아니긴 매일반 아닙니까. [⋯중략⋯] 요는 그런 말 속엔 일의 조건, 사람의 조건, 같은 건 깡그리 무시되고 있다 그 말입니다. 나는 그전에 몰랐습니다. 내가 왜 이런 조건 속에서 무섭고 혹독한 인생을 견디고 있나, 하는 의심조차 품지 않고 참기만 했었죠. 참 놀랍도록 미련하게 참았죠. 그런데 내가 이 거리를 걷고 있는 수많은 사람들 중의 하나라는 걸 알게 된 겁이다. 아 나두 사람이었구나, 헌데 어째서 나는 이 떨어진 군복을 입고 있을까, 왜 내의도 못입고 추운 겨울바람에 떠나, 왜 굶나, 왜 피까지 파는 가⋯⋯ 하다 보니 나뿐만 아니라 이 도시 전체가 사람이 아닌 것들로 들끓고 있는 것 같았지요." (「이웃 사람」, pp.203~204)

이것은 집에 안주하지 못하고 길 위에서 추위와 배고픔에 떨고 있는 자신은 '사람이 아닌 것'일 수밖에 없다는 인식이다. 그리고 화자의 이와 같은 자기 부정적인 부랑자로서의 자기 인식은 마침내 '축대와 계단이 남대문만큼 높고, 뜨락이 시골 동구앞 공터보다 넓은' 어느 집으로 들어가 '회장님'이라 불리는 늙은이에게 수혈을 해줌으로써 '보신'의 대상이 되어 버린 자신에 대한 극도의 인간적 혐오감을 경험하게 된다.

나는 휘청대며 일어나려다가 문설주에 걸려서 다시 넘어졌습니다. 부인네와 간호원이 부축을 해주는데 그제서야 콧날이 찡합디다. 쉬었다 가라는 것을 마다하고 가까스로 문앞까지 나왔는데 흰 봉투 하나를 주머니 속에 꾹 찔러 주더군요. 철문이 내 등 뒤에서 꽝 닫히고, 까마득하게 내려다뵈는 계단을 내려갈 길이 감감했습니다. 회충약을 먹었을 때처럼 세상이 온통 샛노랗게 보였죠. 〔…중략…〕 땅을 보면 발이 헛딛어지는 것 같아 노랗게 흐려진 하늘을 향해 머리를 치켜들고 허청허청 걷는데 눈물이 자꾸 귀 밑으로 흘러내립디다. 어떤 골목으로 들어가서 세멘 쓰레기통에 상반신을 기대고 얼마쯤 쉬었습니다. 잠깐 깜박, 했던 모양인데 눈을 떠 보니 벌써 사방은 캄캄한 밤이었어요. 눈을 뜨자마자 흐릿한 별들이 보였거든요. 나는 일어날 생각도 않고 오랫동안 별을 올려다보았습니다. 어쨌선지 마음이 잔잔하게 가라앉았습니다.

(「이웃 사람」, p.206)

화자가 보신의 대상으로 피를 팔았던 '집'은 가진 자가 가지지 못한 자를 '보약'으로 먹을 수 있는 공간으로서, 길에서 떠도는 화자의 세계와 적대적으로 단절되어 있는 공간이다. 따라서 그 집의 철문이 등 뒤에서 닫힘으로써 화자는 자신의 세계인 길로 다시 내던져졌으며, 그 집과 길의 사이는 견고한 철문과 '까마득하게 내려다뵈는 계단'으로 철저하게 분리된다. 즉 화자에게 있어 그 집은 부의 거대한 힘으로써 가난하고 나약한 한 인간의 인간성과 생의 의지를 앗아가 버린 장소이다. 또한 화자로 하여금 세상이 온통 샛노랗게 보이고 눈물이 흐르며 세상을 향해 걸어나갈 힘을 잃어버린 채 쓰레기통에 기대어 잠들게 하는, 화자를 철저하게 파괴시킨 대립적 세계인 것이다.

(2) 대립의 심화와 일탈행위

「객지」의 부랑노무자와 「이웃 사람」의 막노동꾼 화자를 통하여 '길' 위의 인물들에게 있어 '집'이 대립적 세계로 인식되고 있다는 점은 곧 그러한 비참한 현실에 놓여 있는 자신의 세계를 벗어나기 위한 욕망과 실천을 보이게 된다. 기실 황석영의 소설은 사회적인 불화를 겪고 있는 개인의 자기 개선과 현실 개혁의 의지를 통하여 그 세계를 극복하고자 하는 의식의 총체로서, 그러한 의식에는 소설이 지니는 개인과 세계와의 대립이라고 하는 문학의 근원적 의미가 내재되어 있다. 즉 황석영의 소설이 구축하고 있는 구조적 양상은 빈부의 격차와 계층간의 갈등에 기인하는 자아/세계의 대립적 세계이며, 이와 같은 갈등은 루카치가 말한 '이원성의 양식' 곧 자아와 세계 간의 단절의 산물인 서사양식으로서의 소설이 지니는 본래적인 성격이라고 할 수 있다. 소설의 주인공과 자기 사회와의 관계는 갈등과 모순의 관계로 특징지을 수 있다. 모든 뛰어난 소설은 주인공의 보편적 개념과 우발적 사회 현실 사이의 엄청난 괴리를 보여주며, 소설 주인공들은 자신의 이상과 사회 현실 사이의 단절의 희생물이다. 그들은 이 단절의 원인을 알고자 할 뿐만 아니라, 나아가서 이 화해할 수 없는 두 질서, 두 도식을 조화롭게 결합하려고 그들의 정력을 바치면서 이 단절을 끝내고자 한다. 그러나 이 결합의 노력은 결국 실패로 귀착될 운명의 것이고, 작가는 주인공의 사회 질서에 의한 파멸을 통해 사회의 허위의 가치관을 고발하고 비판한다.[34] 황석영에게 있어서도 그 소설의 주인공들이 보여주는 세계와 시대에 대한 저항의 양상은 이와 동일한 의미를 지니게 되는 바, 이는 황석영의 작가 의식에 근원을 두고 있다.

---

34) 이동렬, 『문학과 사회 묘사』(민음사, 1988), p.196 참조.

나는 노동자뿐만 아니라, 기공·소시민·군인·여대생·소년·갈보 등등의 각계 각층의 등장인물을 보여주지만, 보다 바람직한 인간의 삶에 기여해 보고 싶다는 소망을 근본적으로 잊은 적이 없다. 문학이 인간의 삶을 개선해 나가는 데 무력하다는 의견은, 몹시 비관적이며 반문학적인 견해라고 생각된다. 그렇다면, 인류가 남겨 놓은 수많은 문학적 유산은 휴지화하여야 될 것이고, 역사 속에서 뜨거운 정신이 쉴새없이 인간의 사고를 개선 발양해 온 사실은 모두 거짓이 될 것이다. 소설은 보여주는 데서 한 걸음 더 나아가 감동을 수반한 비판적 기능을 가지고 내일을 이야기하는 데까지 가야 한다. 〔…중략…〕 문학은 비생명적이며 반인간적인 여러 요인에 언제 어느 때나 맞서서, 동시대의 사람들과 더불어 바람직한 인간 조건을 세우는 데 한치라도 가까이 가야 할 것이다. 가까스로 안간힘이라도 하면서, 가까이 가겠다는 노력이 보다 중요한 것이요, 문학이 스스로 그 의무와 권리를 내던지고 투항하는 일이 있을 수 없다.[35)]

이와 같은 황석영의 결의는 그의 문학적 실천과 함께 70년대 작가의 시대 인식의 한 접점을 보여주는 것으로, 그의 소설이 드러내고 있는 일탈행위의 양상은 대립적 세계 속에서 그것을 극복하기 위하여 자기 존재의 역할을 찾는 서사구조를 구현하고 있다. 따라서 황석영 소설의 서사구조는 프롬이 말하는 이른바 '정체감에 대한 욕구'의 의미를 지닌다고 할 수 있다. 인간은 그 자신을 다른 인간이나 조직 속에 귀속시키려는 욕구와 더불어 그 자신이 자연이나 타자와는 구별되는 스스로의 정체를 가지고자 한다. 즉 인간은 어느 누구와도 바꿀 수 없는 그 스스로의 어떤 독특한 행위의 주체나 객체로서 그 자신을 인식하려고

35) 황석영, 『심판의 집』, 앞의 책, pp.9~10.

한다. 그리하여 인간은 충실히 개인화된 인격의 창조적인 개발을 통하여 그 자신의 정체감을 충족시킬 수 있게 된다.[36] 이를 확인하기 위하여 황석영의 소설이 구현하고 있는 일탈행위의 양상인 살인과 자살의 모티프[37]를 분석하여 보기로 한다.

황석영의 70년대 소설에서 살인 모티프가 구조적 성격으로 드러나고 있는 작품은 「이웃 사람」(1972)과 「심판의 집」(1977)이다. 그리고 앞의 작품들보다 부분적이기는 하지만 「돛」(1977)의 경우도 전쟁의 승리를 위해 아군의 희생을 조작 · 방관하는 군부의 합법성을 가장한 살인의 형태를 지니고 있으며, 「가객」(1978) 역시 주인공 '수추'의 죽음을 통하여 억압적인 시대의 폭력을 우화적으로 표현하고 있다.

이러한 작품들이 보여주는 살인 모티프의 양상은 아노미적 일탈의 의미를 지니고 있다는 점에서 주목된다. 즉 일정한 사회 또는 집단의 구성원에 공통된 행동을 지배하는 일단의 조직화된 규범적 가치인 개인의 '문화구조'와 사회 또는 집단의 구성원이 다양하게 관련을 맺고 있는 일단의 조직화된 관계인 '사회구조'와의 관련 양상에서 문화구조의 붕괴가 일탈적인 살인 행위로 나타나고 있는 것이다. 앞 장에서 뒤르켐에 의하여 제기된 아노미 개념의 핵심이 '도덕성의 혼란'임을 확인한 바 있지만, 머턴에 이르러 아노미는 개인의 문화적 규범 또는 목표와, 이와 일치하게 행위하려는 집단 구성원의 사회적으로 구조화된 능력 사이에 심각한 단절이 존재할 때 발생하는 일탈행위의 한 원인이 되고 있다.[38] 다시 말하면 아노미적 일탈은 문화구조와 사회구조가 제

---

36) 정문길, 『소외론 연구』(문학과지성사, 1978), p.136 참조.

37) 본 연구에서 사용하는 모티프의 개념은 소설 작품내에서 다양한 행위, 사건, 인물을 초래하는 질료적 단위인 '상황적 요소'를 의미하는 것으로 구조적인 성격을 띠고 있다. 모티프의 개념에 대한 보다 자세한 논의는 이재선 편, 『문학주제학이란 무엇인가』(민음사, 1996)에 수록된 미셸 반헬푸트, 테오도르 볼페르스 등의 글에서 찾아볼 수 있다.

38) Robert K. Merton, *Social Theory and Social Structure*, rev. ed.(New York : The Free Press, 1957), pp.162~163 참조.

대로 통합되지 못한 데서 기인하는 개인과 사회의 갈등 양상으로서, 개인의 사회적 부적응의 원인을 사회와의 관계망 속에서 인식하는 태도라고 할 수 있다. 황석영 소설이 보여주는 살인 모티프도 이와 같은 시각에서 접근하는 경우 그 의미망은 더욱 뚜렷해진다.

예를 들면 「이웃 사람」에서의 주인공 '나'는 "노골적이지 농사일은 하기 싫었구요. 나 같은 놈이 뭣 땜에 시골 구석에서 썩으려고 하겠어요. 세상의 쓴 맛 단 맛을 안다는 놈이 말요. 꼭 자수성가해서 남부럽잖은 사람이 되어 식구들을 호강시키리라 결심했던 겁니다."(p.199)라는 말에서 보이듯이 도시적 욕망에 가득 찬 인물이다. 그러나 도시라는 사회는 '나'의 문화적 목표를 충족시킬 수 있는 사회적 수단을 제공하지 않음으로써 궁핍함에 기인하는 사회와의 갈등 양상을 겪는다. 그리고 마침내 '회장님'의 보신용으로 자신의 피를 제공한 이후 극도로 혼란된 의식 상태와 가치관의 분열을 보이게 된다. 그의 의식은 '하루 종일 버스를 타고 종점에서 중심가로 오락가락하면서' 서울의 변두리와 번화가의 이질적인 풍경을 목도함과 아울러 그러한 풍경 속에서 하나의 이질적인 존재로 떠돌고 있는 자기 자신을 발견한다. 그와 같은 일탈적 자의식은 가슴에 품고 있는 칼을 통하여 '누구를 쑤셔야만 숨이 콱콱 막힐 듯한 답답함이 가실 것' 같은 일탈에의 충동을 열어 놓게 된다. 방범대원의 살해는 '나'의 아노미적 갈등이 극도로 고조된 상태에서 선택한 일탈행위인 것이다.

나는 아무 대답두 없이 품에서 신문지에 싼 식칼을 뽑았죠. 그리고 돌아서며 담담하게,

—넌 뭐야, 이 새끼.

하면서 푸욱 찔렀습니다. 칼맞을 상대가 나타나, 짜릿하도록 반가울 정도였습니다. 배에 가서 꼽혔으니 벌써 첫방에 그 새끼는 뒈졌을 겁니다.

그런데두 나는 넘어진 놈을 타구 앉아서 쑤시고 또 쑤셨습니다. 멍청히 앉아 있자니 골목 안에 한 사람도 보이질 않았습니다. 자, 이렇게 내가 사람 하날 죽이게 된 겁니다. 식칼은 그렇게 누군가를 쑤시고 말았습니다. 헌데 노골적이지 나는 그 새끼에게 아무 감정도 없었습니다. 이상하다, 그 말이죠. 그놈은 나하구 똑같은 놈이거든요. (「이웃 사람」, p.211)

위의 인용문이 보여주듯이 화자의 살인행위는 타인을 대상으로 한 것임에도 불구하고 '그놈은 나하구 똑같은 놈'으로 인식되고 있음으로써 자기 살해 곧 자살의 의미를 지니는 자기 파괴적 행위라고 할 수 있다. '그 새끼에게 아무 감정도 없었'음으로 해서 그를 살해한다는 것은 인과성이나 당위성을 갖는 것이 아니며, 화자의 살인 행위를 설명해줄 수 있는 근거는 자기 혐오이다. 즉 그의 살인은 타인에 대한 어떠한 감정의 결과가 아니라 "죽지도 않고 사람을 약으루 알고 있는 그 뻔뻔한 늙은 부자와 함께 나란히 누웠을 때에, 진작에 알아버렸음"(p.208) 대립적 세계의 현실에서 가지지 못한 자의 현실인 자신을 살해하여 파괴시킴으로써 그 대립의 측면을 심화시키고 있는 것이다. 이러한 살인 행위를 저지르기 이전에 화자는 버스를 타고 변두리와 중심가를 오락가락하며 배회하는 과정에서 '누구를 쑤셔야만 숨이 콱콱 막힐 듯한 답답함이 가실 것'을 느끼며, 그러한 살의가 빈곤에 허덕이는 자신의 춥고 배고픈 떠돌이의 현실을 향해져 있는 것임을 의식한다. 즉 '나'의 살인 행위는 아노미의 상황에서 행해진 개인과 사회와의 긴장된 현실의 충돌인 것이다.

「심판의 집」도 역시 도시적 욕망과 물신주의, 인간성의 허위와 탐욕이 빚어낸 살인의 현장을 묘사함으로써 아노미적 일탈의 양상을 보여주고 있다. 관리인 노인 혼자 지키고 있던 청운산장이란 곳에 무역회사 직원인 조남진과 오종호, 음악교사인 정광현과 그의 제자였던 여대생 최정임과 김희련, 의사인 강민우, 재벌 2세인 노준구와 그의 아내 나은경 등이 등반을 목적으로 모이게 된다. 그런데 폭우로 인하여 다리가 떠내려가고, 외부와 단절된 상황 속에서 조남진, 김희련, 관리인 노인 등이 차례로 살해된다. 소설의 결말에서 밝혀지는 바에 따르면 재벌 2세인 노준구가 결혼 후 미국에 가 있는 사이에 그의 아내 나은경이 조남진과 불륜의 관계를 맺은 것이 사건의 발단이었다. 청운산장에서 나은경을 만난 조남진이 그녀를 희롱·협박하자 나은경이 조남진을 살해하게 된 것이다. 이 장면을 관리인 노인이 목격하지만 그는 나은경의 처지에 동조하여 그녀의 살인을 덮어 두기로 하고 시체를 유기한다. 또 나은경은 자신의 피묻은 스웨터가 발견되기에 이르자 김희련을 급류에 밀어넣어 죽게 하고, 나은경의 범행을 눈치채고 그녀에게 대가를 요구하여 공모자가 된 의사 강민우는 후환을 없애기 위하여 관리인 노인마저 살해한다.

> 여기 있는 사람들 중에 나은경과 나는 흡사한 스타일이란 말야. 우리에게는 환상이란 없지. 이봐, 필요는 성공의 어머니란 말야. 우리는 거북이처럼 침착하고 뱀처럼 냉정하거든. 얘기를 계속하지. 김희련을 밀어낸 것은 역시 나은경이야. 당신의 추리는 언제나 옳았소. 헌데… 너무 인간적이었지. 나은경은 돌틈에 걸려서 흐느적대는 제 옷자락을 본 거야. 그걸 건지려는데 풀 숲을 헤치는 소리가 들렸지. 그 여자는 숨어 있었어. 김희련이 발견했지. 그래서 나은경은 숲에서 뛰어나오며 떠민 거야. 나는 이 모든 사실을 알고 나서 나은경과 홍정을 했어. 타협은 십 분만에 이루어졌어. 나는 그때부터 당신의 추리를 분쇄하고 나은경의 무혐의를 완벽하게 만들어 낼 의무가 있었지. 나는 나은경을 설득했어. 관리인이 살아 있는 한 평생 동안 위험은 떠나지 않을 게라구 말야. 왜냐하면 그 노인은 산장에서 끊임없이 많은 사람들을 만날 뿐만 아니라 결

정적인 데가 있는 성격이거든. 언제 떠벌리게 될지 모르는 일이란 말야. 우리는 간밤에 자지 않고 기다렸다가 내가 먼저 나가서 문 뒤에 숨어서 기다리고 나은경을 시켜서 밖으로 불러냈지. 자일로 목을 걸었네. 나도 마음이 편안한 것은 아니야. 갈피를 잡을 수 없이 고통스러워. 이제 내 인생은 뒤죽박죽이 되었어. (「심판의 집」, p.127)[39]

이와 같이 이 작품에서의 살인은 곧 불륜과 탐욕의 결과로서, 소설 속에서의 표현대로라면 "하수도 물이 땅 위로 노출되어 흐르는 것처럼 언제나 우리의 생활 저변에 괴어 있던 썩은 부분이 드러난 것"(p.11) 같이 육체적 욕망과 물질적 집착이 인간 생존의 의미를 농락하고 있는 현장을 여실하게 보여주고 있다. 이러한 성격은 이 소설의 인물들이 무역회사 직원, 교사와 여대생, 의사, 재벌 2세와 그의 부인 등 사회의 중상류층을 구성하는 인물이라는 점과 특히 살인 행위의 당사자인 나은경과 강민우의 성격에서 뚜렷하게 드러난다. 나은경은 조남진과의 불륜 자체만으로도 부정성을 드러내는 것이지만, "만약에 제 부정이 알려지면 저는 틀림없이 이혼당할 거예요. 저는 처녀 시절에 가난으로 많은 고통을 당했고 지금 생각만 해도 지겨울 정도예요. 저는 제 행복을 빼앗기고프지 않아요"(p.118)라는 말에서 알 수 있듯이 현재의 물질적 환경을 빼앗길 수 없다는 집착에서 살인을 저지르고 있다. 강민우 역시 의사라고 하는 비교적 부유한 물질적 환경을 지니고 있음에도 불구하고 더욱 비대한 소유욕을 만족하기 위해 나은경과 공모하고 있다. 부와 권력이 행위의 바람직한 목표로 과도하게 강조되는 사회에서는 언제나 비합법적인 수단이 그와 같은 사회적으로 강조된 목표를 달성하기 위해 사용될 위험성이 존재한다.[40] 머턴의 아노미이론에 따르면

39) 황석영, 『심판의 집』, 앞의 책.

문화적으로 도입된 성공의 목표에 대한 강조가 그에 조응하는 제도적 강조로부터 이탈하게 되면 기만과 부패, 사악함과 범죄와 같은 모든 금지된 행위들이 더욱더 일반화되는바, 「심판의 집」의 일탈적 인물들은 과도한 욕망을 자신들의 문화적 목표로 보유함으로써 일탈행위를 유발한다.[41] 즉 이들의 살인 행위는 사회구조가 개인의 욕망구조를 규제하지 못한 무규범의 아노미 상태로서 절대적인 도덕성의 빈곤 양상을 드러내고 있는 것이다.

여기에서 우리는 「이웃 사람」과 「심판의 집」에 나타나고 있는 살인 모티프의 유사점과 차이점을 발견할 수 있다. 즉 두 작품은 모두 아노미적 살인의 형태를 취하고 있다는 점에서는 유사하다. 그러나 「이웃 사람」에서의 살인은 자신의 문화적 목표를 실현할 수 있는 수단을 아무것도 가진 것이 없는 좌절감에서 비롯되고 있으며, 「심판의 집」의 경우는 자신이 가진 것을 잃지 않거나 더욱 많이 가지고자 하는 욕망에서 살인을 저지르고 있다는 점이 차이를 보인다. 따라서 일탈이론의 시각으로 볼 때 「이웃 사람」의 '나'는 사회 통합의 정도가 약한 인물이며, 「심판의 집」에서의 나은경이나 강민우는 사회 규제의 정도가 약한 인물로 받아들여진다. 여기에서 사회 통합이란 개인의 도덕이나 가치관이 사회의 그것에 동화·흡수되어 있는 상태의 정도를 의미하며, 사

40) Marco Orru, Anomie : *History and Meaning* (1987), 임희섭 역, 『아노미의 사회학 : 희랍철학에서 현대사회학까지』(나남, 1990), p.185 참조.

41) 퇴니스(Ferdinand Tonnies)는 그의 『공동사회와 이익사회』에서, 어떠한 목적을 위하여 선택한 합리적·의식적 의지인 선택의지를 근대사회의 인간 결합의 원리로 제시하고 이러한 선택의지에 의하여 결합된 사회를 이익사회라고 명명하였다. 근대사회의 인간은 혈연적 일체감과 정감으로 결합되는 공동사회의 본질의지에서 이탈함으로써 이기주의적인 충동에 의하여 공동체적 연대 관계에서 분리되어 각 개인이 고립되어 있으며, 자기 이외의 모든 사람에 대하여는 긴장 상태에 놓여 있는 이익사회의 생활을 하게 된다. 즉 퇴니스는 역사를 공동사회적인 사회질서로부터 점차 이익사회화해 가는 전환 과정으로 보았는데, 자본주의의 개인주의적 인간상을 구현하고 있는 강민우와 나은경은 이익사회적 인간의 전형성을 지닌다. Ferdinand Tonnies, *Gemeinschaft und Gesellschaft* (1887), 황성모 역, 『공동사회와 이익사회』 해제(삼성출판사, 1982), pp.17~19 참조.

회 규제란 사회의 도덕이나 가치관이 개인의 그것을 구속·제한하는 상태의 정도를 의미한다. 이들의 살인 행위는 그 결과는 동일한 형태로 나타나고 있지만 사회와의 관련상에서 볼 때 그 살인의 원인은 동일하지 않은 것이다. 이 점은 앞에서 논의한 적이 있듯이 「이웃 사람」의 '나'가 살인의 대상을 '그놈은 나하구 똑같은 놈'의 표현처럼 자기 자신으로 인식하는 의식 상태에서도 확인된다. 즉 자살이 자신에 대한 파괴적 행위이며 살인이 타인에 대한 파괴적 행위라고 하는 차이에도 불구하고 자살과 살인은 기능적으로 볼 때 심리적인 등가물이 된다.

일탈이론의 측면에서 인간의 구체적인 행동적 표현은 사회의 외적 구속체계에 의하여 결정된다. 그런데 사회적 구속과 통제에 복종하는 사람은 자신의 문제를 다른 사람의 탓으로 돌리는 경향이 있으므로 이러한 사람들은 살인을 함으로써 외적으로 좌절을 표현하는 경향이 있다. 반면에 외적 구속에 복종하지 않는 사람들은 쉽게 그들의 좌절을 다른 사람의 탓으로 전가시킬 수 없으므로 자살로써 좌절을 내적으로 표현하는 경향을 지닌다. 즉 자살이나 살인은 파괴의 대상이 다르기는 하지만 모두 극단적인 좌절의 표현이라는 점에서 동일한 행위적 성격을 지니고 있는 것이다.[42] 「이웃 사람」의 '나'는 사회 통합의 정도가 약함으로 인하여 사회적 구속에 복종하지 않는 인물이므로 자살을 통하여 내적 좌절을 표현하는 것이 사회학적인 관점에 어울린다. 그러나 '나'는 자살이 아니라 살인을 통하여 좌절을 표현하고 있으며, 이 살인 행위는 곧 자살과 동일한 의미를 지닌다고 볼 수 있는 것이다.

여기에서 다소 지엽적이기는 하지만 위에서 본 「이웃 사람」의 화자인 '나'의 일탈적 살인 행위와 관련하여 한 가지 의문을 품어 볼 수 있다. 이 화자에게 있어서는 살인 행위가 아니라 자살 행위에 의하여도

42) Andrew F. Henry and James F. Short, Jr., *Suicide And Homicide : Some Economic, Sociological and Psychological Aspects of Aggression* (New York : The Free Press, 1960), pp.101~103 참조.

그 좌절의 표현은 충분할 수 있는데 왜 자살을 택하지 않고 남을 危害하는 방법을 사용하는 것일까 하는 점이다. 이쯤에서 우리는 황석영의 작품이 지니는 일탈구조의 한 특성을 읽게 되는데, 그것은 황석영에게 있어 자살은 자기 희생의 의미를 지니는 것으로서, 황석영 소설에 있어서 자살은 자신의 목숨을 통하여 남의 목숨을 구하는 성스러운 의미를 지니고 있기 때문이다. 가령 「객지」에서의 동혁의 자살은 노동 쟁의의 완성을 위한 희생양으로서 자신의 목숨을 바치는 자기 희생의 의미를 띠고 있다.

그의 발길에 뭔가 채여서 굴러갔다. 동혁은 무심결에 그것을 주워 올렸다. 붉은 종이로 포장된 한 개의 남포였다. 그는 어제 한동이가 지껄이던 농담을 생각해 냈고, 그것을 심지가 바깥쪽으로 가도록 입에 물어 보았다. 꺼끌꺼끌하고 두터운 종이 포장 때문에 입 안이 건조해졌다.

그는 바위를 등지고 함바를 향해 앉았는데, 독산을 내려가는 인부들의 모습이 몇 명씩 그의 눈앞에 아른거리곤 했다. 제방이 보였고, 그 너머로 무한하게 펼쳐진 바다의 수평선이 보였다. 숙부가 타고 있던 이민선이 바다 바깥을 다시 지나가고 있을지도 몰랐다.

그는 자기 결의가 헛되지 않으리라는 것을 믿었으며, 거의 텅비어 버린 듯한 마음에 대하여 스스로 놀랐다. 알 수 없는 강렬한 희망이 어디선가 솟아올라 그를 가득 채우는 것 같았다. 동혁은 상대편 사람들과 동료 인부들 모두에게 알려 주고 싶었다.

"꼭 내일이 아니라도 좋다."

그는 혼자서 다짐했다.

(「객지」, p.89)

이러한 동혁의 자기 희생은 그가 원래는 평화적인 쟁의를 주장하던 인물이었으므로 자기 파괴에 근거하는 폭력성의 구현은 다소 의외적인 결말이다. 그러나 이것은 김치수가 마르쿠제의 노동자에 대한 인식을 논거로 하여 밝히고 있는 「객지」에 대한 견해를 살펴보면 보다 분명해진다.[43] 마르쿠제는 그의 『해방론』에서 현실 개혁의 모든 투쟁에서 노동자는 마지막까지 그 수행을 감당할 수 있는 세력이 아니라고 하였다. 말하자면 장씨가 마지막에 약간의 노동 조건 개선의 약속에 벌써 인부들의 성공을 내다보는 것과 마찬가지로, 노동자의 쟁의는 단순한 동기와 대단히 감정적인 요인을 갖고 있다. 왜냐하면 노동자는 생존권만 보장되고 자기네들이 내건 조건이 어느 정도 만족되면 그것으로 자신들의 승리감에 도취하기 때문이다. 그래서 마르쿠제는 노동자를 최후의 세력으로 보지 않고 있는 것이고 황석영 자신도 그러한 현실을 간파한 것이다. 그런 의미에서 동혁이란 인물은 결코 순수한 노동자라고 볼 수 없고 이들과 함께 있는 지식인이라고 보아야 옳을 것이다. 물론 이렇게 보는 것은 노동자들의 한계를 평가하고 지식인의 공격을 높이 평가하고자 하는 것이 아니다. 노동자들이 그처럼 즉흥적으로 행동할 수밖에 없는 것은 그들이 지금까지 영위해 온 삶이 그들의 사고를 더 이상 깊고 넓게 할 수 없게 만들었기 때문이고 그렇기 때문에 그들은 임금 몇 퍼센트의 즉각적인 인상만 보장받아도 자기네들의 쟁의에 성공이 온 것으로 생각할 수밖에 없는 것이다. 모든 것이 교환가치 체계로 움직이고 있기 때문에 그들에게 임금 인상 이상으로 매력 있고 만족스러운 조건이란 없는 것이다. 그들의 의식의 사물화, 물신숭배 사상은 그들의 책임이 아니라 그들이 살고 있는 세계의 책임인 것이다. 여기에서 동혁의 마지막 결심은 결국 지식인의 끈질긴 논리적·전략적인 노력이 쟁의에 절대적으로 필요하지만 결정적인 순간에 자기

43) 김치수, 「산업사회에 있어서 소설의 변화」, 『문학과 지성』, 1979. 가을, pp.894~895 참조.

희생을 통하지 않고는 그의 논리가 완성될 수 없음을 뜻하는 것이다. 이와 같은 자기 희생으로서의 자살은 「야근」(1973)에서도 동일한 의미로 그려진다.

> 정각 열한시가 되자마자 약속대로 기계 스위치를 끄고 작업을 멈춘 것은 절반도 못되었다. 경고와, 현장에 와 있는 공장장이 두려웠을 테니 당연한 결과였다. 여전히 기계소리가 시끄럽게 들려왔다.
>
> "갑자기 저 친구가 뛰는 걸 봤겠지."
>
> "봤어. 우리들 사이를 헤치고 지나갔으니까."
>
> 그가 사다리를 타고 뛰어올라왔다. 처음에는 모두들 무엇 때문인지 몰랐다. 붉은 쇠상자에 생각이 미치자 그제서야 말려라, 끌어내려라, 하고 소리만 쳤다. 그는 동력선을 끄려고 했었다.
>
> "그 해골을 그린 붉은 쇠상자 뚜껑을 열었지. ……퍼런 불이 번쩍, 했어. 흰 연기가 피어 오르더군. 저 친구는 콩크리트 바닥에 떨어져 있구 말이지. 기계가 멈췄더군." (「야근」, p.279)[44]

파업을 감행하기로 한 직공들은 약속 시간이 되자 기계를 멈춘다. 그러나 직공 중의 한 사람이 파업 사실을 회사측에 알려 주고 방해 공작이 벌어짐으로써 파업은 불발로 그치기에 이르런다. 그런데 '그'가 공장내의 고압선에 몸을 던져 희생하게 되고, 파업은 새로운 양상을 띤다. 열세에 몰렸던 근로자측이 그의 죽음을 계기로 하여 회사측에 대하여 강경 대응을 하고, 마침내는 노사 합의를 이끌어내는 것이다. 그의 자살은 「객지」의 동혁의 자살과도 같이 노동 쟁의의 국면을 전환시키는 자기 희생인 것이다. 그리고 성격을 조금 달리하는 것이기는 하

44) 황석영, 『가객』, 앞의 책.

여도 「산국」(1975)에서 왜군의 진로를 의병에게 알리기 위하여 봉화불을 올리는 모녀의 죽음도 타인을 위한 스스로의 죽음의 선택이라는 점에서 자기 희생적인 자살의 의미를 지닌다고 하겠다.

황석영의 소설이 보여주고 있는 일탈행위로서의 자살의 양상을 주목하면 그것이 프로이트식의 개인 심리나 자아 분열에 원인을 두고 있는 것이 아님을 발견하게 된다. 다시 말하면, 황석영 소설의 인물들이 드러내는 자살의 성격은 그것이 단순한 자기 파괴적 의미로써 저질러지는 것이 아니라 자기 이외의 어떠한 가치나 집단을 위한 代贖의 의미를 지님으로써 자기 희생을 통하여 보다 높은 가치를 지향하고 있는 것이다.

이러한 점에 있어서 황석영 소설의 일탈적 자살은 뒤르켐이 지적한 자살의 원인론적 분석을 검토하여 볼 때 더욱 선명하게 그 성격이 드러나므로 좀더 자세하게 뒤르켐의 이론을 살펴보도록 한다. 널리 알려져 있듯이 뒤르켐은 『자살론』[45]을 통하여 자살이 사회구조와 기능에 의해 사회학적으로 설명되어야 한다는 기본 가정을 지니고 자살의 원인과 양상, 자살률의 관계를 폭넓게 분석한 바 있다. 즉 뒤르켐은 자살을 설명함에 있어 한 개인의 심리적인 동기나 병적 현상으로 국한시키는 것을 거부하고, 자살을 개인의 내적 속성이 아니라 개인을 지배하는 외적 원인—곧 사회적 원인에 의하여 설명하고자 하는 것이다.

자살을 사회학적 사실로 취급하는 과정에서 뒤르켐은 이기적 자살, 이타적 자살, 아노미적 자살, 숙명론적 자살 등의 네 가지 유형으로 자살의 원인을 구별하고 있다. 그런데 이러한 자살 유형의 구분에는 개

45) Emile Durkheim, *Le suicide : etude de sociologie* (1897), 임희섭 역, 『자살론/사회분업론』(삼성출판사, 1990). 이하 뒤르켐의 자살론에 대한 일반적인 논의는 이 책에 따르며, 보충 설명이 필요할 경우 다른 논저를 참고하기로 한다. 특히 이 책에 같이 실려 있는 해제인 임희섭의 「'자살론'과 '사회분업론'에 대하여」(pp.10~25)는 뒤르켐의 논점을 매우 선명하게 정리하고 있으므로 많은 참고가 된다.

인과 사회 간의 연대를 결정하는 두 가지의 차원, 곧 '통합'과 '규제'라고 하는 사회학적 변수가 중요한 결정 요인이 된다.

가령 통합을 기준으로 할 때 개인과 사회 간에 통합의 정도가 낮은 상태에서는 '이기적 자살'의 비율이 높고, 그와 반대로 통합의 정도가 높은 상태에서는 '이타적 자살'의 비율이 높게 된다. 여기에서 이기적 자살은 개인이 사회에 충분히 통합되지 못하는 경우에 발생하는 자살, 곧 개인적 자아가 사회적 자아보다 강력하고 사회적 자아를 희생시키면서까지 주장되는 이기주의적 상태에 의한 자살이다. 다시 말하면 이기적 자살은 개인과 사회의 집합적인 힘이 약할 때 인간 존재의 근거를 사회적 삶에서 발견하지 못함으로써 발생하게 된다. 그러므로 이기적 자살은 개인에게 더 이상의 통제력을 행사하지 못하는 사회구조 속에서 개인이 소외되는 현상에서 기인한다. 사회적 연결망의 단절과 집합적 지지의 부재, 소원함과 고독의 상태가 외로움과 공허함의 느낌 및 존재가 비극이라는 감정을 야기하는 극단적인 개인주의가 이 같은 자살의 원인이 될 수 있으나 그 개인주의를 낳는 토양은 병든 사회, 일종의 집합적 무신론, 그리고 사회적 불안이다.[46] 이와는 달리 이타적 자살은 인간 존재의 근거가 자신의 외부에 있음으로써 발생하는 자살로서 행위의 목표가 자아의 외부인 사회 집단에 있는 이타주의적 상태에 의한 자살이다. 즉 연대감이나 통합이 강력한 집단 혹은 사회는 구성원들로 하여금 소속 집단이나 사회를 위하여 자기 자신을 희생하려는 충동을 갖도록 하며, 이때 그 집단 혹은 사회를 위하여 스스로를 죽이는 것이 이타적 자살인 것이다.[47] 뒤르켐에 따르면 타인에 대한 사회 통합의 정도가 높은 전통 사회에서는 개인의 생활이 관습에 의하여 엄

46) Igor S. Kon, ed., *A History of Classical Sociology* (1979), 김형운 · 노중기 · 유현 역, 『사회사상의 흐름』(사상사, 1992), p.249 참조.
47) 전경갑, 『현대사회학의 이론』(한길사, 1993), p.53 참조.

격하게 통제되고 있으므로 그런 사회에서는 대부분 이타적 자살이 발생한다고 하였다. 현대 사회에서는 특히 군대 집단에서 그러한 자살의 유형이 쉽게 발견되는데, 종교적·정치적 집단과 같은 보다 높은 차원에 있는 목적을 위하여 개인이 자신을 희생하는 자살의 형태이다.

또한 규제를 기준으로 할 때 개인에 대한 사회의 규제의 정도가 낮은 상태에서는 '아노미적 자살'의 비율이 높아지고, 그 반면에 규제의 정도가 높은 상태에서는 '숙명론적 자살'의 비율이 높아진다. 아노미적 자살은 급격한 사회 변동이나 경제 위기로 인하여 개인이 새로운 사회적 요구에 적응할 능력을 상실하여 사회와의 연결성이 단절된 상태에서 나타나는 자살이다. 즉 개인의 행위를 규정짓던 규범적 규제력이 약해져 사회가 인간의 성향을 억제하거나 인도해 주지 못할 때 집합의식의 약화가 일어나고,[48] 개인이 행위의 규칙이나 기준을 수립하지 못하여 도덕적 불안을 느낌으로써 발생하는 자살의 유형이다. 이와는 달리 숙명론적 자살은 개인에 대하여 사회적 규제가 과도하게 부여되었을 때 나타나는 것으로, 억압적인 사회의 규제에 대하여 개인이 자신의 처지를 비관하고 비애를 느낄 때 일어나는 자살이다. 이를테면 노예의 자살이 그러한 경우라 하겠는데, 뒤르켐은 현대 사회에서는 숙명론적 자살이 별다른 의미를 지니지 못하는 것으로 보고 있다.

이와 같은 뒤르켐의 분류에 따른 자살의 유형에 있어서 황석영의 소설에 나타나고 있는 일탈행위의 하나인 자살의 성격과 관련하여 특히 주목되는 유형은 '이타적 자살'의 유형이다.

이타적 자살은 마치 이타주의가 이기주의와 반대되는 것처럼, 이기적 자살의 반대되는 형태이다. 이기적 자살은 우울한 권태나 에피쿠로스적

48) Lewis A. Coser, *Masters of Sociological Thought* (1975), 신용하·박명규 역, 『사회사상사』(일지사, 1978), p.207 참조.

> 무관심과 같은 일반적 조울증을 특성으로 한다. 그와 반대로 이타적 자살은 그 근원이 맹렬한 감정에 있는 만큼, 일종의 정열의 연소를 요구한다. 의무적 자살의 경우에는 정열은 이성과 의지에 의해서 통제된다. 개인은 자신의 양심의 명령으로 자살을 하며 그 명령에 순종한다. 그러므로 그의 행동이 가지는 지배적 특징은 자신의 의무를 완수한다는 감정에서 오는 엄숙함이다. 그러나 이타적 자살이 고조되었을 때에는, 충동은 더욱 열정적이고 무분별하다. 신념과 열광의 폭발이 죽음을 일으킬 수도 있다. 〔…중략…〕 그들의 자살이 손쉽게 이루어진다고 해서 이것을 에피쿠로스적 자살의 환멸감이나 무미건조함과 혼동해서는 안 된다. 이와 같은 자살이 쉽게 범해지고 본능적인 것에 가깝다고 하더라도 자신의 생명을 제물로 하려는 것은 분명히 적극적인 경향이다.[49]

이러한 이타적 자살은 이성과 의지에 의해 통제된 정열과 감정에 기인하여 자신의 임무를 완수한다는 엄숙함을 특징으로 하는 행동으로서, 자신의 생명을 제물로 하는 적극적인 경향을 지니고 있다. 「객지」에서 다른 동료들이 회사측의 부분적인 노동 쟁의의 요구 조건을 수락함으로써 쟁의를 포기하는 단계에 이르러서 동혁이 '남포'를 물고 자살을 의도하는 것은 곧 자기 희생을 통하여 쟁의의 완성을 추구하는 지사적 인물형의 구현이 된다. 따라서 우리는 이와 같은 동혁의 자살이 결행된 이후의 상황을 미루어 짐작할 수 있는바 그것은 쟁의의 종료가 아니라 새로운 쟁의의 시발이 가능해진다는 점이다. 즉 동혁을 비롯한 간척 현장의 노무자들에게 있어 '길'은 끝나는 것이 아니라 다시 새로운 '길'을 떠나야 하는 것으로, 그들은 항상 '길' 위에 서 있게 된다. 이러한 의미에서 '꼭 내일이 아니라도 좋다'는 동혁의 독백은 보

49) Emile Durkheim, 임희섭 역, 앞의 책, pp.274~275.

다 개선된 노동 현실의 세계를 향해 걸어가는 노동자들의 항구적이고 상승된 의지의 표현일 것이다. 이와 같이 동혁의 죽음에 의하여 얻게 될 새로운 쟁의의 모습—노동자들이 단결된 힘으로 노동 현실 개선과 극복을 위하여 연대하여 나아가는 모습을 「야근」의 마지막 장면에서도 만나게 된다.

> 창고 안에 대낮 같은 불이 켜졌고, 끓어오르는 듯한 기계 가동소리가 들려왔다. 그들은 창고의 문을 활짝 열었다. 공장건물에서 함께 밤을 새웠던 남녀 공원들이 왁자지껄 떠들면서 마당에 몰려나오고 있었다. 직장과 몇 사람이 촛불을 끄고 관을 들었다. 여자도 한귀퉁이를 쳐들면서 친구들에게 맞은 공원을 불렀다.
> "좀 거들어요."
> 그가 여자 대신에 끼어들었다. 아무도 말을 하지 않았다. 그들은 관을 메고 아직도 가랑비가 내리고 있는 마당을 지나갔다. (「야근」, p.289)

위의 인용에서 '친구들에게 맞은 공원'은 노동 쟁의를 회사측에 밀고하여 회사측이 방해 공작을 하도록 함으로써 동료가 고압선에 뛰어들어 죽게 하는 원인을 제공한 인물이다. 그러나 이 작품은 한 직공의 자살을 계기로 그러한 반동적 인물에게도 노동자로서의 자아 인식을 가능하게 해준다. "자넨 새끼줄에 끌려가는 염소꼴이야. 질질 끌려만 다녔지. 줄을 끊을려구 한번이나 노력해 본 적이 있었나? 자넨 없는 거나 마찬가지야. 허깨비지. 자네가 바꾼 건, 자네 자신이야. 그런 몹쓸 병을 퍼뜨린 놈들이 나쁘지"(p.286)라고 하는 직장의 말이 대신하듯 그 밀고자에게 동료의 자살은 '허깨비'로서의 자신을 각성케 하고 있는 것이다. 따라서 밀고자가 함께 관을 메고, 그것에 대하여 다른 동료들이 아무도 항의하지 않고 함께 마당을 지나가고 있음은 한 노동자의 자기 희생적 자살이 고취시킨 고귀한 연대감의 확인이 될 것이다.

3) '길'의 사회학과 현실 극복의 구조

황석영 소설에 대한 위에서의 논의를 통하여 우리는 황석영의 개인사의 측면에서 고향에 대한 원체험의 부재가 '집'의 부재라고 하는 자의식을 드러내고 있고, 그러한 자의식은 작품구조상에서 일정한 직업과 정착지를 갖지 못하고 떠돌거나 심리적인 방황을 하는 부랑자의식으로 나타나고 있음을 보았다. 따라서 황석영의 인물들에게 있어 직업과 생활의 처소는 집이 아니라 '길'이며, 이들은 길 위에서 추위와 배고픔, 그리고 소외감을 느끼는 동시에 하나의 대립적인 이미지인 '집'의 세계를 대면한다. 황석영 소설이 보여주는 살인·자살의 일탈행위는 그와 같은 대립적인 세계에 대한 저항과 극복의 의미를 지니고 있다. 즉 황석영의 인물들은 길 위의 인물들로서 '길'의 세계에 갇혀 있는 형국인 것이다. 개인화된 인물과 세계 간의 관계 서술에 초점을 두는 소설에서는, 개인의 운명이 사회적 또는 역사적 상황과 직면하거나 갇혀 있는 인간의 위상을 제시한다는 점에서 사회적인 상황과 소설의 지향 가치 사이에는 필연적인 거리와 긴장이 개재되어 있다. 현실의 세계와 그것에 대하여 역학적으로 반동화된 소설의 세계와의 사이에는 대립과 긴장이 작용하는 것이다.[50] 김병익에 따르면, 서사적인 세계에서의 주인공은 그 생애가 운명적이고 그 운명은 그를 낳아 반역케 한 그 시대의 상징이 된다. 왜냐하면 그의 존재는 그를 존재시킨 그 세계와 시대에 규정받게 되지만 그는 그것에 필연적으로 저항하여 대결

50) 이재선, 『현대한국소설사 : 1945~1990』(민음사. 1991), p.14. 참조.

하지 않을 수 없는 것이고 그 존재 자체가 그가 대항하는 세계와의 싸움을 통해 그 세계와 동격의 위치로 확대되기 때문이며, 따라서 그의 태어남과 사라짐은 역으로 그렇게 만든 그 세계와 시대의 성격을 확인시켜 주는 까닭이다.[51] 이러한 논의들은 소설 속에서의 자아와 세계 간의 대립이 문학의 근원적인 의미를 지니고 있음을 말해 준다. 그러나 황석영에게 있어 이러한 대립의 의미는 문학의 근원적인 성격과 더불어 사회적인 측면에서 성격이 뚜렷해진다. 즉 황석영의 인물들이 '길' 위에서 부유할 수밖에 없는 현실은 70년대 사회가 노정한 산업화·도시화의 귀결로서 노동자와 빈민의 부랑자적 삶을 배태시킨 결과이며, 이들 소외 계층에 있어 '집'은 원천적으로 접근이 거부되어 있는 물신의 이미지였던 것이다.

> 황석영 소설의 주인공들은 시골 출신도 있고 도시 출신도 있다. 그러나 그러한 생활 배경에도 불구하고 입립해 올라가는 고층 빌딩, 쾌적하게 기능화해 가는 생활 환경이 이 작가에게는 모두 낯선 '객지'로밖에 비치지 않고 있는 것이다. 왜 이 작가의 감수성은 산업화가 가져다준 생활의 편익에 공감을 느끼기보다는 이질감·객지감을 느끼는 것일까. 그것은 산업화의 주체에 대한 정치적 정의, 산업화의 일련 과정이 야기하고 있는 사회의 동질성의 파탄 등에 대한 회의와 분노 때문이다.[52]

사회와 동질성을 이루지 못하는 황석영의 인물들이 아노미적 일탈을 감행할 수밖에 없는 소이는 이와 같이 사회구조의 맥락에서 찾아진다. 그러나 황석영 소설의 구조적인 미덕은 그러한 사회와의 불화에도 불

51) 김병익, 「역사와 민중적 상상력 : 황석영의 『장길산』」, 『들린 시대의 문학』(문학과지성사, 1985), pp.215~216 참조.
52) 김주연, 「70년대 작가의 시점」, 『변동사회와 작가』(문학과지성사, 1979), p.41.

구하고 그것을 부유층/빈민층, 사용자/고용자 등과 같은 이분법적 대립의 설정에 그치는 것이 아니라는 점이다. 즉 황석영은 소집단 개념으로서의 사회인 노동자 계층, 빈민 계층 등이 그 열악하고 절망적인 환경을 극복·개선하는 방법론적 힘을 제시함으로써 시대의 질곡을 헤쳐나가는 기층 민중의 세계관을 펼쳐 보인다. 가령 오생근이 "그는 세상 사람들을 '가진 자'와 '없는 자', '배부른 사람들'과 '배고픈 사람들', '억압하는 세력'과 '억압당하는 민중'이라는 관점에서 도식적으로 이해한다. 이러한 말은 도식적인 견해가 나쁘다는 것이 아니라, 도식적인 견해를 통해서 한쪽에 대해서는 전면적인 미움과 불신으로 대하고 다른 한쪽에 대해서는 기대와 애정으로 일관되어 있기 때문에 인간현실에 대한 이해가 지극히 단순한 차원에 머물고 있다는 우려를 표명하려는 것"[53]이라고 하였으나, 우리는 황석영의 그러한 이분법적인 세계의 이해가 양자의 대립적 세계가 극복된 화해로운 세계를 지향하는 방법적 대립임을 인식해야만 하는 것이다. 황석영에 대한 기존의 많은 논의들이 '밑바닥 인생들이 발산하는 잡초와도 같은 질긴 생명력과 뜨거운 인간애'[54]를 지적하고 있는 점은 이러한 논지의 연장선상에 있는 것이다. 황석영의 인물들이 비록 경제적인 빈곤으로 인하여 악화된 비인간적이고 본능적인 충동을 보이며 산업사회에 의한 인간 가치의 박탈이 그들을 인간 이하로 전락시키기는 하지만,[55] 그와 같은 인간 이하의 상황 속에서도 인간애와 인간적 연대를 상실하지 않고 있다는 점에서 휴머니즘의 한 깊이를 보여준다.

53) 오생근, 「진실한 절망의 힘」, 앞의 책, p.364.
54) 천이두, 「건강한 생명력의 회복 : 황석영의 작품 세계」, 『한국소설의 관점』(문학과지성사, 1980), p.134. 김병익의 경우도 이와 동일한 논지를 가진다. "황석영 문학의 힘은 따라서 저변층의 삶을 사실적으로 묘사했다거나 그들의 궁핍성과 건강성에 편들고 있다는 태도의 천명보다는 아마 버림받은, 구제 불능의 이 소외 계층민들간에 교류하는 따뜻한 친화의 형상화에 있는 것이 아닐까 싶다." : 김병익, 「시대와 삶」, 『상황과 상상력』(문학과지성사, 1979), p.299.
55) 이태동, 「역사적 휴머니즘과 미학의 근거 : 황석영론」, 『한국현대소설의 위상』(문예출판사, 1985), p.344.

예를 들면, 황석영의 작품에서 이러한 휴머니즘의 한 표상이 「삼포 가는 길」(1973)과 「몰개월의 새」(1976)에서 나타나고 있는 술집 작부의 인물형에 의하여 구현되고 있다. 「삼포 가는 길」의 백화에게 있어 '지나간 삭막한 삼년 중에서 그때만큼 즐겁고 마음이 평화로왔던 시절'은 바로 여덟 명에 이르는 군대 감옥의 죄수들에게 담배와 음식, 그리고 육체로써 헌신적으로 옥바라지를 하던 때이다. 백화는 그런 사연으로 옷 한 가지도 제대로 못해 입었으며, 새로운 병사를 먼 전속지로 떠나보내는 아침마다 차부로 나가서 먼지 속에 버스가 가릴 때까지 서 있곤 하는 이별을 연출하지만 백화에게는 그것이 행복이었다. 이러한 백화의 이미지는 「몰개월의 새」에서 베트남 출병을 앞두고 있는 '나'에게 정을 쏟는 작부 미자에게서도 반복된다. 여자와 헤어진 경험을 갖고 있는 나에게 미자는 술집 작부의 의미 이상을 지니지 못하며, 군인들이 출병하는 날에 모든 몰개월의 작부들이 한복을 차려 입고 배웅을 하는 일처럼 작부와의 사랑이란 흘러 지나가 버리는 '유치한 일' 정도의 것이었다. 그러나 전쟁이라고 하는 극한적인 상황을 경험한 이후의 나에게 미자의 사랑은 삶의 소중한 의미를 일깨워 주는 일이 되고 있다.

나는 승선해서 손수건에 싼 것을 풀어보았다. 플라스틱으로 조잡하게 만든 오뚜기 한 쌍이었다. 그 무렵에는 아직 어렸던 모양이라, 나는 그것을 남지나해 속에 던져버렸다. 그리고 작전에 나가서 비로소 인생에는 유치한 일이 없다는 것을 알았다. 서울역에서 두 연인들이 헤어지는 장면을 내가 깊은 연민을 가지고 소중히 간직하던 것과 마찬가지로 미자는 우리들 모두를 제 것으로 간직한 것이다. 몰개월 여자들이 달마다 연출하던 이별의 연극은, 살아가는 게 얼마나 소중한가를 아는 자들의 자기 표현임을 내가 눈치챈 것은 훨씬 뒤의 일이다. 그것은 나뿐만 아니라, 몰개월을 거쳐 먼 나라의 전장에서 죽어간 모든 병사들이 알고 있었던 일이었다. (「몰개월의 새」, p.90)[56]

술집 작부인 백화는 여덟 명의 죄수를 사랑하는 것으로, 그리고 미자는 '우리들 모두를 제 것으로 간직한 것'으로 자신의 사랑을 실천하고 있다. 이들의 사랑법은 한 사람도 제대로 사랑할 수 없는 작부로서의 불행한 삶의 환경에서 이루어낸 사랑의 실천이라는 점에서 '살아가는 게 얼마나 소중한가를 아는 자들의 자기 표현'이 지니는 감동적인 인간애의 깊이를 보여준다. 따라서 백화나 미자에게 있어 작부로서의 현실은 그것이 사회구조의 불구적 형태에서 기인하는 뿌리뽑힌 삶의 양상임에도 불구하고 그녀들은 그와 같은 사회구조에 굴복하지 않는다.[57] 오히려 그녀들의 작부로서의 삶은 현실의 질곡 속에 닫혀 있는 것이 아니라 현실을 극복하여 휴머니즘의 길을 찾는 세계로 열려 있다. 다시 말하면 그녀들 자신이 한곳에 정착할 수 없는 처지의 작부로서 부유하는 인물이며, 또한 그녀들이 정을 주는 군인 죄수나 파병 군인들 역시 떠남의 길 위에 있는 인물들임으로 해서 황석영 소설의 구조는 '길'의 서사구조를 보이고 있다. 그러나 그 길은 집에서 쫓겨나 인간적

---

56) 황석영, 『가객』, 앞의 책.

57) 김병익은 70년대 소설에 나타나고 있는 작부의 인물 유형에 대하여 논의한 바 있는데, 그와 같은 타락한 인간성의 원인을 개인에게서 찾는 것이 아니라 사회구조 속에서 찾고 있으므로 본 연구의 논지와 부합된다. 이를 참고로 인용하면 다음과 같다. "70년대 작가들의 작부 · 호스티스 · 창녀 들은 윤리적 수치심을 전혀 드러내지도 않고 자기 운명을 슬퍼하며 좌절하지도 않는다. 오히려 이들은 왕성한 욕망 속에서 자신의 처지를 벗어나려 하면서 창녀 생활도 하나의 '떳떳한 직업'이라고 주장한다. (…중략…) 결코 근대적인 의미에서 직업이라 할 수 없는 매춘이란 가장 원시적인 생존 방법이 직업이라니! 그것은 경제적으로는 정상적인 생산 활동이 아닌, 따라서, 기생적 행위로, 상 아래 떨어진 것을 주워 먹는 반경제 행위가 당당하게 경제 영역으로 틈입하려는 현상을 예증하며 사회적으로는 이 같은 뿌리뽑힌 삶이 개인적 실패에서가 아니라 구조적 모순에 의해 생산되어 집단화하고 있음을 가리켜 주는 모습이 된다. 이들의 비윤리 · 반윤리적 의식은 그들이 스스로 타락했기 때문이 아니라 소외 집단이 계층화됨으로써 빚어진 사회적 타락에서 비롯된 것임을 우리는 여기서 다시 확인할 수 있는 것이다." : 김병익, 「한국 문학에 나타난 계층 문제」, 『들린 시대의 문학』, 앞의 책, pp.125~126.

유대감을 상실하는 길이 아니라 오히려 더욱 강건한 윤리의식으로 연대하는 길이 되고 있다. 이것은 앞에서 자살 모티프를 논의하는 과정에서 확인하였듯이, 「객지」, 「야근」 등의 작품에서 형상화된 자기 희생적 자살의 형태가 사회학적 의미에서 이타적 자살의 유형을 드러내는 것으로, 그러한 자살이 불합리한 노동 조건이 개선된 새로운 노동의 세계를 열어 가는 '길을 노정하고 있다는 사실과도 부합된다. 이와 관련하여 다음과 같은 권오룡의 견해는 본 논의를 뒷받침하는 것이라고 하겠다.

> 이러한 작품들이 도달해 있는 높이는 황석영의 주된 문학적 관심이 이미 현실적 차원에서의 선·악, 빈·부의 대립이 아니라 현실과 이상 사이의 간극에 대한 극복 의지임을 밝혀 준다. 그의 작품들을 현실의 단순한 반영물이 아니라 작가의 세계관의 상징적 표현물로 해석할 수 있게 되는 것도 바로 이런 까닭에서이다. 이같은 파악을 결여할 때 그의 작품들에 대한 해석은 오늘날 우리 주변에 만연되어 있는 도식적 이분법의 수준을 넘어설 수 없으리라. 현실의 이분적 파악에 입각한 감정적 대립만의 지속은 그것을 지양할 수 있는 창조적 계기를 제공할 수 없다는 의미에서 가장 저열한 수준의 현실 파악일 뿐이다. 더구나 문학의 경우에 있어 그같은 태도는 문학에서 빼놓을 수 없는 중요한 요소인 상상력의 포기에 다름 아니다.[58]

황석영의 소설이 계층적·물질적으로 대립되어 있는 세계의 충돌과

58) 권오룡, 「체험과 상상력 : 황석영론」, 앞의 책, p.321. 또한 진형준이 「입석 부근」을 분석하는 과정에서 주인공이 산을 오르는 행위를 '상승 의지'로 규정하고 그러한 상승 의지가 내포하고 있을지도 모를 '이곳으로부터의 탈출'의 의미보다는 오히려 삶 속에서의 타인과의 단단한 유대감에 대한 확신을 지적하고 있는 논지와도 부합된다고 하겠다. 진형준, 「어느 리얼리스트의 상상 세계 : 황석영, 혹은 갈등 없는 힘의 세계」, 『깊이의 시학』(문학과지성사, 1986), p.127 참조.

긴장에 관심을 두고 있는 것이 아니라 그와 같은 대립적 구도를 넘어서는 현실 극복의 '길'을 열어 두고 있으며, 우리는 그것이 인간적 사랑과 연대 의식임을 앞에서 보아 왔다. 그가 일탈적 방황과 살인·자살의 모티프로 구현된 일탈행위를 통하여 대립적 세계를 심화시킨 점은 결국 대립의 극복을 위한 방법론적 대립이었던 것이다. 따라서 황석영 소설의 현재는 대립이 극복된 세계의 현상에는 미처 관심을 보이지 않고 있다. 다시 말하면 황석영 소설에 있어서 '길'은 아직 끝나지 않고 있으며, 여전히 길 찾기를 거듭하고 있다. 이러한 점에 있어서 김종회가 황석영의 소설을 '낙원의식'의 테마로 접근하는 과정에서 "황석영은 왜곡된 현실의 파괴와 전복을 물리적인 힘으로 대응하는 힘의 논리로 실현해야 한다는 인식에 근거해 있으므로 보다 구체적인 행위 규범의 설정을 시사하고 있다. 낙원의식이 현실에 바탕을 두고 있다 할지라도 구체적인 현실의 모습으로 가시화되어 있는 것이 아니라는 측면 때문에, 거기에는 항상 현실과 이상이 대립적인 조항으로 맞물려 있다"[59]고 한 논지는 설득력이 있다고 하겠다. 즉 황석영에게 있어서는 왜곡된 현실의 파괴라고 하는 것이 더 절실한 명제임으로 해서 왜곡된 현실이 파괴된 이후의 세계에 대해서는 구체성이 결여되어 있는 것이며, 그러므로 이상 세계란 현실 세계의 대립적인 이미지로 존재함으로써 이미 그 역할을 다하고 있는 것이다.

그리고 이와 같은 황석영 소설의 현실 극복의 구조는 거듭 강조되는 것이지만 황석영의 강렬한 작가 의식에 근원을 두고 있다. 그는「한등」(1976)에서, 가출한 아내를 찾던 한 사내의 자살을 목도하고 화자인 작가가 "나는 그제서야 글쓰는 일과 삭막한 시대와의 관계를 떠올리고 내 가난을 긍정하는 것만으로 당당한 일이 아님을 깨달았다"(p.186)[60]

---

59) 김종회,『한국소설의 낙원의식 연구』(문학아카데미, 1990), p.142.
60) 황석영,『가객』, 앞의 책.

고 술회하고 있음에서 확인할 수 있듯이 항상 작품의 안팎에서 가난하고 불행한 이웃에 대한 작가의 연대적 책임감을 천명하고 있는 것이다.[61] 70년대 소설에서 황석영이 획득하고 있는 소설사적 의의는 바로 그의 인물들이 일탈적 방황을 거듭하는 가운데서도 '길'의 사회학을 통하여 당대의 소외 계층이 그 소외적 국면을 극복하도록 부단한 충격을 가하는 문학 정신을 고취하고 있다는 점에서 찾아질 것이다.

---

61) 이 점에서 신경림이 "이 작가가 말하고자 하는 것은 예술 또는 문학에 한한 것이 아니다. 여기에는 삶의 본질에 대한 추구가 있다. 가장 값진 삶은 이웃과 더불어 사는 일이요 이웃과 함께 기뻐하고 슬퍼하는 가운데 참삶의 맛이 있음을 암시하고 있다."고 지적한 것은 황석영의 소설에 지니고 있는 삶의 진정성에 대한 진솔한 표현이 되고 있다. 신경림, 「『가객』 속의 황석영」, 『가객』 해설, 위의 책, p.294.

2. 일탈적 불구와 '집'의 사회학 ; 조세희론

조세희는 1965년 『경향신문』 신춘문예에 「돛대 없는 莊船」으로 등단한 이후 10년간의 공백기를 거쳐 1975년경부터 「칼날」, 「뫼비우스의 띠」, 「우주여행」, 「난장이가 쏘아올린 작은 공」 등의 작품을 발표함으로써 본격적인 작품 활동을 시작함과 아울러 일약 문제작가로 주목받게 된다. 그리고 1978년 이른바 '난장이 연작'으로 불려지는 12편의 작품을 수록한 『난장이가 쏘아올린 작은 공』[62]을 통하여 조세희는 70년대의 사회적 모순을 '난장이'로 표징시켜 형상화함으로써 산업화의 과정에서 소외된 빈민 계층의 삶을 사회 현실로 전면화하는 작가로서의 사회적 대응력을 확고하게 보여주고 있다. 따라서 조세희의 소설에 대한 일반적인 평가는 "70년대 한국사회가 부딪치고 있는 근대화에 따른 제반 문제를 선명하게 보여주는 것"[63]이거나, "70년대의 사회 변화

---

62) 조세희, 『난장이가 쏘아올린 작은 공』(문학과지성사, 1978). 본 연구의 텍스트는 1998년판이다. 작품 인용문의 끝에 붙인 인용 면수는 이 책에 따르며, 이하 『난장이…』로 표기한다.
63) 오생근, 「진실한 전망의 힘」, 앞의 책, p.359.

에 연관하여 낮은 계층의 사람들이 직면하였던 생존의 전형적인 상황을 끈덕지게 추적함으로써 이러한 상황이 내포하는 인간적·사회적 의미를 질서 정연한 논리적인 구조 속에 파악"[64]하는 점에 모아질 수 있을 것이다.

앞에서 지적하였듯이 70년대의 사회는 산업 기술의 발달과 재화의 대량 생산으로 물질적인 측면의 안락함은 확대되었으나 정신적인 측면은 그것을 뒤따르지 못함으로써 삶의 온전성에 대한 회의가 증폭된 시대였다. 그리고 이에 더불어 소득 격차에 따른 물질 분배의 불공평성에 대한 문제가 상대적인 빈곤감을 유발시키고 있으며 이에 따른 빈곤 계층의 생존 방식에 대한 소설적인 천착이 요청되었던바 조세희의 소설은 이러한 70년대 사회의 모순된 현실을 인식하고 비판하는 역할을 떠맡고 있는 것이다. 우리는 그의 작품을 통하여 70년대의 사회적인 현실에 맞서는 문학의 기법과 구조의 힘을 확인할 수 있으며, 소외되고 고통받는 인간에 대하여 연민과 위로의 작가 의식을 드러내는 70년대 소설의 정신사적 의미를 읽을 수가 있는 것이다. 그의 소설이 "공장노동자들의 척박한 근로조건과 비참한 삶의 모습 그리고 마침내는 노사 분규의 현장까지를 치밀하게 형상화"[65]함으로써 "70년대 우리 사회의 전형적 성격을 해명"[66]하고 있다는 평가가 가능한 것은 바로 이런 이유에서이다.

그러나 이와 같은 조세희 소설에 대한 찬사에 반하여 부정적인 견해도 있음을 확인해야 할 것이다. 가령 성민엽은 70년대의 소설 중에서 적지 않은 작품들이 도덕적 정열에만 근거한 심정적이며 추상적인 태도를 넘어서지 못하고 있음을 지적하며 "조세희 역시 새로운 역사적

64) 김종철, 「산업화와 문학 : 70년대 문학을 보는 한 관점」, 『창작과 비평』, 1980. 봄, p.87.
65) 조남현, 『한국현대문학사상논구』, 앞의 책, p.350.
66) 김윤식, 『한국현대문학사 : 1945~1980』 증보판(일지사, 1983), p.246.

현실이 요구하는 새로운 세계관에 도달하지 못하고 있으며 역사적 진실의 획득에 실패하고 있다고 말할 수 있다. 뜻밖에도 조세희에게—그 자신이 의식하고 있는지 어떤지는 모르겠으나—체제 옹호적 성격이 은밀히 감추어져 있음을 알아차리는 것은 그다지 어려운 일이 아니다"[67]라고 하는 비판적 논지로써 조세희의 소설이 드러내는 관념적 이상주의의 위험성을 지적하고 있다. 전영태의 관점도 역시 「난장이가 쏘아올린 작은 공」으로 대표되는 조세희의 작품 경향을 우려하고 있다. 산업화의 세부적 현장에 대한 작가들의 무지와 산업자본주의의 형성 배경에 대한 작가들의 접근이 원천적으로 금지되어 있는 당대의 상황으로 볼 때, 알레고리 구조와 평면적 상징체계가 교차된 이 작품의 산업화에 대한 이해는 엉성한 것일 수밖에 없으며, 따라서 거대한 산업화 구도의 일단을 육체적·정신적 불구인 난장이의 한정된 관점에서 본 이 작품을 70년대 노동소설의 대표작으로 꼽는 것은 우리 소설의 한계라는 것이다.[68]

본 연구에서는 조세희의 소설에 대한 이러한 상반된 견해가 가능할 수 있는 작품의 구조적 측면에 대한 이해를 넓힘으로써 70년대 소설에 있어서의 조세희 소설의 위상을 재론하고자 한다. 그 과정으로 그의 작품이 보여주고 있는 일탈구조의 양상을 통하여 그 구조적 의미가 70년대의 사회가 지니고 있는 구조적 모순에 대한 비판적 인식의 결과라는 점을 확인함과 아울러 그와 같은 작가적 인식이 소설적 미학으로 구조화되는 양상을 살펴보게 될 것이다.

---

67) 성민엽, 「이차원의 전망 : 조세희론」, 백낙청 · 염무웅 편, 『한국문학의 현단계 · Ⅱ』(창작과비평사, 1983), pp.215~216.

68) 전영태, 「소설적 인식의 전환과 다양성의 확보 : 1960년대와 1970년대의 소설」, 권영민 편저, 『한국문학 50년』(문학사상사, 1995), pp.162~173 참조.

1) 집 안의 인물과 불구의 서사구조

(1) 집의 상실과 천민의 자의식

조세희 소설에 있어서 문제성의 근원은 '집'이다. 집은 주거를 같이 하는 가족구조의 원리를 반영하는 가장 구체적인 공간일 뿐만 아니라 가족의 생활을 담는 소우주나 그릇과도 같은 것으로 가족, 사회제도나 질서, 전통적인 관습 및 사회 변화의 지표와 밀접화되어 있다.[69] 따라서 조세희 소설의 문제성이 '집'에 놓여진다는 것은 사회구조의 문제성에 대한 천착에 다름이 아니다. 보다 구체적으로는 조세희에게 있어 집의 문제는 70년대의 사회가 산업화·도시화의 논리 속에서 감행한 도시 재개발 사업의 부작용에 기인하고 있다. 경제 개발의 이득이 분배되는 과정에서 소외되었을 뿐 아니라 오히려 상대적인 빈곤감으로 인하여 이전보다 더욱 궁핍한 삶의 양상을 지니게 된 도시 빈민의 위태로운 일상이 무허가 판자촌의 철거라는 제도적 폭력에 의하여 극한에 이르게 되었던 것이다. 비록 변두리에 있는 무허가 집이었지만 도시 빈민에게 있어 그것은 인간적인 생존을 가능하게 하는 경제의 수단이자 정신의 처소였다. 따라서 도시 재개발에 따른 집의 철거는 변두리 인생들의 생존권을 위협하는 위해일 뿐만 아니라 그들이 사회와의 불화·대립을 확인하는 발단이 되고 있다. 이와 아울러 재개발 사업의 과정에 개입되어 있는 공무원의 비리와 철거업자의 비인간적 행태, 부동산업자와 투기꾼들의 폭리 등은 70년대의 사회적 모순을 증거하기에 충분한 것이었다. 그러한 모순 속에서 70년대는 가진 자와 못가진 자의 사회적 분열과 대립, 도덕성의 타락상과 가치관의 혼란, 그리고

69) 이재선, 「집의 공간시학」, 앞의 책, p.348 참조.

이러한 부정적인 현상들의 총체로서의 인간적 삶에 대한 회의를 유발시키고 있다.

조세희의 『난장이…』는 이를테면 그와 같은 70년대적 삶의 부정성에 대한 작가로서의 고뇌가 70년대의 사회와 삶을 향한 비판 · 극복의 언어로 구조화된 것이라 하겠다. 그러므로 조세희 소설에 있어 사회적 모순에 대한 확인의 매개물이라는 점에서 '집'은 매우 주목되는 모티프가 된다. 작가 조세희로 하여금 10년에 이르는 문학과의 결별 상태를 청산하고 다시 소설을 쓰도록 하는 계기가 바로 재개발 대상의 집에 있음을 다음의 인용문에서 확인할 수 있다.

> 나는 작가가 아닌 삼십대 일반 직장 '시민'이 되어 칠십년대를 살았다. 무엇이 되었든 우리에게 칠십년대는 파괴와 거짓 희망, 모멸, 폭압의 시대였다. 〔…중략…〕 탄압은 정치와 경제 양면으로 가해졌다. 자세히 보면 지금도 같은 일이 되풀이되지만, 그때 제일 참을 수 없었던 것은 '악'이 내놓고 '선'을 가장하는 것이었다. 악이 자선이 되고 희망이 되고 진실이 되고, 또 정의가 되었다. 내가 개인적으로 선택의 중요성을 느끼기 시작한 것도 이 무렵이었다. 어느 날 나는 경제적 핍박자들이 몰려사는 재개발 지역 동네에 가 철거반—그들은 내가, 집이 헐리면 당장 거리에 나앉아야 되는 세입자 가족들과 그 집에서의 마지막 식사를 하고 있는데 철퇴로 대문과 시멘트담을 쳐부수며 들어왔다—과 싸우고 돌아와 작은 노트 한 권을 사 주머니에 넣었다. 난장이 연작은 그 노트에 씌어지기 시작했다. 비상 계엄과 긴급 조치가 멋대로 내려지는, 그래서 누가 작은 소리로 자유와 민주주의라는 말만 해도 잡혀가 무서운 고문 받고 감옥에 갇히는 '유신 헌법' 아래서 나는 일찍이 포기했던 '소설'을 한편 한편 써나갔다.[70)]

이와 같이 70년대의 정치·경제적 탄압과 모순이 '집이 헐리면 당장 거리에 나앉아야 되는' 비참한 삶의 양태를 초래하는 현실의 확인에서 조세희는 사회의 저변에 깔려 있는 위선과 불의를 고발하는 소설가의 자세를 견지하지 않을 수 없었던 것이다. 『난장이…』의 전편을 통해 철퇴로 대문과 시멘트담을 쳐부수며 들어온 철거반은 폭력과 불의를 행사하는 거인의 이미지로, 또한 철거될 집에서 마지막 식사를 하는 세입자는 거인의 폭력과 불의에 의하여 고통받는 난장이의 이미지로 형상화되는 조세희 소설의 구조는 이러한 70년대의 '집'의 사회학에 연원되어 있다.

가령 『난장이…』 연작의 첫번째 작품인 「뫼비우스의 띠」(1976)는 철거민촌의 주민인 앉은뱅이와 꼽추의 살인 행위를 중심 서사로 하고 있는 작품이다. 그 살인의 대상은 앉은뱅이와 꼽추의 아파트 입주권을 사들인 부동산업자로서, 그는 철거민촌의 입주권을 십육만 원에 몰아사서 삼십팔만 원에 되파는 폭리를 취하고 있었다. 앉은뱅이와 꼽추는 부동산업자를 묶고 가방에서 '꼭 이십만 원씩 두 뭉치의 돈'만을 꺼내고는 승용차에 불을 붙여 그를 살해한다. 앉은뱅이와 꼽추가 살인이라고 하는 극단적인 폭력의 방법을 선택한 이유는 물론 부동산업자의 부당한 폭리에 대한 분노의 표출이라고 하겠지만, 보다 근원적으로는 그와 같은 부당성이 가능한 사회의 구조적인 모순에 있다. 그 모순된 사회구조가 표면화된 것이 재개발 사업으로서, '집'의 철거로 인한 빈민적 삶의 기반의 상실과 그로 인한 허탈감과 복수심이 살인 행위를 불러오게 되는 것이다.

사람들이 꼽추네 집을 무너뜨렸다. 쇠망치를 든 사나이들이 한쪽 벽

---

70) 조세희, 「파괴와 거짓 희망, 모멸의 시대」, 『문학과 사회』, 1996. 가을, pp.1368~1369.

을 부수고 뒤로 물러서자 북쪽 지붕이 거짓말처럼 내려앉았다. 그들은 더 이상 꼽추네 집에 손을 대지 않았고, 미루나무 옆 털여뀌풀 위에 앉아 있던 꼽추는 일어서면서 하늘만 쳐다보았다. 그의 부인은 네 아이와 함께 종자로 남겨두었던 옥수수를 마당가에서 땄다. 쇠망치를 든 사나이들은 다음 집으로 건너가기 전에 꼽추네 식구들을 말없이 바라보았다. 아무도 덤벼들지 않았고, 아무도 울지 않았다.

(「뫼비우스의 띠」, p.13)

꼽추네의 집은 '지붕이 거짓말처럼 내려앉았'을 정도로 허술한 것이었던 만큼 그 집에서의 꼽추 가족의 생활은 빈한하고 열악하였음을 미루어 짐작할 수 있다. 그러나 옥수수를 종자로 남겨 두었듯이 그 집은 꼽추 가족이 생계를 이어 나가는 장소이며 내일에 대한 희망을 심어 두는 터전이었다. 그 집의 지붕이 내려앉고 종자 옥수수를 따버림으로써 꼽추네는 생존의 기반과 삶의 전망을 상실당하게 된 것이다. 아파트 입주권은 설령 입주를 하고자 하더라도 보증금을 감당할 수 없는 것이므로 그들에게는 무용지물일 수밖에 없으며, 더욱이 전세입자를 내보내기 위해서는 당장 현금이 필요하므로 불가항력으로 입주권을 팔아넘길 수밖에 없는 것이 철거민의 현실이었다. 즉 재개발 사업은 그 제도적 폭력으로써 아무런 보상이나 대책도 없이 하루 아침에 곱추네의 집을 무너뜨려 없애는 결과를 낳고 있는 것이다. 그 황당한 현실 앞에서 꼽추네는 '아무도 덤벼들지 않았고, 아무도 울지 않았'으며, 이러한 문맥에 이르러 우리는 집의 상실에 따른 극도의 허탈감을 읽어내게 된다. 그리고 그러한 허탈감은 '전세돈을 빼주니까 끝'인 십육만 원에 넘긴 입주권이 부동산업자의 손에서 삼십팔만 원에 되팔리는 경제적 분배의 부당성에 대한 인식을 거쳐 부동산업자를 살해하는 분노의 표출로 전이되는 것이다.

「난장이가 쏘아올린 작은 공」(1976)에서도 표면화된 사건의 발단은 역시 집의 철거이다. 노비와 씨종의 가계를 이어 오고 있는 난장이 가족은 비록 계층적 제약에서는 벗어나 있지만 경제적 제약으로 인하여 천민 자본주의의 열악성에 고통받고 있다. 그런데 난장이가 평생을 통해 채권 매매, 칼 갈기, 고층 건물 유리 닦기, 펌프 설치하기, 수도 고치기와 같은 노동으로 마련한 변두리 고지대의 무허가 집이 재개발 지구로 지정되어 헐리고 만다.

> 대문을 두드리는 소리가 들렸다. 우리는 꼼짝도 하지 않고 식사를 했다. 영희가 이 시간에 어디서 어떤 식탁을 대하고 있을지 우리는 알 수 없었다. 우리의 밥상에 우리 선조들 대부터 묶어 흘려보낸 시간들이 올라앉았다. 그것을 잡아 칼날로 눌렀다면 피와 눈물, 그리고 힘없는 웃음소리와 밭은기침 소리가 그 마디마디에서 흘러 떨어졌을 것이다. 그들이 우리의 시멘트담을 쳐부수었다. 먼저 구멍이 뚫리더니 담은 내려앉았다. 먼지가 올랐다. 어머니가 우리들 쪽으로 돌아앉았다. 우리는 말없이 식사를 계속했다. 아버지가 구운 쇠고기를 형과 나의 밥그릇에 넣어 주었다. 그들은 뿌연 시멘트 먼지 저쪽에 서서 우리를 지켜보았다. 그들은 안으로 들어오지 않았다. 그대로 서서 우리의 식사가 끝나기를 기다렸다. (「난장이가 쏘아올린 작은 공」, pp.105~106)

철거에 이른 집에서의 마지막 식사 장면은 앞의 「뫼비우스의 띠」에서와 동일한 의미로 읽혀질 수 있다. 담이 내려앉고 먼지가 오르는 철거의 순간에도 난장이 가족들이 말없이 식사를 계속하는 것은 폭력적 현실 앞에서 동요하지 않음으로써 그 상실감·허탈감이 극도화되고 있음을 드러낸다. 그리고 난장이 가족의 밥상에는 '선조들 대부터 묶어 흘려보낸 시간'인 천민 신분의 가계사가 중첩되어 '그것을 잡아 칼날로 눌렀다면 피와 눈물, 그리고 힘없는 웃음 소리와 밭은기침 소리가 그 마디마디에서 흘러 떨어졌을' 빈곤의 대물림에 대한 인식이 개재함으로써 현실의 경제적 빈곤이 더욱 비참하고 처연한 양상을 보이고 있다.

> "이 맨 밑이 녹색 식물로 일단계야요. 이 식물들을 먹는 동물이 이단계이고, 식물을 먹는 동물을 잡아먹는 작은 육식 동물이 삼단계, 또 이것을 잡아먹는 큰 육식 동물이 맨 위의 사단계야요." 〔…중략…〕 "형처럼은 못 해요. 그래도 전 알아요. 우리는 이 맨 밑야요. 우리에겐 잡아먹을 게 없어요. 그런데, 우리 위에는 우리를 잡으려는 무엇이 세 층이나 있어요." (「은강 노동 가족의 생계비」, pp.172~173)

난장이 가족에게 있어 '우리를 잡으려는 무엇이 세 층이나 있'는 먹이 피라미드의 구조적 위상은 그 빈곤의 실상이 당대적 현실임과 아울러 전대에서 대물림하여 온 하층의 신분구조의 결과이다. 난장이 가족의 이러한 상황은 천민의 자의식을 유발한다. 계층화 또는 계층구조라는 것은 단순히 현재의 계층적 불평등만을 의미하는 것이 아니라 이전 세대로부터 그 다음 세대에 이르기까지 가족 단위로 주어지는 일련의 제도적 배열을 의미하며, 이러한 의미에서 전통적 사회에서의 계층은 신분 계층을 중심으로 하고 현대 자본주의 사회에서는 계급을 중심으로 계층구조를 파악하게 된다.[71] 따라서 난장이의 가계사가 보여주는 신분 계층상의 천민성과 계급상의 빈민성은 그 계층구조에 있어 이미 사회적 영속성을 부여받은 하층민의 구조에 편입되어 있음을 말해 준다. 난장이 가족의 천민의 자의식은 바로 여기에서 연유하는 것으로,

---

71) 홍두승 · 안치민, 「산업화와 계층구조의 변화」, 한국사회사학회 편, 『한국현대사와 사회변동』(문학과지성사, 1997), p.27 참조.

집의 훼손이 난장이 가족에게 천민의 자의식을 불러일으키는 계제로 작용하고 있는 것이다. 이와 같이 집의 훼손이 결국 난장이 가족의 가정 파괴로 이어지고 있음을 볼 때 난장이 가족에게 있어서 집은 가정 결속의 상징물이었음을 확인하게 된다. 즉 난장이의 딸인 영희가 가출을 하고 입주권을 되찾기 위하여 부동산업자의 성적 노예가 되는 것이나, 난장이가 벽돌 공장의 굴뚝으로 떨어져 사망하는 등의 비극의 근원이 바로 집의 훼손에 있는 것이다. 기실 이 작품의 문맥에서 가장 밝고 건강한 이미지를 드러내는 장면이 바로 난장이 가족이 자신들의 집을 지을 때의 장면을 묘사한 부분이라는 점에서 난장이 가족의 파괴로 이어지는 훼손된 집의 의미를 확인할 수 있다.

> 내가 영희 옆으로 다가갔을 때 영희는 장독대 바닥을 가리켰다. 장독대 시멘트 바닥에 '명희 언니는 큰오빠를 좋아한다'고 씌어 있었다. 집을 지을 때 남긴 낙서였다. 영희가 웃었다. 우리에게는 그때가 제일 행복했다. 아버지와 어머니가 도랑에서 돌을 져왔다. 그것으로 계단을 만들고, 벽에는 시멘트를 쳤다. 우리는 아직 어려 힘드는 일을 못 했다. 그래도 할 일이 많았다. 우리는 며칠 동안 학교에 가지 않았다. 하루하루가 즐거웠다. (「난장이가 쏘아올린 작은 공」, p.76)

인간에게 있어 집은 추위나 더위 같은 자연 환경이나 재해, 외부의 공격으로부터 보호해 주는 기능적 측면과 더불어 사회화의 기본 단위인 가족과의 관계를 통하여 인간 관계의 방법을 습득하는 심리적 측면에서 필수적인 재화라고 할 수 있다. 따라서 인간에게 최초의 처소인 자궁이 모성 지향의 원점이듯이 집도 역시 하나의 자궁으로서 인간의 육체와 정신이 본능적으로 안식감을 얻을 수 있는 원점 회기의 의미를 지닌다. 그러므로 집은 하나의 세계이며, 세계를 인식하는 매개물이

되는 것이다. 그런데 이러한 인간적 처소로서의 집의 의미가 산업화로 인하여 경제적 교환가치의 의미에 지배됨으로 인하여 산업사회의 문제성으로 제기된다.[72] 즉 도시화의 결과로 인하여 인구의 도시 집중이 야기되고 이는 필연적으로 집의 양적 부족과 질적 낙후를 가져와 사회문제의 하나가 되었던 것이다.

우리 나라의 1960년대, 70년대의 주택 문제를 다룬 사회학의 연구에 따르면,[73] 우선 이농민의 서울 집중이 절정에 이르렀던 1966년 당시 서울 인구 380만 명 중에서 3분의 1에 이르는 127만 명이 13만6천여 동의 무허가 불량 주택에 거주하고 있었다. 이후 산업화의 과정에서 불량 주거지의 재개발에 따른 아파트 건설에 힘입어 열악한 주거 환경이 어느 정도 개선되기는 하였으나 주택이 투기의 대상으로 변하면서 대다수 서민들이 안정된 주거 생활을 위협받게 된다. 가령 아파트 신축이 붐을 이루던 1978년에는 땅값이 49퍼센트나 급등하여 주택 소유자와 무주택자의 빈부 격차를 더욱 심화시키고 있다. 그리고 조세희의 「뫼비우스의 띠」나 「난장이가 쏘아올린 작은 공」이 소설화하고 있듯이 주택 정책의 불합리성과 부동산업자, 투기꾼의 협잡에 의하여 무허가

72) 이와 관련하여 오세영의 다음과 같은 지적은 조세희의 사회 인식의 한 양상을 이해하는 데 도움이 될 것이다. "그것은 교환가치가 사용가치를 구축해 버린 사회이다. 이 소설 〔「난장이가 쏘아올린 작은 공」—인용자〕의 핵심 내용이 되고 있는 고지대 불량 건축물 철거에 관한 이야기가 여기에 관련된다고 말할 수 있다. 주택 재개발 사업에 의해서, 살고 있던 집이 철거당한 난장이 일가는 구청으로부터 공식가 15만 원짜리의 아파트 입주권을 받는다. 그러나 아파트의 실제 분양가는 58만 원, 임대료는 30만 원이나 되어 이의 차액을 마련할 길이 없는 난장이 일가로서는 아파트의 입주가 불가능해진다. 할 수 없이 그들은 2만 원을 더 받고 입주권을 부동산 투기업자에게 팔아 버린다. 그러나 이득은 부동산 투기업자에게만 돌아간다. 난장이 일가로부터 17만 원에 입주권을 사들인 그는 그것을 32만 원씩 프레미엄을 붙여 다른 실수요자에게 되팖으로서 막대한 폭리를 취하게 되는 것이다. 결국 가난한 난장이 일가는 빈곤 때문에 집을 잃고 가장이 자살하는 비극에 빠지지만 돈 많은 부동산 투기업자는 바로 그 돈으로 인해 더 많은 부를 축적하게 되는 결과를 가져온다. 이렇듯 우리가 살고 있는 사회는 교환가치가 사용가치를 축출함으로써 자본의 효용성이 삶을 통제하는 부조리한 현실이 되어 버렸다고 작가는 말하는 것이다." : 오세영, 「사랑의 입법과 사법 : 조세희의 『난장이가 쏘아올린 작은 공』」, 『세계의 문학』, 1989. 봄, p.378.

73) 한국산업사회학회 편, 『사회학』(한울, 1998), pp.256~257 참조.

집은 철거당하고 아파트 입주권마저도 보전하지 못하는 도시 빈민을 양산한 것이 70년대 주택 문제의 본질이었다. 따라서 조세희의 초기 작품에서부터 '집'의 의미구조에 관심을 기울인 바 있는 김병익의 다음과 같은 견해는 조세희 소설의 사회학적 이해의 단서를 집어내는 날카로운 시각이라고 하겠다.

> 이 이야기들 〔「칼날」, 「뫼비우스의 띠」, 「우주 여행」, 「난장이가 쏘아 올린 작은 공」 등 4편—인용자〕에서 이 난장이 일가를 짓누르는 것이 집이다. 집은 이제 단순히 한 가족이 모여 살고 사회 활동을 하는 기본 장소로서의 개인적 건물이란 차원을 벗어나 못 사는 사람들, 부당하게 짓눌리는 사람들, 도시화의 물결에 쫓긴 사람들의 뿌리뽑힌 삶의 구조를 지칭하는 사회적 상징이 되어 버린 것이다. 집은 삶의 거주지일 뿐 아니라 나아가 이 사회에 적응하여 뿌리를 내린 사람들의 것이며 집이 없다든가 무허가 철거 대상의 사람들은 이른바 경제 발전에도 불구하고, 아니 그 발전 때문에 이 사회에 발을 붙이지 못한 소외 계층의 삶답지 못한 삶의 양상을 웅변하는 것이다. 〔…중략…〕 도시화·공업화에 의해 집을 잃은 유랑인이 태어난 것이며 이때 집은 개인적 속성으로부터 사회적 구조에 대한 핵심적 매개로 발전한 것이다. 집이 없는 사람은 이 사회의 온전한 구성원이 될 수 없고, 기존의 사회구조로부터 밀려난 사람은 집을 소유하지 못하고 있다. 집은 따라서 신분 계층의 상징이 되었고('호화 주택'이란 말이 일으키는 연상을 생각해 보라) 집에 대한 관심은 사회의 잘못된 구조를 추적시킨다.[74]

난장이 가족에게 있어 무허가 집의 철거는 뿌리뽑힌 삶의 구조를 상징하고 있으며, 난장이 아버지의 전세대에서 이어받은 신분 계층상의 하부구조가 집의 상실로 인하여 다시 경제적 신분의 저층으로 고착되는 양상을 보여준다. 이것은 곧 봉건사회의 계급 제도가 지녔던 비인간적인 삶의 구조가 근대사회에서 집의 소유와 비소유의 개념에 의하여 그 신분 계급의 망령이 되살아나는 잘못된 사회구조의 양태를 드러내는 것이다. 이러한 사회구조의 모순 속에서 난장이 가족은 집을 잃고 아버지가 자살하는 등 가정이 파탄되는 희생을 치루게 된다.

> 어머니가 밥상을 들고 밖으로 나갔다. 형이 이불과 옷가지를 싼 보따리를 메고 뒤따라나갔다. 쇠망치를 든 사람들은 무너진 담 저쪽에서 말없이 지켜보고 있었다. 우리는 어머니가 싸놓은 짐을 하나하나 밖으로 끌어냈다. 어머니가 부엌으로 들어가 조리 · 식칼 · 도마 들을 들고 나왔다. 마지막으로 아버지가 나왔다. 아버지는 아버지의 공구들이 들어 있는 부대를 메고 나왔다. 쇠망치를 든 사람들 앞에 쇠망치 대신 종이와 볼펜을 든 사나이가 서 있었다. 그가 아버지를 보았다. 아버지가 바른손을 들어 집을 가리키고 돌아섰다. 쇠망치를 든 사람들이 집을 쳐부수기 시작했다. (「난장이가 쏘아올린 작은 공」, p.106)

난장이 집이 철거되는 위의 장면에서 조리, 식칼, 도마 등의 가재 도구들이 쇠망치에 의하여 무기력하게 '밖으로' 끌어내어지는 것이나,

---

74) 김병익, 「난장이, 혹은 소외집단의 언어 : 조세희의 근작들」, 『문학과 지성』, 1977. 봄, pp.177~179. '집'에 대한 김병익의 이러한 관점은 이후 70년대 소설의 일반적인 특성의 하나로 그 논지가 확대되고 있는데, 참고로 인용해 둔다. "이들이 집을 잃고 떠돌이가 되는 것은 농촌의 경제적 파탄을 못 이겨 도시로 나왔으나 그들을 위해 마련된 집은 물론 없었고 그래서 갖가지 노력 끝에 집을 마련하게 되었으나 도시 개발과 정비 작업 때문에 집을 갖는다는 소망은 깨지고 만다. 이때 집은 단순한 주거 공간이 아니라 이 사회에 뿌리박고 살 근거가 되며, 그래서 그들에게 집이 없다는 것은 말의 정확한 뜻 그대로 '뿌리뽑힌' 삶이라는 것을 웅변해 준다. 30년대의 소설에서 볼 수 있는 '돈'에 대한 작가들의 관심이 그 당시의 화폐 경제로의 이전 현상을 보여주는 것이란 점을 앞에서 지적했거니와, 70년대에서의 집은 그 소유와 비소유가 이 체제에 편입해 있는가 탈락되어 있는가의, 좋은 집과 시원찮은 집은 이 사회에서의 높은 소득 계층인가 낮은 소득 계층인가를 잴 수 있는, 잣대가 된다. 집은 곧 계층 분화의 매개물이었던 것이다." : 김병익, 「한국 문학에 나타난 계층 문제」, 『들린 시대의 문학』, 앞의 책, pp.124~125.

난장이 아버지가 가족의 생존 도구인 공구들이 들어 있는 부대를 메고 나와 '종이와 볼펜을 든 사나이'에게 집의 철거를 인정해 주는 것은 곧 천대와 가난함 속에서 위태롭게 영위되고 있던 한 가정의 일상이 사회적 제도라는 거대한 힘에 의하여 마침내 파괴됨을 의미한다. 이렇듯 난장이 가정의 파괴는 70년대의 산업화·도시화가 가져온 경제적 비민주성에 기인하는 사회적 불평등의 어두운 현실을 증언하는 것으로, 그것은 구체적으로 도시 재개발 사업에 의하여 '집'을 상실한 도시 빈민의 뿌리뽑힌 삶의 구조화 양상으로 표출되고 있는 것이다.

(2) 불구자의식과 일탈의식

『난장이…』의 중심 서사를 이끌어 가는 인물들은 앉은뱅이, 꼽추, 난장이 등의 불구자이다. 이들은 살인과 자살 등의 일탈행위를 통하여 작품의 구조를 심화시키는 역할을 하고 있다. 난장이/거인의 대립적 구조를 견고하게 구축하고 있는 『난장이…』의 서사 속에서 대립의 한 축을 이루는 난장이 세계의 인물은 모두 육체적이든 정신적이든 불구성을 지닌다. 난장이 세계의 인물들은 집을 빼앗기고 부동산업자에게 농락당하며 그로 인하여 살인자가 되거나 자살로 생을 마감하기도 한다. 또한 아파트 입주권을 되찾기 위하여 순결한 몸을 더럽히기도 하며, 일상의 무력감에 젖어들어 있는 평범한 주부가 살의를 드러내기도 한다. 열악한 노동 환경과 값싼 임금에 착취당하는 근로자들도 난장이의 세계에 속한다. 이와 반면에 거인의 세계에는 철거민의 입주권을 사들여 폭리를 취하는 부동산 투기꾼, 경제적 이윤 추구의 수단으로 인간을 이용하는 악덕 기업주, 물신주의에 감염되어 있는 관리와 사회 지도층 인사 등이 살고 있다. 따라서 난장이 세계의 인물들은 경제적·사회적 지배구조에 억압받고 소외되어 있는 인물의 전형인 것이다. 이러한 전형성은 '난장이'의 성격에 집중된다.

> 아버지의 신장은 백칠십 센티미터, 체중은 삼십이 킬로그램이었다. 사람들은 이 신체적 결함이 주는 선입관에 사로잡혀 아버지가 늙는 것을 몰랐다. 아버지는 스스로 황혼기에 접어들었다는 체념과 우울에 빠졌다. 실제로 이가 망가져 잠을 못 이루는 밤이 많았다. 눈도 어두워지고 머리의 숱도 많이 빠졌다. 의욕은 물론 주의력과 판단력도 줄었다. 아버지가 평생을 통해 해온 일은 다섯 가지이다. 채권 매매, 칼 갈기, 고층 건물 닦기, 펌프 설치하기, 수도 고치기이다.
>
> (「난장이가 쏘아올린 작은 공」, p.81)

난장이가 보유하고 있는 이러한 신체적 조건과 건강 및 의식 상태, 그리고 직업의 종류는 곧 불구의 당사자가 지닌 현실임과 아울러 정상인에 대립되는 현실이다. 난장이는 "성장을 멈춘 불구, 그래서 동료들 사이에 끼지 못하고 조롱과 멸시를 받아야 하는 반인간—그것은 기존 체제의 인간들로부터 내쫓기고 사회의 완강한 억압에 짓물려 밑바닥 삶에서 신음해야 하는 소외 인간의 표상이 되고 있는"[75] 인물로서, '신체적 결함이 주는 선입관'에 의하여 정상인들로부터 인간으로서의 실체를 인정받지 못함으로써 체념과 우울에 빠져 있는 인물인 것이다. 또한 난장이는 '씨종의 자식'으로서 조상대로부터 물려받은 천민의 계층적 억압에 속박되어 있다. 물론 현재의 삶에서 그와 같은 신분 계층

75) 김병익, 「난장이, 혹은 소외집단의 언어 : 조세희의 근작들」, 앞의 책, p.180. '난장이'의 성격에 대한 논의는 대부분 이러한 논지로 일치된다고 하겠다. 참고로 김윤식의 견해를 들어 보면 다음과 같다. "난장이란 무엇인가. 난장이는 정상인과는 화해할 수 없는 대립적 존재를 상징한다. 가진 자와 못 가진 자, 사용자와 근로자, 억압하는 자와 억압받는 자가 서로 나뉘어 싸움을 걸고 받는 전면적인 세계에 중간적 매개 존재가 없다는 것이야말로 조세희가 파악한 논리이자 70년대적 한국사회의 독특한 성격이기도 하였다." : 김윤식, 『한국현대문학사 : 1945~1980』, 앞의 책 p.247.

은 구속의 의미를 지닐 수가 없지만, 경제적으로 하층민의 생활을 영위하고 있는 현실이 그러한 천민의 계급에 연원을 두고 있으므로 그 빈곤의 굴레는 더욱 견고하게 난장이의 현실을 억압한다. 이것은 난장이의 죽음 이후 그의 아들대에서 빈곤의 굴레를 벗어나고자 하는 노력이 시도됨에도 불구하고 결국은 좌절당하기에 이르는 『난장이…』의 서사에서 확인된다. 즉 앞 시대의 신분구조만큼이나 70년대 사회의 경제구조의 파행성은 그의 삶을 철저하게 억누르고 있는 것이다. 그러므로 난장이가 채권 매매, 칼 갈기, 고층 건물 유리 닦기, 펌프 설치하기, 수도 고치기와 같은 수공업적 성격의 일만을 해올 수밖에 없었던 사실은 운명적인 것이라고 하겠다.

'난장이'가 이와 같이 70년대 사회구조의 소외층으로 상징되는 불구적 인물로서의 전형성을 지니고 있음과 더불어 난장이 주변부의 인물도 역시 불구적 자의식을 드러낸다. 가령 「칼날」(1975)의 행위 주체인 가정 주부 신애는 봉급 생활자의 단출한 식구들이 꾸려 가고 있는 현재의 생활에서 막연한 불안을 느끼고 있으며, 그 불안감 속에 휩싸여 있는 자신의 가족을 '난장이'에 비유한다.

i) 알 수 없는 일이다. 신애는 저 자신과 남편을 난장이에 비유하고는 했다. 우리는 아주 작은 난장이야, 난장이.

"그렇죠?"

직장에서 돌아온 남편에게 그녀는 물었다.

"제 생각이 틀려요?"

"글세."

남편은 신문을 읽고 있었다.

(「칼날」, p.27)

ii) 이제는 식구들까지 각기 다른 말을 쓰고 있는 것 같다. 말은 늘 빗나갔다.

"도대체 무슨 이야길 하는 거요?"

남편이 물었다.

"우리는 난장이라구요!"

악을 쓰듯 신애가 말했다.

"우리가 왜 난장이란 말예요!"

딸애의 목소리가 마루를 건너왔다.

그리고, 무지막지한 TV 소리. 뒷집에서 틀어놓았다. 저 집 사람들은 귀머거리구나. 저렇게 크게. 이 세상엔 왜 이렇게 온전한 사람들이 없을까.

(「칼날」, p.30)

신애가 자신의 가족을 난장이에 비유하는 불구적 자의식을 지니는 것은 '식구들까지 각기 다른 말을 쓰고 있는 것'같이 위태롭게 보이는 가족 구성원으로서의 의미 해체와, 그 해체의 근원인 가족 개개인의 현실과의 불화의식이다. 신애의 남편은 아침 일찍 집을 나가서 열두세 시간씩을 밖에서 보내며 불안 · 회의 · 피로에 젖은 생활을 영위하고 있다. 그에게 있어 '희망은 날아갔고', 자신의 생활에 싫증을 느끼며 자기의 시대와 사회에 불안을 가진다. 신애에게 있어 그런 남편은 '이상할 것도 없는 이야기'로 어제와 다를 것이 없는 신문을 늘상 읽고 있다. 남편의 가장 큰 소망은 좋은 책을 쓰는 것이었다. 그러나 그는 한 줄의 글도 쓰지 못한 채 부모의 병치레를 위하여 그가 제일 싫어하는 일인 돈벌이에 매달려야 했으며, "부모의 병을 고쳐 주지도 못하면서 병원은 그가 죽어라 하고 벌어들이는 액수로는 도저히 감당할 수 없는 돈을 늘 요구"(p.29)했으므로 남은 것은 빚뿐이었다. 신애의 가족은 그 빚을 청산하기 위하여 오랫동안 살아오던 집을 팔고 변두리의 작은 집으로 이사온 것이다. 신애 가족의 사정은 재산의 많고 적음에 있어서는 난장이 가족의 생활이 가졌던 열악성에는 비교될 수 없는 것이기는 하여도, 심정적으로 볼 때는 변두리로 밀려난 서민의 비애와 상실감이 난장이 가족의 비극과 동일하다고 하겠다. 늘 신문만을 읽는 남편, 늘 영어 노래가 나오는 라디오를 틀어 놓고 있는 딸, 가치의 혼란을 겪고 있는 아들, 그리고 무엇인가 비리와 부정의 결과인 듯한 부유함으로 흥청대는 앞뒷집과의 불화가 신애로 하여금 '난장이'라고 하는 불구적 자의식에 젖게 하는 것이다. 즉 신애의 불구성은 가족과 사회와의 불화로 인하여 일상에서 움츠러드는 신애의 심리가 지니고 있는 소시민성의 표상이다.

이와 같이 추상적인 난장이의 표징으로 의식되고 있던 신애의 심리가 구체성을 띠고 드러나는 사건이 발생한다. 수돗물이 나오지 않는 것을 해결하기 위하여 수도 고치는 일을 하는 난장이에게 수도꼭지를 낮게 옮겨 다는 일을 맡긴다. 그런데 '이 세상엔 왜 이렇게 온전한 사람이 없을까' 하는 의식에 불화하던 신애의 심리는 정작 불구자인 난장이가 "앞쪽에다 달면 안 됩니다. 그러며는 계량기를 속이는 게 돼요. 도둑질과 마찬가지죠."(p.44)라고 하여 도덕적 온전성을 지니고 있음을 발견하고서 감정의 동화를 느끼게 된다. 그러던 중 영업을 방해받은 펌프집 사나이가 나타나 난장이에게 폭력을 휘두르게 되자 신애는 '무서운 살기'로 사나이에게 생선칼을 휘두르는 일탈적인 행위를 한다. 이러한 신애의 행동은 "더러운 동네, 더러운 방, 형편 없는 식사, 무서운 병, 육체적인 피로, 그리고 여러 모양의 탈을 쓰고 눌러오는 갖가지 시련을 잘도 극복"(p.48)해 온 난장이에 대한 보호의식 또는 동류의식의 표현이다. 자신의 가족 역시 그와 같은 위협적인 시련에 처해 있거나 혹은 겪어 왔으므로 난장이에 대한 폭력은 곧 신애 자신에 대한 폭력으로 받아들여지는 것이며, 신애는 그러한 폭력에 대하여 살의

와도 같은 분노를 느끼고 저항하는 것이다. 즉 신애의 일탈행위는 사회의 불의와 비리가 다른 이들을 점차 '거인'으로 만들어 가고 있는 데 반하여 자신의 가족은 그와 반대로 일상의 굴레에서 점차 '난장이'로 작아지고 있음에 대한 저항의 의미를 띠고 있다. 따라서 폭력 사건 이후에 갖는 신애의 다음과 같은 심리는 그녀의 일탈행위의 소이를 확인시켜 준다.

> 신애는 인공 조명을 받고 있는 닭장 속의 닭들을 생각했다. 달걀 생산을 늘이기 위해 사육사들이 조명 장치를 해놓은 사진을 어디에선가 보았었다. 닭장 속의 닭들이 겪는 끔찍한 시련을 난장이도, 저도, 함께 겪고 있다고 생각했다. 다만 알을 낳는 닭과는 달리 난장이와 자기는, 생리적인 리듬을 흩트려놓고 고통을 줄 때 거기에 얼마나 적응할 수 있을까, 그리고 어느 정도에서 병리 증상을 일으키게 될까 하는 실험용으로 사용되고 있다는 생각뿐이었다. (「칼날」, p.47)

자신의 삶이 고통에 반응하는 병리 증상을 실험하는 실험용 동물의 것과 마찬가지라는 인식은 그녀가 펌프집 사나이에 대하여 가졌던 살의만큼이나 섬뜩하고 자학적인 자의식이라 할 수 있다. '인공 조명을 받고 있는 닭'의 이미지는 이렇듯 불구의식의 표현으로서,[76] 닭들이 겪고 있는 끔찍한 시련을 난장이와 신애가 동일하게 겪고 있다는 점에서 신애의 살의와 일탈행위가 공감되는 것이다. 이와 같은 신애의 심리적 상태와 일탈행위에 관련하여 프롬이 말하는 '인간적 갈등'의 성격을 논의할 수 있다. 프롬에 따르면, 인간 존재가 갖는 갖가지 모순의 해결 또는 세계와의 관계에 있어 고차원적인 조화의 추구는 항상 원초적인 상태가 갖는 안락하고 안정된 상태가 아니라 미지의 상태에 대한 공포, 궁극적으로는 죽음의 공포를 수반하고 있으므로 거기에 격렬한 인간적 갈등이 있게 된다. 즉 인간은 그의 상황에 의해 항상 그 자신의 동물적인 생존으로 퇴행할 것인지 아니면 자유와 독립을 지향하는 인간 존재로서 진보할 것인지 하는 선택의 기로에 서게 되는 것이다.[77] 신애가 자신에 대하여 스스로를 불구자의식으로 '충격'시키고 있음은 범속하고 불의한 일상을 거부하고 인간 존재의 본질적인 삶을 추구하는 심리적 행위이다. 이와 같은 신애의 의식은 난장이를 만남으로 인하여 가시화되는데, 비록 '살의'의 형태로 나타나기는 했으나 불의에 대한 적극적인 도전이라는 의미에서 신애의 일탈행위는 인간 존재로의 진보적인 선택을 한 것이라 보여진다.

이상에서 보았듯이 난장이나 신애와 같은 인물을 통하여 드러나는 불구적 자의식의 근원은 사회구조의 계층적 · 경제적 모순과 그로 인한 사회 구성원간의 불화이다. 그리고 난장이의 아들 세대에 오면 이와 같은 불구성의 원인이 사회체제의 형태인 노동 현실의 불합리성에도 이어진다.

우리는 제대로 쉬지도 못하고 일했다. 공장은 우리에게 일방적으로

---

76) 『난장이…』에서 난장이 가족이나 부유층의 아들인 윤호에게 사회적 · 계층적 각성을 촉구하는 빈민 운동가의 면모를 지니고 있는 인물인 '지섭'의 자의식도 인공 조명을 받고 있는 닭의 이미지와 유사한 '날개가 퇴화한 도도새'로서의 불구적 자의식을 보여준다.

> "나는 도도새다."
> 지섭이 말했었는데, 윤호는 이렇게 근사한 말을 들어본 적이 없었다.
> "형, 도도새는 어떤 새지?"
> "십칠세기말까지 인도양 모리티우스섬에 살았던 새다. 그 새는 날개를 사용할 생각을 하지 않았 다. 그래서 날개가 퇴화했다. 나중엔 날을 수가 없게 되어 모조리 잡혀 멸종당했다." (「우주 여행」, p.55)

지섭의 이러한 자의식은 그의 할아버지가 독립 운동가로서 갖은 시련 끝에 죽임을 당한 가족사에도 불구하고 그가 '할아버지가 뭘 원했는지 몰랐다'고 술회하듯이 시대와 사회에 대한 응전의 역할을 제대로 하지 못하고 있다는 점에 기인한다. 『난장이…』에서 지섭이 노동 현장에서의 투쟁적 · 실천적인 인물이기보다는 노동 이론가의 성격이 짙은 것도 결국 지섭의 불구의식이 반영된 것이다.

77) Erich Fromm, 김병익 역, 앞의 책, pp.33～34 참조.

원하기만 했다. 탁한 공기와 소음 속에서 밤중까지 일을 했다. 물론 우리가 금방 죽어가는 상태는 아니었다. 그러나 작업 환경의 악조건과 흘린 땀에 못 미치는 보수가 우리의 신경을 팽팽하게 잡아당겼다. 그래서 자랄 나이에 제대로 자라지 못하는 발육 부조 현상을 우리는 나타냈다.

(「난장이가 쏘아올린 작은 공」, p.91)

나는 아버지가 마지막 눈을 감는 날의 일을 생각했다. 죽음은 모든 것의 끝이다. 언덕 위 교회의 목사는 달랐다. 그는 인간의 숭고함·고통·구원을 말했다. 나는 인간이 죽은 다음에 또 다른 생을 시작한다는 그의 말을 이해할 수 없었다. 아버지에게는 숭고함도 없었고, 구원도 있을 리 없었다. 고통만 있었다. 나는 형이 조판한 노비 매매 문서를 본 적이 있다. 확실히 아버지만 고생을 한 것이 아니다. 아버지와 어머니는 자식들이 전혀 새로운 삶을 시작하기를 바랐다. 그러나 우리는 이미 첫번째 싸움에서 져버렸다.

나는 내가 마지막 눈을 감는 날의 일도 생각했다. 나는 아버지만도 못할 것이다. 아버지와 아버지의 아버지, 아버지의 할아버지, 할아버지의 아버지, 그 아버지의 할아버지들은 그들 시대의 성격을 가졌다. 나의 몸은 아버지보다도 작게 느껴졌다. 나는 작은 어릿광대로 눈을 감을 것이다. (「난장이가 쏘아올린 작은 공」, pp.98~99)

삶의 현실로서의 불구성이 아버지 세대인 난장이에서 끝나는 것이 아니라 아들 세대로까지 이어지고 있음을 위의 인용문이 말해 준다. 난장이와 난장이 부인이 조상으로부터 천민의 혈통을 이어받아 왔듯이 난장이의 아들은 열악한 작업 환경과 노동의 대가에 미치지 못하는 임금으로써 불구성을 이어받고 있는 것이다. 따라서 난장이 아버지의 비극적인 삶—숭고함도 없었고 구원도 있을 리 없는—보다도 더욱 비극적인 삶을 살아가게 되리라는 둘째아들 영호의 비극적인 자아 인식은 처절한 면이 있다. 영호를 비롯한 난장이 가족들은 난장이가 여섯 번째의 직업으로 어릿광대를 하려고 할 때 그것을 말렸다. 그런데 영호는 지금 자신의 생이 어릿광대로 마감할 것이라고 하는 철저한 비관과 불구성 속에 놓여져 있는 것이다. 이러한 불구성의 대물림은 난장이 가족에게 유전적인 의미까지도 부여된다.

> 은강은 릴리푸트읍과는 전혀 다른 도시였다. 영희는 그것을 가슴 아파했다. 모든 생명체가 고통을 받는 땅이었다. 우리는 살기 위해 은강에 왔다. 아버지가 돌아가고, 얼마 동안 정지했던 생명 활동을 우리는 은강에서 다시 시작했다. 나는 생명처럼 추상적인 것이 없다고 생각했다. 그것은 만질 수도 없고 볼 수도 없는 것이었다. 그것은 아버지가 우리에게 준 것이었다. 중학교 때의 생물책 용어를 빌어 쓴다면 아버지는 자기와 똑같은 것을 복제하여 종족을 늘려놓고 돌아갔다.
>
> (「은강 노동 가족의 생계비」, pp.171~172)

행복동의 집이 철거되고 난장이 아버지가 자살한 이후에 남겨진 가족들은 '은강'에서의 새로운 삶을 시작하게 되는데 『난장이…』의 후반부를 구성하는 「기계 도시」, 「은강 노동 가족의 생계비」, 「잘못은 신에게도 있다」, 「클라인씨의 병」, 「내 그물로 오는 가시고기」 등의 작품이 은강에서의 난장이 가족의 삶을 그려낸다. 은강은 공기 속에 유독 가스와 매연, 그리고 분진이 섞여 있으며 모든 공장이 제품 생산량에 비례하는 흑갈색·황갈색의 폐수·폐유를 하천으로 토해냄으로써 공장 주변의 생물체가 서서히 죽어가는(「기계 도시」, p.160), 산업화의 어두운 측면을 그대로 노출시키고 있는 전형적인 공업 도시이다. 그곳에서 난장이 가족은 행복동의 시절보다 더욱 열악한 생활 환경과 근로 조건에 고통받는다. 이러한 생존을 위한 싸움을 하고 있는 난장이 가족의 의식 속에는 난장이의 불구성이 그대로 유전되어 '아버지는 자기와 똑같은 것을 복제하여 종족을 늘려놓고 돌아갔다'고 생각한다. "아버지의 시대가 아버지를 고문"(「은강 노동 가족의 생계비」, p.174)했듯이, 자동차 조립 공장의 기계공이 된 난장이 아들 영수는 기계가 작업 속도를 결정해 주는 "기계에 의한 속박"(p.175)을 받고 있다. 이와 같이 수공업 노동자인 난장이가 겪어야 했던 빈곤 계층으로서의 고통이 대도시 공장 노동자인 아들 세대로 유전되고 있다는 비극적인 현실 인식은 산업사회의 비인간적인 노동 현실과 사회구조의 파행성을 여실하게 보여주는 것이다. 이런 점에서 『난장이…』의 작품들이 형상화하고 있는 불구자의식의 본질은 기실 사회구조의 불구성에 대한 비판적 인식의 결과로서, 소설의 행위자들로 하여금 일탈행위에 대한 당위성을 제공하는 일탈의식이 되고 있는 것이다.[78]

78) 이러한 조세희 소설에 나타나는 불구자의식은 콩트류의 작품에서는 더욱 직설적으로 드러나고 있는데, 한 작품의 일부를 인용하여 이해를 돕도록 한다. "나의 눈에는 멀쩡한 사람들이 불구자로 보였다. 나 자신도 불구자였다. 반대로 불구자가 온전한 사람들로 보였다. 그래서 나는 온전한 사람이 아니었다. 나는 나도 모르는 사이에 불구자들의 이야기를 많이 썼고, 그들 편을 들었다. 온전한 사람보다 불구자가 도덕적으로 완전하다는 생각을 나는 하곤 했다. 그들은 죄악에 물들지도 않았으며, 신음하는 강에 오염물질을 방출할 정도로 무지하지도 않았다. 나는 그들을 닮고 싶은 욕망을 버릴 수 없었다. 난장이, 꼽추, 앉은뱅이, 애꾸눈이, 장님, 주정뱅이들이 나의 소설에 나오는 주요 인물들이다. 그들만 모여 살았다면 우리의 심장인 강은 신이 우리 땅에 그려 놓은 그 처음의 모습을 그대로 유지할 수 있었을 것이다. 그들이었다면 강의 권리를 인정했을 게 분명하다." : 조세희, 「강을 못 지킨 나」, 『난장이 마을의 유리병정』(동서문화사, 1979), pp.126~127.

2) 집 지키기로서의 일탈구조

(1) 집에서 보는 집—대립의 이미지

『난장이…』의 문제성의 근원은 '집'의 훼손으로 표상된 도시 빈민의 뿌리뽑힌 삶의 구조화 양상임은 이미 언급된 바 있다. 난장이 가족에게 있어서 집은 신분 계층상의 저급과 경제적 분배의 소외라고 하는 이중의 제약 속에서 지어진 것이었으므로 생존의 의미와 다를 바 없는 가치를 지니는 것이다. 그러므로 집이 철거되는 지점에서 난장이가 자살을 하고 딸 영희가 입주권을 되찾기 위하여 부동산업자의 성적 유희의 대상을 자청하게 되는 상황은 충분한 개연성을 지닌다. 그런데 난장이 가족에게 '집'은 이와 같이 생존을 유지하는 처소라고 하는 의미에 부가하여, 그 가족이 지니고 있는 불구자의식으로 인하여 바깥 세상으로부터 고립되어 있는, 바깥 세상으로의 편입을 거부당하는 금지구역의 성격을 띠고 있다는 사실에 주목할 필요가 있다. 즉 난장이의 집은 난장이 가족들이 자신의 세계와는 다른, "거인들이 사는 곳"(「은강 노동 가족의 생계비」, p.170)인 대립적 세계를 확인하는 거울의 의미를 갖는 것이다.

「난장이가 쏘아올린 작은 공」에서 난장이 가족의 입주권을 사들인 부동산업자를 따라 가출한 영희가 그의 아파트에서 생활하며 '난장이 집'을 인식하는 다음의 장면을 보자.

> 우리의 생활은 회색이다. 집을 나온 다음에야 나는 밖에서 우리의 집을 들여다 볼 수 있었다. 회색에 감싸인 집과 식구들은 축소된 모습을 나에게 드러냈다. 식구들은 이마를 맞댄 채 식사하고, 이마를 맞대고 이야기했다. 작은 목소리라 나는 알아들을 수 없었다. 아버지의 실제 모습

보다도 작게 축소된 어머니가 부엌으로 들어가다 말고 하늘을 쳐다보았다. 하늘까지 회색이다. 나는 나 자신의 독립을 꿈꾸고 집을 뛰쳐나온 것이 아니다. 집을 나온다고 내가 자유로워질 수는 없었다. 밖에서 나는 우리집을 들여다볼 수 있었다. 끔찍했다.

(「난장이가 쏘아올린 작은 공」, p.109)

영희는 독립을 꿈꾸어서가 아니라 집을 되찾고자 하는 의도에서 가출한 것이므로 그녀가 집을 나왔다고 하여 난장이 집에서 자유로워질 수는 없다. 그녀의 의식은 항상 난장이 집에 머물러 있는 것이다. 그런데 영희의 가출은 '회색에 감싸이고 식구들은 축소된 모습을 드러내는' 자신의 집의 정체를 인식하는 계기가 된다. 그 집은 '아버지의 실제 모습보다도 작게 축소된 어머니'가 있는 불구적 세계, 곧 가난과 천대로 생존의 선명성을 잃어버린 회색에 감싸인 집인 것이다. 이와 같이 영희가 비로소 자신의 집의 정체를 들여다보게 되는 것은 '거인'인 부동산업자의 집에서 생활함으로써 자신의 집과는 대척점에 있는 세계를 목도하는 데 연유한다.

나는 전혀 다른 세상 사람과 생활하고 있었다. 우리는 출생부터 달랐다. 나의 첫 울음은 비명으로 들렸다고 어머니는 말했다. 나의 첫 호흡이 지옥의 불길처럼 뜨거웠을지도 모를 일이다. 나는 모태에서 충분한 영양을 보급받지 못했다. 그의 출생은 따뜻한 것이었다. 나의 첫 호흡은 상처난 곳에 산을 흘려넣는 아픔이었지만, 그의 첫 호흡은 편안하고 달콤한 것이었다. 성장 기반도 달랐다. 그에게는 선택할 것이 많았다. 나나 두 오빠는 주어지는 것 이외의 것을 가져본 경험이 없다. 어머니는 주머니가 없는 옷을 우리에게 입혔다. 그는 자라면서 더욱 강해졌지만 우리는 자라면서 반대로 약해졌다. (「난장이가 쏘아올린 작은 공」, p.113)

여기에서 '주머니가 없는 옷'이 표상하듯 '난장이 집'에서 난장이의 아들딸은 그들의 욕구에 의하여 무엇인가를 가질 수 있는 여건을 원천적으로 봉쇄당하고 있었다. 출생의 여건과 성장 기반의 차이로 인하여 '그는 자라면서 더욱 강해졌지만 우리는 자라면서 반대로 약해'진 두 세계의 대립 속에서 영희는 전혀 다른 세상의 사람과 생활하는 듯한 인식을 가지는 것이다. 그러므로 난장이의 집과 거인의 집 사이에는 고통/안락이라고 하는 결코 해소될 수 없는 단절성이 개재되어 있다. 그리고 이와 같은 절대적 단절은 난장이 가족에게 자신들이 자신의 세계를 '보호'하는 것이 아니라 다른 세계의 사람들에 의하여 자신이 '격리'당하고 있다는 느낌을 준다.

> 우리를 해치는 사람은 없었다. 우리는 보이지 않는 보호를 받고 있었다. 남아프리카의 어느 원주민들이 일정한 구역 안에서 보호를 받듯이 우리도 이질 집단으로서 보호를 받았다. 나는 우리가 이 구역 안에서 한 걸음도 밖으로 나갈 수 없다는 것을 깨달았다.
>
> (「난장이가 쏘아올린 작은 공」, pp.82~83)

이러한 인식을 하고 있는 난장이의 큰아들인 영수에게 있어 그러한 보호 구역을 벗어날 수 있는 방법은 공부를 하는 것이었다. '세상은 공부를 한 자와 공부를 못한 자로 엄격하게 나누어져 있었다'는 것이 영수의 세상 읽기였으므로 공부를 함으로써 그 구역 밖으로 나갈 수 있다는 욕망은 그가 고입 검정고시를 거쳐 방송통신고교에 입학하는 실천을 보이기는 했으나 끝내는 좌절하고 만다. 이처럼 자기 구역을 벗어나려는 욕망의 좌절로 인하여 난장이의 집은 여전히 바깥 세상과는 대립되는 '이질 집단'으로 남겨지게 되는 것이다. 「칼날」의 인물인 '신애'는 자신의 집과 뒷집과의 대비를 통하여 사회의 불합리하고 모순된 측면을 인식함으로써 대립된 세계의 이미지를 얻고 있다.

> 공무원 월급표를 보면 뒷집 남자의 월급은 남편의 월급보다도 사뭇 적다. 단출한 식구에 더 많은 월급을 받는 자기네는 조용한데, 많은 식구에 적은 월급을 받는 뒷집은 흥청댄다. 알 수 없는 일이다. 우리가 귀에 아프게 들어온 잘살 수 있는 세상이 뒷집에만 온 것 같다. 뒷집에 가난은 없다. 그래서 신애는 생각한다. 저 집은 도대체 어느 편인가? 우리는 또 어느 편인가? 그리고 어느 편이 좋은 편이고, 어느 편이 나쁜 편인가? 도대체 이 세상에 좋은 편이 있기는 한가? (「칼날」, p.32)

신애의 의식이 사회의 불의를 인식하는 공식은 간단하다. 즉 '많은 월급/적은 월급'의 대응이 '잘사는 집/못사는 집'의 대응으로 적용되지 않는 사회적 공식이란 '알 수 없는 일'인 것이다. 그녀의 남편이 '증오하는 돈도 죽어라 하고 벌었으나' 빚만 남겨진 반면 뒷집의 공무원 가족은 부정·부패·서정 쇄신이라는 말이 신문에 거의 날마다 난 적이 있을 때만 TV 소리를 줄였을 뿐 '뒷집 남자는 부정이 드러나지 않았던지 까딱없었다.' 신문에서 부정이 드러나는 공무원은 의법 조처하겠다는 말이 자주 실렸으나 신애는 '부정이 드러나면'이라는 말에 묘한 풍자를 느낀다. 이를테면 뒷집은 '드러나지 않는 부정'에 의하여 흥청대는 것이다. 신애는 그것이 '잘사는 세상'의 방법이란 점에 혼란된 가치관을 느끼며 좋은 편과 나쁜 편, 정의와 불의, 선과 악의 판단에 회의를 갖게 된다. 그러나 소시민적 가치관에 있어 어느 것보다 선명할 수 있는 것은 선은 선이며 악은 악이라는 사실이다. 신애에게 있어 보다 절실한 현실 인식은 '어느 편이 나쁜 편인가' 하는 편가름보다는 '이 세상에 좋은 편이 있기는 한가'라는 비관적 허무주의이다. 펌프집 사나이에게 구타당하는 난장이를 구하기 위하여 칼을 휘두르는 신애의 의식 속에는 그러한 비관적 허무주의를 위무받을 수 있는 '진정성의 세계'인 난장이의 세계를 발견했기 때문에 살의라고 하는 일탈행위가 가능했다. 신애에게 있어 세상은 난장이의 집과 거인의 집이 있었으며, "단출한 식구들이 꾸려가는 생활에 불안은 왜 이렇게 많을까"(p.28)라고 느끼며 사는, 수돗물이 나오지 않는 자신의 집은 난장이의 집이었던 것이다. 오생근의 표현에 따르면 "집 속에서 불안해 하고 집이 낯설게 느껴지는 사람은 결국 참다운 집이 없는 사람이나 마찬가지일 것"[79]인바, 신애가 느끼는 불안의 원인은 빚 때문에 변두리 고지대의 집으로 쫓겨왔으므로 어쩌면 그 집에서도 쫓겨날지 모른다는 잠재의식에 있음이 짐작된다. 즉 앞뒷집이 모두 비리로 홍청되는 거인의 집 사이에 끼어 있는 신애의 집은 허술하고 불안하게 느껴지기 마련이다. 신애의 의식 속에는 광범위한 불의의 사회가 가해 올지도 모르는 위해에 대한 불안감이 개재해 있는 것이다. 그것은 정의롭지 못한 사회구조 속에서 개인이 느끼는 단절의식의 표현임과 아울러 선과 악으로 대립되어 있는 세계의 인식이다.

「우주 여행」(1976)의 인물인 윤호가 경험하는 두 종류의 집의 형태, 곧 율사인 아버지를 둔 윤호네의 삼층 저택과 개천 건너 빈민촌의 난장이네 집은 그 외형의 이미지 자체가 이미 대립적 세계의 구현이다. 율사의 아들인 윤호의 경우는 '거인의 집'의 구성원으로서, 「난장이가 쏘아올린 작은 공」이나 「칼날」이 '난장이의 집'의 구성원의 시각에 의하여 대립적인 집의 이미지를 확인하는 것과는 상반된 측면, 곧 거인의 시각에서 난장이의 세계를 확인한다. 윤호의 눈에 비친 자신의 집은 부도덕성이 가득한 세계이다. 윤호의 누나는 '놈팽이와 붙을 생각'만 하는 창녀 같은 여자이며, 윤호의 아버지는 아들에게 A대학 사회

---

79) 오생근, 「집, 가족, 그리고 개인」, 『현실의 논리와 비평』(문학과지성사, 1994), p.52.

계열에만 입학할 것을 종용하는 '율사답지 못한' 인물이다. 윤호 자신은 대학 입시를 위한 특수 과외 동아리에서 어울리며 여러 여자와 육체를 나눈다. 이러한 자신의 집에 만연한 부도덕한 증상에 대하여 윤호는 자살 충동을 보임으로써 죄의식을 드러내게 되는데, 이와 같은 죄의식이 가능할 수 있었던 것은 윤호가 지섭과 더불어 난장이의 집을 방문했던 데 연유한다.

> 큰 달이 방죽 한가운데 떠 있었다. 어린 아이들이 이집 저집에서 울어대었다. 그 동네에선 아주 이상한 냄새가 났다. 누가 방죽 한가운데로 작은 나무배를 저어나갔다. 윤호는 발밑에 쓰러져 있는 술취한 사람들을 밟지 않기 위해 다섯 번이나 껑충껑충 뛰었다. 〔…중략…〕 두 홉 보리쌀을 씻어 안쳐 끓이고 그 위에 여섯 개의 감자를 까넣었다. 난장이와 그의 식구들은 조각마루에 앉아 저녁식사를 했다. 그들은 보리밥과 삶은 감자를 먹고 검은 된장에 시든 고추를 찍었다. 조각마루 끝에서 지섭이 종이 한 장을 집어들었다. 그것을 윤호에게 주었다. 윤호는 '재개발 사업 구역 및 고지대 건물 철거 지시'라는 제목의 철거 계고장을 한자 한자 뜯어 읽었다. (「우주 여행」, p.56)

빈민촌 난장이 집의 궁핍한 생활상과 현실의 부박한 사정은 윤호에게 있어 자신의 삼층 저택의 공간이 부조리한 허위의 세계임을 인식시키는 계기가 되고 있다. 따라서 윤호가 난장이 집을 방문하고 돌아온 밤에 지섭과 더불어 나누는 '달나라의 생활'의 이야기는 이전에 윤호의 세계를 감싸고 있던 허상이 파괴되고 진정성의 세계를 지향하는 과정이 된다.

> 그날 밤 윤호는 공부를 하지 않았다. 지섭도 책을 읽지 않았다. 그는 처음

으로 달나라의 생활에 대해 이야기했다. 달은 순수한 세계이며 지구는 불순한 세계라고 했다. 〔…중략…〕 그는 달에 세워질 천문대에서 일할 사람은 행복할 것이라고 말했다. 그에게 달은 황금색의 별세계였다. 그는 지상에서 일어나는 일들은 너무나 끔찍하다고 했다. 그의 책에 의하면 지상에서는 시간을 터무니없이 낭비하고, 약속과 맹세는 깨어지고, 기도는 받아들여지지 않는다. 눈물도 보람 없이 흘려야 하고, 마음은 억눌리고 희망도 이루어지지 않는다. 제일 끔찍한 일은 갖고 있는 생각 때문에 고통을 받는 일이다.

(「우주 여행」, pp.56~57)

'달/지구'가 '순수한 세계/불순한 세계'로 등식화되는 논리를 마련함으로써 윤호의 의식은 거인의 집에서 벗어나게 된다. 두 세계의 대립된 이미지를 통하여 시간을 터무니없이 낭비하고 희망도 이루어지지 않는 '지상'의 삶에 대한 인식이 이루어지고 있는 것이다. 윤호에게 있어 거인의 집에서 들여다본 난장이의 집은 하나의 거울로 작용하여 거인의 집이 삶의 진정성을 보유하지 못한 허상의 실체로 비쳐졌으며, 그러한 허상에의 인식이 삶의 총체적 인식에 다다르고 있는 것이다. 인호는 동아리 친구 인규가 은희와의 관계를 거래 조건으로 하여 대입시험에서 부정 행위를 요청였을 때 자신의 오시아르 카드에 인규의 이름과 수험번호를 써넣음으로써 거인의 집의 허상을 허물어뜨리고자 한다. 인호의 자살 기도는 이를테면 극단적인 허상 파괴의 시도로서,[80] 대립된 두 개의 '집'에 대한 성찰의 결과인 것이다. 「내 그물로 오는 가시고기」의 화자인 은강그룹의 경영주의 아들이 난장이의 세계에 대하

80) 「궤도 회전」(1977)에서 윤호네 가족은 행복동의 삼층집을 팔고 북악산 산허리의 단층집으로 이사를 한다. 이 단층집에서 윤호의 의식은 행복동 집의 허위적 세계를 불식하고 「노동수첩」을 읽으며 '난장이 집'의 세계를 이해하는 인물로 변화해 있다. 윤호는 '은강그룹' 회장의 손녀인 경애에게 모의 고문을 하며 '모든 법조항을 무시한' 악덕 기업주의 죄의식을 촉구한다. 난장이의 집을 인식한 후 자신의 세계인 거인의 집이 지니고 있는 부도덕성을 자살 충동에 이르도록 철저하게 자각한 '허상 파괴'의 결과일 것이다.

여 표시하는 오해에 가득 찬 악의에서 보여지듯이 조세희의 소설은 난장이의 집이 견고하게 구축된 것이니만큼 그에 비례하여 난장이와 적대적인 세계의 집도 역시 견고성을 지닌다. 다른 많은 논자들이 '이항대립'이라고 부른 이러한 적대적인 두 세계의 견고성은 쉽사리 화해될 성질의 것이 아니다. 여기에서 우리는 『난장이…』의 서사가 지니는 아쉬움의 하나를 지적할 수 있다. 그것은 조세희가 난장이의 자살이나 난장이 아들의 살인 행위로 성급하게 그 견고성을 무화시키고자 한 점이다. 조세희 소설의 이상주의적 경향이나 낭만적인 문제 해결의 방법론이 지적되는 국면이 바로 이러한 점에 있는 것이다. 소설의 원론적인 측면에서 현실 초월적 의미가 거부될 수 없는 것임을 전제한다고 하더라도 현실과의 대립이 철저하게 심화하여 그 극복의 논리를 마련하지 못한 채 현실의 기반을 무너뜨리는 것은 그 문학적 의미를 약화시키는 경우인 것이다.

(2) 대립의 무화와 일탈행위

조세희의 소설에서 일탈행위로서의 살인 모티프는 앉은뱅이와 꼽추가 부동산업자를 살해하는 「뫼비우스의 띠」와, 난장이의 큰아들인 영수가 은강그룹 집안의 한 인물을 살해하는 「내 그물로 오는 가시고기」에서 지배적으로 나타나고 있다. 또한 직접적인 살인의 형태는 보이지 않지만 「칼날」, 「난장이가 쏘아올린 작은 공」, 「잘못은 신에게도 있다」 등의 작품에서 부분적으로 '살의'의 형태로서 살인의 의미가 드러나기도 한다. 그런데 이와 같은 조세희의 각 작품이 드러내는 살인 모티프는 '집 지키기'의 표층적인 의미구조를 지닌다는 점에서 유사한 성격을 지니고 있다.

가령 「뫼비우스의 띠」에서 앉은뱅이와 꼽추가 자기네의 아파트 입주권을 헐값으로 사들인 부동산업자를 살해하는 행위의 원인은 결국 자신들에게 정당한 대가가 지불되지 않은 채 '집'을 훼손당한 데 있는 것이며, 이것은 복수의 살인적 행위로 나타나기는 했지만 자신의 집을 지켜내고자 하는 욕망의 표현이 된다. 또한 「난장이가 쏘아올린 작은 공」에서 부동산업자에게 자신의 육체를 제공한 대가로 자기 집의 입주권을 훔쳐 내온 영희가 느끼고 있는 살의의 정체도 곧 자신의 '집'을 지켜 내고자 하는 욕망의 다른 표현으로 볼 수 있다.

> 나는 가방을 열고 안에 들어 있는 그의 칼을 만져보았다. 상아로 만든 칼자루 윗부분에 작은 구슬만한 쇠가 붙어 있었다. 그것을 누르면 칼날이 튀어나온다는 것을 나는 알고 있었다. 〔…중략…〕 그와 마주친다면 나는 그를 죽일 생각이었다. 그는 아직까지 한번도 죽음에 대해 생각해 본 적이 없을 것이다. 인간이 갖는 고통에 대해서도 그는 아는 것이 없다. 절망에 대해서도 모를 것이다. 빈 식기들이 맞부딪치는 소리, 손과 발, 무릎, 그리고 이가 추위에 견디지 못해 맞부딪치는 소리를 그는 들어본 적이 없을 것이다. 그가 원할 때마다 알몸으로 그를 받아들이며 삼킨 나의 신음 소리도 듣지 못했을 것이다. 그는 벌겋게 달군 쇠로 인간에게 낙인을 찍는 사람들 편이었다. 나는 가방을 열어 칼을 만져보았다.
>
> (「난장이가 쏘아올린 작은 공」, pp.119~120)

「칼날」에서 주인공인 신애가 펌프집 사나이에게 생선칼을 휘두르는 장면도 일종의 '집' 지키기의 행위로서의 파괴적 일탈로 보여진다. 시아버지의 오랜 병으로 인하여 오랫동안 살아온 청진동 집을 팔아 빚을 갚은 신애네는 나머지로 변두리 작은 집을 산다. 그런데 이 집은 물이 잘 나오지 않았다. 정상적인 생활에 지장을 주는 불구적인 집인 셈이다. 이것을 해결하기 위하여 난장이에게 의뢰하여 수도꼭지를 현재보다 낮게 설치하는 공사를 한다. 그런데 펌프집 사나이가 대문을 걷어 차고 들어와 자신의 영업에 방해된다고 하여 난장이에게 폭력을 가한다. 이를 보던 신애가 마침내 생선칼을 집어드는 것이다.

> 신애는 사나이를 죽일 생각이었다. 단숨에 다시 마루로 뛰어올라 마당으로 내려섰다. 그리고 죽어, 죽어, 하면서 생선칼로 사나이의 옆구리를 찔렀다. 사나이는 외마디 소리를 내며 난장이에게서 떨어졌다. 생선칼은 사나이의 살을 뚫고 들어가 내장에 치명적인 상처를 줄 수도 있었다. 사나이는 운이 좋았다. 난장이에게서 빨리 떨어졌기 때문에 칼은 빗나갔다. 옆구리에서 빗나간 생선칼은 사나이의 팔에 빨간 줄을 그었을 뿐이다. 사나이는 피가 흐르기 시작한 팔을 손으로 감싸며 뒷걸음쳤다. 그는 겁을 먹고 있었다. 죽어, 죽어, 하면서 칼을 휘두르는 신애에게서 무서운 살기를 느꼈던 것이다. (「칼날」, p.47)

이렇게 볼 때 난장이가 수돗물이 나오게 하는 일은 곧 불구적인 집을 정상적인 집으로 복구시킨다는 의미를 지니며,[81] 자신의 집을 정상적인 집으로 복구시키는 장본인인 난장이에게 폭력을 가하는 사나이에게 살의를 지니고 칼을 휘두르는 신애의 일탈행위는 곧 자신의 집을 지키기 위한 결연한 행위의 의미를 지니게 된다. 이와 같이 조세희의 소설이 형상화하고 있는 살인 모티프가 표층적으로는 소외 계층의 생존의 근거인 '집'을 지키기 위한 일탈적 행위로서의 의미를 지니고 있으며, 이들 모티프에 심층적으로 내재해 있는 사회학적 의미는 바로

---

81) 신애의 가정이 정상적인 수준으로 회복되고 있다는 점은 갈등을 빚고 있던 아들, 딸과 신애와의 화해의 국면이 조성되는 장면으로 형상화된다. 즉 TV 소리에 불평하던 아들은 신애의 충고를 받아들이며, 라디오를 틀어 놓고 공부하는 것 때문에 신애와 부딪쳤던 딸은 밤중에 물을 대신 받아 주겠다는 제의로 신애와의 갈등을 해소한다. 그리고 이 작품의 결미에서 수돗물이 제대로 나오게 되는 서사의 의미는 그러한 '갈등 해소'의 집약적인 표현이 되는 것이다.

아노미의 성격이다. 조세희 소설에 나타나고 있는 일탈행위의 한 양상인 살인의 성격을 살펴볼 때 머턴이 제시한 스트레스 적응의 다섯 가지 유형 중에서 황석영의 경우와 마찬가지로 '반역형'의 유형적 성격이 주목된다. 앞에서 이미 살펴본 바 있지만, 머턴은 사회의 규범체계와 개인의 문화적 목표 간의 통합의 정도가 낮으면 스트레스가 야기되고, 개인은 문화적 목표나 구조적으로 용인되어 있는 수단을 위반함으로써 그러한 스트레스에 반응한다고 하여 그 유형을 동조형, 혁신형, 의례형, 도피형, 반역형으로 나누었다. 그 중에서 반역형은 문화적 목표와 사회적 수단을 모두 부정하는 것으로써 스트레스에 적응한다. 또한 반역형은 문화적 목표와 사회적 수단을 모두 부정하기는 하지만 새로운 목표와 수단을 갖는다는 점, 곧 사회로부터 후퇴하는 것이 아니라 사회의 변혁을 의도한다. 가령 「뫼비우스의 띠」에서 앉은뱅이와 꼽추의 살인 행위는 훼손된 집을 되찾는 의미를 넘어서서 새로운 생존의 수단을 마련하기 위한 방법으로 부동산업자의 살해라는 방법이 취해졌다. 따라서 그것은 새로운 삶의 처소인 '집'을 획득하고자 하는 새로운 목표와 수단을 취득하는 행위이다.

"살 게 많아."
그가 말했다.
"모터가 달린 자전거와 리어카를 사야 돼. 그 다음에 강냉이 기계를 사야지. 자네는 운전만 하면 돼. 내가 기어다니는 꼴을 보지 않게 될 거야." (「뫼비우스의 띠」, p.23)

살인 행위로 얻어진 이십만 원씩의 돈으로 생계를 위한 방편을 마련하고자 하는 것이 이들 범죄의 당위성이다. 그것은 앉은뱅이가 '기어다니는 꼴을 보지 않게 될' 새로운 삶의 형태로서 일탈 이후에 가능해지는 앉은뱅이의 사회구조 편입의 양태이다.

「내 그물로 오는 가시고기」(1978)에서의 난장이 아들 영수의 살인 행위도 이와 동일한 성격을 갖는다고 할 수 있다. 영수의 생존의 집이자 노동의 현장인 '은강'은 공기 속에 유독 가스와 매연, 분진이 섞여 있고 모든 공장이 폐수·폐유를 하천으로 토해냄으로써 공장 주변의 생물체가 서서히 죽어 가는 거대 도시로서의 집이었다. 그리고 이 집 속에서 일하는 난장이 자녀를 비롯한 노동자들은 "우리 삼남매는 공장에 나가 죽어라 일했으나 방세 내고, 먹고…… 남는 것은 없었다. 우리가 땀을 흘려 벌어온 돈은 다시 생존비로 다 나가 버렸다. 우리만 그런 것이 아니었다. 은강 노동자들이 똑같은 생활을 했다. 좋지 못한 음식을 먹고, 좋지 못한 옷을 입고, 건강하지 못한 몸으로 오염된 환경, 더러운 동네, 더러운 집에서 살았다."(「잘못은 신에게도 있다」, p.189)라는 문맥에서 보이듯 비인간적인 삶을 영위하고 있다. 이러한 비극적 상황하에서 영수는 노동 운동을 통한 현실 개선을 촉구하지만 그것은 좌절되고, 최종적으로 은강그룹 경영주의 살해라고 하는 일탈행위를 감행하게 된다. 이러한 영수의 살인 행위는 표면적으로는 회사측이 노조를 어용으로 만들려는 기도에 대한 고발과 저항의 의미를 지니고 있지만, 그 심저에는 불법적이고 열악한 노동현실을 고발하기 위한 일탈행위라고 할 수 있다.

> 난장이의 큰아들이 고개를 들었다. 그것은 우발적인 살의가 아니었다고 그가 말했다.
>
> 〔…중략…〕
>
> "이미 철도 들고, 고생도 많이 해본 공장 동료들이 일제히 울음을 터뜨려, 엉엉 소리내어 우는 현장에 저는 서 있어보았습니다. 웬만한 고생에는 이미 면역이 된 천오백 명이, 그것도 일제히 말입니다. 교육도 받

고, 사물에 대한 이해도 깊은 공장 밖 사람들에게 그 이야기를 해본 적이 있는데, 그럴 수 있을까 좀처럼 믿어지지 않는다는 말들이었습니다. 제가 말해도 사람들은 믿지 않습니다." (「내 그물로 오는 가시고기」, p.251)

그러나 영수에게 있어 살인은 우발적인 살의에 의한 것이 아니라 노동자의 부당하고 고통스런 현실에 대한 이성적 결단이었다고 해도 감정에 치우친 아노미적 상황의 결과라는 혐의가 짙다. 즉 거기에는 공장 동료들이 일제히 우는 현장에서 고양된 충동성과 정체를 알 수 없는 폭력배들에게 구타를 당한 분노심이 개재되어 있다. 그리고 보다 근본적으로는, 영수의 살인 행위는 은강그룹의 경영주를 목표로 한 것이었으나 그와 닮은 형제를 잘못 살해했다고 하는 서사를 지니고 있다는 구조적 한계에 기인한다. 이러한 서사에 의하자면 영수의 살인과 사형으로 이어지는 개인사는 말 그대로의 개인사로서 영수 자신의 일인극의 의미와 개인의 비극으로 그쳐 버림으로써 황석영의 「객지」나 「야근」이 보여주었던 현실 극복의 의미를 지니지 못하고 있는 것이다. 즉 영수의 살인 행위는 비록 이타적 살인의 형태를 취하고는 있지만 이기적 자살의 의미를 지니고 있는 것이다. 앞서 황석영을 논의하는 과정에서 언급한 바 있지만 자살이 자신에 대한, 그리고 살인이 타인에 대한 파괴적 행위라는 차이점을 지니지만 자살과 살인은 심리적인 등가물의 성격을 지닌다. 반복되는 이야기가 되겠지만, 인간의 행동 표현은 사회의 외적인 구속체계에 의하여 결정되고 사회의 구속과 통제에 복종하는 사람은 자신의 문제를 다른 사람의 탓으로 돌리는 경향이 있으므로 살인을 통하여 외적으로 좌절을 표현한다. 또 외적인 구속에 복종하지 않는 사람은 자신의 좌절을 다른 사람의 탓으로 전가시킬 수가 없으므로 자살을 통하여 좌절을 내적으로 표현한다. 그렇기 때문에 자살이나 살인은 그 파괴의 대상이 다름에도 불구하고 양자가 모두 극단적인 좌절을 표현하는 행위라는 점에서 동일한 성격을 갖는다.[82] 이렇게 볼 때 영수의 살인 행위는 오히려 자살로서의 의미가 짙다. 은강그룹의 경영주를 살해하고자 하였으나 그 대상을 잘못 고른 영수의 일탈행위의 아이러니는 희극적인 비극으로서, 「내 그물로 오는 가시고기」에서 화자인 은강그룹 경영주의 아들이 영수에 대해 퍼붓는 비난과 조롱, 진실의 왜곡은 그와 같은 아이러니에 의하여 가능한 전도된 가치관의 형태라고 하겠다.

이와 같이 조세희 소설의 인물들이 형상화하고 있는 살인 모티프는 그것이 '집'을 지키고자—보다 정확하게는 새로운 집을 짓고자—하는 목적과 수단을 지니고 행해지는 일탈행위임으로 해서 '반역형의 일탈'이라고 할 수 있으며, 그러한 반역성에도 불구하고 반역 이후의 세계가 너무나 협소함으로 인하여 새로운 '집'의 건설에 실패하고 있다는 점이 아쉬움으로 남는다.

「난장이가 쏘아올린 작은 공」에서 난장이의 죽음의 형태인 자살은 앞서 황석영에게 있어 살인의 형태로 나타났던 아노미적 일탈의 한 양상으로서의 자살이다. 집이 철거된 후 벽돌 공장의 굴뚝으로 떨어져 사망한 난장이의 자살은 표면적으로는 집과 가정을 지켜내지 못한 가장의 좌절감의 표현일 것이며, 이를 사회적인 의미로 확대한다면 산업화·도시화가 구축한 사회구조 속에서 소외된 하층민의 희생적 의미를 지니게 될 것이다. 난장이의 주검은 벽돌 공장의 굴뚝이 헐리는 날 철거반 사람들에 의하여 굴뚝 속에서 발견되었다. 굴뚝 위에 올라가 종이비행기를 날리던 난장이가 굴뚝 속으로 떨어져 죽었다는 사실은 난장이의 비극을 더욱 심화시켜 준다. 난장이에게 있어 굴뚝은 그가 도달하고자 하는 달의 세계와 가장 가까이 있는, 이를테면 이상향으로의

82) Andrew F. Henry and James F. Short, Jr., 앞의 책, pp.101~103 참조.

통로였다. 따라서 굴뚝에서의 난장이의 죽음은 지향의 극점이 좌절의 극점으로 전환되었음을 보여주고 있으며, 그로 인하여 난장이의 삶은 더욱 비극적인 것으로 환기된다. 「난장이가 쏘아올린 작은 공」의 마지막 부분에서, 부동산업자를 따라서 가출했다가 아파트 입주권을 되찾아온 영희가 신애 아주머니의 집에서 병중에 시달리며 환시처럼 보는 두 장면, 곧 '까만 쇠공이 머리 위 하늘을 일직선으로 가르며 날아'가는 것과 '아버지가 벽돌 공장 굴뚝 위에 서서 손을 들어' 보이는 장면은 좌절된 꿈이 그려 놓은 보상의 환시라는 점에서 비애를 느끼게 한다. 특히 난장이가 죽은 이후 은강으로 온 난장이의 아들딸이 일하는 공장지대에서 굴뚝은 산업사회의 거대구조를 드러내는 대표적인 상징물로서 열악한 노동 환경과 난장이 가족의 비참한 삶의 실상을 말해주고 있기 때문에 굴뚝에서의 난장이의 죽음은 산업사회의 구조적 억압에 기인하는 비극임을 암시하고 있다.

공장 지대는 북쪽이다. 수없이 솟은 굴뚝에서 시커먼 연기가 오르고, 공장 안에서는 기계들이 돌아간다. 노동자들이 그곳에서 일한다. 죽은 난장이의 아들딸도 그곳에서 일하고 있다. 그곳 공기 속에는 유독 가스와 매연, 그리고 분진이 섞여 있다. (「기계 도시」, p.160)

은강 공업 지역이 저기압권에 들면 여러 공장에서 뿜어내는 유독 가스가 지상으로 깔리며 대기를 오염시켰다. 어머니는 은강에 온 후 계속 머리가 아프다고 했다. 호흡 장애·기침·구토 증상도 자주 일으켰다. 영희는 청력 장애를 일으켰다. 직포와 작업 현장의 소음이 영희를 괴롭혔다. 나는 그때 보전반 기사 조수로 일하고 있었다. 밤일을 하는 영희를 보는 순간 나는 죽고 싶었다. (「잘못은 신에게도 있다」, p.189)

이 경우 난장이의 죽음은 단지 좌절과 도피의 의미밖에 지니지 못한다. 은강에 온 난장이 가족의 생활상을 볼 때는 오히려 난장이의 자살이 현실을 더욱 악화시켰다고 하는 혐의도 짙다. 그러나 난장이의 죽음은 난장이 개인의 심리적 성향에 의한 자살이라기보다는 사회가 그를 자살하게끔 억압하고 지시했다는 점에 본질이 찾아진다. 즉 난장이는 문화구조와 사회구조가 제대로 통합되지 못한 데서 기인하는 개인과 사회의 갈등 양상을 지니는 인물로서 그의 사회적 부적응의 원인은 사회와의 관계 속에서 제대로 인식되는 것이다. 따라서 앞서 보았던 뒤르켐이 분류한 자살의 네 가지 유형에서 난장이의 자살의 성격을 설명해 주는 것은 '이기적 자살'이 될 것이다. 이는 난장이의 죽음이 70년대 사회의 모순구조가 초래한 희생양의 의미를 지니고 있다.[83] 이기적 자살은 개인이 사회에 충분히 통합되지 못하는 경우에 발생하는 자살로서 개인적 자아가 사회적 자아보다 강력하고, 사회적 자아를 희생시키면서까지 주장되는 이기주의적 상태에 의한 자살이다. 즉 개인과 사회의 집합적인 힘이 약할 때 인간 존재의 근거를 사회적 삶에서 발견하지 못함으로써 발생하는 것이 이기적 자살이다. 이러한 이기적 자살은 사회가 개인에게 더 이상의 통제력을 행사하지 못하는 사회구조 속에서 개인이 소외되는 현상에서 기인한다.[84]

> 그들의 행동에의 염기(厭忌), 우울한 고독 등은 이기적 자살의 특성인 지나친 개체화의 결과들이다. 개인이 스스로 고립하는 것은 그와 타자

---

83) 이와 같은 이기적 자살의 유형은 70년대 사회의 어두운 국면의 전형성을 보인다. 가령 김원일의 단편소설 「박명」(1976)에서도 이러한 성격이 뚜렷하게 드러나고 있다. 「박명」에서의 순옥의 죽음은 이를테면 만석의 대리 죽음으로 볼 수 있다. 즉 대처에서 숨어 살게 될 가장의 몰락은 그의 아내와 태아의 죽음에 이르러 가장 비극적인 모습을 띠게 된다. 이렇게 볼 때 순옥의 죽음은 산업화의 그늘에서 변두리 인생으로 전락한 만석의 절망적인 삶을 더욱 비극적으로 보여주는 데 기여하고 있으며, 이는 物神을 숭배하는 70년대 산업화의 교도들에 의한 희생양으로서의 의미를 지닐 수 있는 것이다.

84) Igor S. Kon, ed., 김형운 · 노중기 · 유현 역, 앞의 책, p.249 참조.

를 연결시키고 있는 유대가 이완되거나 끊어졌기 때문이며, 그가 접촉하고 있는 부분에서의 사회가 충분히 통합되어 있지 않기 때문이다. 한 개인과 다른 개인의 의식 사이에 있는 격차는 그들을 서로 격리시키며, 이것은 사회적 조직망이 약화된 결과이다. 〔…중략…〕 그들은 결국 모든 실체를 부정하게 되며, 문제의 제기 자체가 이미 부정적 해결에의 경향을 내포하고 있다. 그렇게 함으로써 그와 같은 의식은 모든 긍정적 내용을 상실하고, 그것을 막아줄 아무런 힘도 갖지 않으므로 결국 내적 공상의 허무 속으로 부득이 빠져들지 않을 수 없게 되는 것이다.[85]

그런데 머턴의 스트레스 적응 유형을 더욱 심화 발전시킨 이론을 제시하고 있는 클로와드(Richard A. Cloward)와 올린(Lloyd E. Ohlin)의 견해를 살펴보면, 조세희 소설의 인물들이 행하는 일탈적 살인의 성격을 구체화하는 데 많은 시사를 받을 수 있다. 머턴의 이론은 합법적 수단의 사용이 가능하지 않은 사람들은 비합법적 수단을 사용한다는 가정을 전제로 하고 있다. 그러나 비합법적 수단이란 저절로 얻어지는 것이 아니라 그것을 배우고 사용하는 기회가 주어져야만 한다. 가령 비합법적 수단의 하나인 도둑질을 가정한다면, 한 청소년이 상습적인 도둑이 되기 위해서는 그 절도의 방법이나 장물의 처리 방법 같은 것을 배워야만 한다. 합법적 수단을 배우는 기회에 차이가 있는 것과 마찬가지로 비합법적 수단을 배우는 기회에도 차이가 있으며, 합법적 기회가 결여된 사람들 모두가 비합법적 기회를 갖는 것이 아니다. 어떤 사람들에게는 합법적 수단과 비합법적 수단이 모두 결여되어 있는데 이러한 경우를 클로와드와 올린은 '이중적 실패'라고 불렀다. 이러한 이중 실패자는 대부분 공격적 행동으로 그들의 좌절을 표현하게 되고,

---

85) Emile Durkheim, 임희섭 역, 앞의 책, p.273.

그 중에서 폭력을 사용할 심리적·육체적 능력이 억압되어 있는 자는 약물 중독과 같은 형태를 나타내게 된다.[86] 앞의 「내 그물로 오는 가시고기」에서 난장이 큰아들 영수의 살인 행위가 이중 실패자로서의 공격적인 성향을 드러낸 경우라면, 난장이의 자살은 비공격 성향에 의한 것이라고 하겠다. 즉 난장이의 자살은 산업화와 도시화의 구조 속에서 합법적이든 비합법적이든 간에 자신의 삶을 개선할 아무런 수단을 가지지 못한 난장이가 선택한 최후의 수단으로서, 온전한 인간성을 지닌 비공격적 성향의 개인에게 가한 사회의 구조적 폭력의 결과이다.

3) '집'의 사회학과 현실 초월의 구조

조세희의 소설은 난장이로 대변되는 하층민의 죽음을 통하여 대립적 세계를 무화시킴으로써 현실 초월의 세계를 지향하는 극복 논리를 보여주고 있다. 그의 소설은 "두 집단의 대립과 그 표현 방법의 대립을 대응시켜 단순한 세계관을 근본적인 단절로서의 방법론으로 수용시키고 대결의 처참한 상황을 초월에의 의지로 승화"[87]시킴으로써 그의 작품은 70년대의 거대한 사회적 변동 가운데서 가난한 사람들이 얼마나 고난에 찬 삶을 지속해야 했던가를 말하고 그들의 이상과 존엄성이 어떻게 부당하게 훼손되어 갔던가를 탁월하게 증언하고 있는 것이다.[88] 그의 작품구조에 있어 문제성의 근원은 '집'으로서, 재개발 사업으로 인한 집의 철거로 인하여 빈민적 삶의 기반마저도 박탈당하게 된 소외계층은 곧 70년대 사회의 모순된 구조를 표징하고 있는 것이다. 이러

86) Richard A. Cloward and Lloyd E. Ohlin, *Delinquency and Opportunity : A Thery of Delinquent Gangs*(New York : The Free Press, 1960), pp.179~184 참조.
87) 김병익, 「대립적 세계관과 미학 : 조세희의 『난장이』」, 『문학과 지성』, 1978. 겨울, p.1233.

한 사회구조의 모순 속에서 살아가는 소외 계층의 삶은 불구적일 수밖에 없으며, 조세희 소설에서 그것은 불구자의식으로 나타나 일탈의식의 근저를 이루고 있다. 조세희 소설이 드러내는 일탈행위의 양상, 즉 살인과 자살의 모티프는 바로 그러한 대립된 세계 속에서 일탈적 불구자의식이 대립이 극복된 세계를 지향하는 삶의 방식이었던 것이다. 따라서 조세희 소설이 구조적으로 실현하고 있는 현실 초월적 세계관은 대립의 무화에 의하여 가능해지는 것으로서 난장이의 죽음과 난장이 아들 영수의 살인 행위에서 그와 같은 현실 초월적 방법론을 읽을 수가 있다. 뫼비우스의 띠나 클라인씨의 병이 지니는 의미를 생각할 때, 가진 자와 못가진 자가 공간에 있어서의 안과 바깥처럼 완전히 분리되어 그 사이에 아무런 소통도 이루어지지 않고 단절과 몰이해만이 있는 현실을 일거에 초극하고 싶다는 열망을 담고 있다면,[89] 그 열망은 표면적으로는 지극히 논리적인 것이기는 하지만 심층적으로는 현실을 무화시키는 비논리성에 지배되고 있다. 즉 「우주 여행」의 지섭과 「난장이가 쏘아올린 작은 공」의 난장이가 읽고 있는 『일만 년 후의 세계』라는 책의 의미와 같이 그것은 초월적 세계의 상징물의 세계에 속하는 것이다.

김병익이 적절하게 지적하고 있듯이, 조세희는 극히 현실적이고 당면적인 사회 문제들을 단절과 대립적 세계관 위에 자명성·단순성·환

88) 이동하, 「70년대의 소설」, 앞의 책, p.147. 조세희 소설의 이러한 성격은 『침묵의 뿌리』(1985)에 대한 이동하의 다음과 같은 지적에서 간명하게 요약되고 있다. "이 책 전체를 관류하고 있는 의식은 첫째, 오늘의 우리 현실은 상상할 수 있는 한의 온갖 부조리와 모순을 노출하고 있다는 것, 둘째, 이러한 현실은 반드시 바꾸어져야만 한다는 것, 세째, 그러나 지금으로서는 현실을 바꿀 수 있으리라는 구체적 전망이 보이지 않는다는 것, 네째, 여기에서 우리가 할 수 있는 일은 우선 현실 속에 내재된 제반 문제점들을 부단히 증언하고 고발하면서 사람들의 각성을 촉구하는 작업이라는 것으로 요약된다. 이와 같은 작가의 태도는 그가 「난장이가 쏘아올린 작은 공」이나 「시간여행」에서 보여주었던 의식의 자리를 지금에 와서도 거의 그대로 지키고 있다는 사실을 입증한다." : 이동하, 「두 개의 시선」, 『문예중앙』, 1985. 겨울, p.430.

89) 이동하, 「어두운 시대의 꿈 : 조세희론」, 『작가세계』, 1990. 겨울, p.47 참조.

상성의 기법이란 동화적 공간으로 용해시킴으로써 화해 불가능의 세계라는 모습으로 조형하면서 실현될 수 없는 꿈과 상상으로 그 절망감을 승화 또는 심화시키고 있다.[90] 그러나 우리는 여기에서 조세희 소설이 보여주고 있는 살인 모티프를 통하여 조세희의 작품이 지니고 있는 구조적 협소성을 지적하지 않을 수 없다. 김우창은 조세희의 소설에 대하여 긍정적인 의미에서 '통속적인 도덕주의의 탈피하였다'[91]는 표현을 쓰고 있으나, 이는 부정적인 의미에서 현실 초월을 통한 도덕주의의 회피라고 하는 혐의도 가능해지는 것이다.

> 조세희 소설의 대부분의 약점은 그것이 소외 계층 자신에 의하여 씌어진 소외 계층의 얘기가 아니라는 데서 기인하는 것으로 생각된다. 그의 소설이 노동 현실의 참담함을 상당히 적나라하게 파헤쳤다 하더라도 그것은 아무래도 노동자들의 밖에서 보여진 노동자들의 삶이다. 난장이 자신을 비롯하여 난장이의 세 자녀는 어느 정도 관념화된 추상적 인물들이다. 많은 부분에서 영수는 노동의 현장을 몸으로서보다 머리로써 체험하는 인물이라는 인상을 씻기 힘들다. 목적했던 인물이 아닌 다른 인물을 살해하는 것으로 그치는 영수의 모험의 불행한 종말은 그가 철저하지 못했던 노동자였다는 사실과 무관하지 않은 듯이 보인다.[92]

조세희 소설이 지니고 있는 관념적 추상성에 대한 이동렬의 위와 같은 논의는 조세희의 소설이 숙고해야 할 부분으로 생각된다. 『난장이…』의 인물들이 현실에서 생동하고 있는 것이 아니라 초현실주의적인 영상 속에서 느리게 움직이고 있는 듯한 느낌을 안겨 주는 것에 대

---

90) 김병익, 「대립적 세계관과 미학 : 조세희의 『난장이』」, 앞의 책, p.1239.
91) 김우창, 「산업 시대의 문학 : 몇 가지 생각」, 『문학과 지성』, 1979. 가을, p.841.
92) 이동렬, 「암울한 시대의 밝은 조명」, 『문학과 지성』, 1978. 가을, p.997.

하여 문제성을 발견할 필요가 있는 것이다. 조세희 소설이 설정하고 있는 빈/부, 정의/불의 등의 이항 대립의 구조는 70년대 사회가 노정하고 있는 대립적인 구조를 외연화시키는 데 적절한 것이기는 하다. 그런데 그와 같은 이항 대립의 구조가 초월적 세계를 지향하는 이상주의적 발상으로 극복될 수 없다는 것은 자명하다.[93] 또한 그것은 난장이 세계에 갇혀 있는 현실 인식에 의해서는 더욱 불가능하다. 『난장이…』가 상정하고 있는 난장이 세계의 견고한 '집'의 이미지는 이항 대립의 세계를 더욱 견고하게 하고, 마침내는 축의 한쪽이 달나라로 떠나 버려 무게 중심이 붕괴됨으로써 대립 자체가 무화되는 비현실적인 공식을 만들고 있다. 대립을 무화시키는 현실 초월의 방법론인 셈이다. 그러나 조세희 소설의 전체적인 의미망에 있어서 빈민 노동자 계층이 보여주는 현실 초월적 인식의 한계가 전적으로 비난될 수만은 없다. 왜냐하면 조세희는 빈민층의 궁핍한 현실이란 빈민층의 노력만으로 해결될 수 있는 성질의 것이 아니라 중산층 또는 상류층의 빈민층에 대한 이해와 사랑이 더불어야 한다는 작가 의식을 강렬하게 표방하는 까닭이다.

아버지는 따뜻한 사람이었다. 아버지는 사랑에 기대를 걸었었다. 아버지가 꿈꾼 세상은 모두에게 할 일을 주고, 일한 대가로 먹고 입고, 누

93) 가령 문홍술은 『난장이…』의 서사가 지니는 허점은 이항 대립의 사회를 극복하기 위한 방법론과 관계되는 것으로 판단하고 있다. 산업화의 초기 단계는 인간의 이성에 대한 절대적 믿음을 기초로 하여 인간 이성이 인간에게 물적 풍요로움을 안겨 주지만, 점차 산업화가 진행됨에 따라 이성은 타락하여 인간을 자신의 지배 수단으로 이용하는 도구적 이성으로 전락한다. 도구적 이성을 해체하는 방법은 주체와 객체, 이성과 비이성이라는 구분 자체를 무회시킴으로써 이항 대립의 존립 기반을 해체시키는 것으로, 이것이 이성과 비이성의 구분이 모호해지는 뫼비우스 띠의 공간으로 나아가는 가장 확실한 방법론이다. 그런데 난장이는 이항 대립의 현실에서 뫼비우스 띠의 세계라는 정당한 지향점을 설정해 놓고도 그것에 이르는 방법을 알지 못함으로써 단지 사랑만을 꿈꾸는 이상주의자로 남는다. 문홍술, 「뫼비우스 띠와 연작형, 그리고 난장이의 죽음 : 조세희론」, 문학사와 비평 연구회 편, 앞의 책, pp.154~156 참조.

구나 다 자식을 공부시키며 이웃을 사랑하는 세계였다. 그 세계의 지배 계층은 호화로운 생활을 하지 않을 것이라고 아버지는 말했었다. 인간이 갖는 고통에 대해 그들도 알 권리가 있기 때문이라는 것이었다. 그곳에서는 아무도 호화로운 생활을 하려고 하지 않을 것이다. 지나친 부의 축적을 사랑의 상실로 공인하고 사랑을 갖지 않은 사람네 집에 내리는 햇빛을 가려버리고, 바람도 막아버리고, 전깃줄도 잘라버리고, 수도선도 끊어버린다. (「잘못은 신에게도 있다」, p.185)

난장이 세대와 마찬가지로 그 아들 세대에 있어서도 난장이의 위와 같은 사랑의 논리는 받아들여지지 않는다. 그것은 굴뚝 위에서 날리는 종이 비행기거나 달을 향해 쏘아 올린 쇠공과 같은 하나의 '환기 장치' 일 뿐이다. 그럼에도 불구하고 조세희 소설에 있어서는 그러한 환기 장치가 불합리한 사회구조 속에서 삶을 가능하게 하는 기제가 되고 있다. 기실 조세희 소설의 본질은 빈민층의 현실 극복의 의지를 촉구한다기보다는 빈민층에게 그 궁핍성을 제공하고 있는 중상류층의 각성과 죄의식을 촉구하는 데 관심이 모아지고 있기 때문이다. 난장이의 죽음은 단순히 억압받고 소외받던 한 기층 민중의 사실적인 죽음으로 그치는 것이 아니라 명백히 대립하는 두 세계를 하나로 통일시키고자 했던 의지의 소산이므로,[94] 난장이의 사랑의 논리는 비록 실천의 주체를 상실하고 있기는 하지만 난장이의 죽음 이후에는 우리 모두가 바로 사랑의 실천자임을 인식하게 되는 것이다. 『난장이…』에서도 상류층의 인물인 윤호나 은희에 의하여 구현되고 있지만, 이후 『시간여행』에서 여실하게 드러나고 있는 중산층의 반성적 시선이 의미있는 것은 이러한 난장이의 자살과 그 아들인 영수의 살인이 환기시킨 결과라고 할

94) 우찬제, 「분노와 사랑의 뫼비우스 환상곡, 혹은 분배의 경제시학」, 『작가세계』, 1990. 겨울, p.74 참조.

것이다. 이렇게 볼 때 70년대의 질곡 속에서 행한 조세희의 문학적 응전은 보다 내포화된 힘에 기대었다고 할 수 있다. 이와 같이 조세희는 그의 소설을 통하여 우리의 시선을 소외 계층으로 돌려야 한다는 것, 그들의 궁핍한 생활상에 대하여 우리가 죄의식을 가져야 한다는 사실을 부단하게 촉구한다는 점에 있어서 그의 소설 미학이 문학적 의의를 넓히고 있는 것이다.

제 4 장

결 론

결 론

본 연구는 지금까지 1970년대 소설이 지니고 있는 정신사적 의미와 문학적 의의를 확인하는 과정으로서 황석영과 조세희의 소설을 중심으로 70년대 소설에 나타난 일탈구조의 양상을 고찰하여 보았다. 이러한 논의의 과정은 사회학적 성격의 개념인 일탈이론과 밀접한 연관성을 가지고 진행되었으며, 그러므로 본 연구는 기본적으로 문학사회학의 태도에 기초한 소설 분석의 방법론을 견지하여 왔다. 또한 작가 의식이 작품 속에 구조화되어 있는 형태인 등장인물의 의식 유형의 분류와 의미 부여에도 많은 관심을 기울였다. 왜냐하면 이러한 의식 유형이 70년대 소설의 정신사로서의 특성을 명확하게 보여주기 때문이다. 본 연구가 황석영의 소설에 대하여 일탈적 방황과 '길'의 사회학적 의미를 부여하고, 조세희의 소설에 대하여는 일탈적 불구와 '집'의 사회학적 의미를 부여할 수 있었던 것은 이와 같이 작품의 구조적 양상과 의식적 특성, 그리고 작품에 대한 사회학적 시각이 유기성을 지닌 결과라고 할 수 있다.

본 연구의 논의 과정을 간략하게 정리하면 다음과 같다. 우선 70년대 소설의 배경과 일탈구조의 성격을 확인하기 위하여 70년대의 사회 상황과 소설의 대응 양상을 살펴보았다. 70년대는 타락한 정치 세력과 산업화로 인하여 사회구조의 질서가 모순을 지니게 되었으며, 이에 따라 윤리 의식의 타락과 인간 생존의 환경에 위기를 가져온 시대이다. 사회구조에 만연되어 있는 이러한 위기감은 탈농촌과 도시화, 환경 오염과 자연의 황폐화, 생명 경시와 인간성의 박탈, 물질만능주의, 가정 윤리의 파괴와 이웃과의 소원함, 그리고 인간의 존재론적·사회학적 소외의 문제에 대한 문학적 성찰을 가능하게 하였던바 70년대 소설은 그와 같은 70년대적 삶의 문제성에 대한 소설의 대응 방식이었던 것이다. 이와 같은 70년대 사회에 대한 소설의 대응은 구체적으로 정치의 억압성과 폭력성을 증언하고, 경제의 모순과 소외 계층을 형상화하였으며, 상업화의 논리로써 대중문학이 형성되는 양상으로 나타나고 있음을 보았다.

그리고 일탈의 개념과 소설구조와의 관련 양상을 인식하기 위하여 일탈의 정의와 사회학적 이론에 대한 검토가 진행되었으며, 이 과정에서 특히 아노미의 개념이 주목되었다. 사회학적 의미의 아노미는 사회의 급격한 구조적 변환의 과정에서 나타나는 개인과 사회와의 분열상을 함축하는 것으로서 현대 사회의 도덕적 위기를 직시하는 성격을 지니고 있다. 우리가 70년대 소설에서 흔히 만나게 되는 개인과 사회와의 대립, 개인과 개인의 불화, 개인 의식의 파탄 등은 기실 아노미의 성격을 지니는 것이다. 70년대 사회는 사회구조와 문화구조와의 관계성으로 볼 때 해방 이후부터 60년대까지의 전통적인 정치 및 경제관계의 혼돈 상태와 더불어 전통적 사회구조의 해이와 변동을 가져왔으며, 문화구조의 변동에 따른 전통적 가치 지향성도 흔들리게 됨으로써 기존의 지배적 문화구조는 사회적 통합의 기능을 상실한 채 아노미 현상을 나타내고 있다.[1] 따라서 문학사회학적 관점으로 70년대 소설에 접근할 때 아노미는 70년대 소설이 일탈구조의 양상을 나타내게 되는 하나의 인자로서 본 연구의 논지에 매우 중요한 개념이 되었다.

70년대 소설에 나타난 일탈구조의 양상은 황석영과 조세희의 작품에 대한 구조적 이해의 과정으로 진행되었다. 황석영의 소설은 삶의 처소인 '집'이 부재함으로 인하여 한곳에 정착하지 못하고 부유하는 '길' 위의 인물들을 일관되게 그려내고 있다. 이것은 70년대 사회가 노정한 '뿌리뽑힌 삶'의 전형성을 지니는 것으로 개인의 불행을 초래하는 사회구조의 폭력성을 보여주는 것이다. 황석영의 인물들은 그와 같은 부조리한 현실 속에서 부랑자의식으로의 일탈의식을 지니며, 그것은 '길에서 보는 집'이라고 하는 대립적인 이미지를 구현한다. 황석영 소설의 일탈의 양상인 살인·자살의 모티프는 그러한 대립적인 이미지의 세계를 극복하고자 하는 개선과 변혁의 시도이다. 그런데 황석영의 인물이 감행하고 있는 자살의 성격을 볼 때 그것은 '이타성'을 지니는 자기 희생의 성격을 드러냄으로 해서 높은 가치를 함축하고 있다. 황석영에 있어서의 자살은 길의 끝이 아니라 새로운 길의 시작을 의미하는 인간애와 연대 의식을 고취하고 있음으로써 휴머니즘의 미학적 구조를 구축하는 것이다.

조세희의 소설은 '집'을 근원적인 문제성으로 상정하고 있다. 산업화와 도시화의 논리 속에서 시행된 도시 재개발 사업은 하층민에게 더욱 궁핍한 삶의 양태를 강압함으로 인하여 70년대의 모순된 사회구조를 증거하고 있는바, 조세희 소설에 있어 '집'은 그러한 부조리한 사회를 확인하고 고발하는 매개물이 된다. 조세희 소설에 나타나는 불구로서의 일탈의식은 바로 집의 상실에 대한 허탈감과 반항심의 표현인 것

1) 이강수, 「매스커뮤니케이션과 문화변동」, 한국사회학회 편, 『70년대 한국사회』(평민사, 1980), p.157 참조.

이다. 그러한 일탈의식은 '집에서 보는 집'으로 설명되는 대립적인 이미지를 구축하고, 그 대립된 세계의 극복은 구체적으로 살인·자살 모티프의 일탈적 양상으로 나타나게 되는데 이러한 일탈적 양상은 황석영의 경우와 마찬가지로 아노미적 일탈의 성격을 지닌다. 그러나 조세희의 경우 두 대립된 세계의 '집'이 너무 견고하게 대치되어 있으므로 화해가 불가능하고, 이러한 이유로 인하여 난장이 집의 세계에 살고 있는 인물들은 초월적 세계를 꿈꾸게 된다. 즉 조세희의 인물들은 '집' 안에 갇혀 있으며, 초월적 세계가 아닌 한 그 집의 현실은 개선되지 못할 것이라는 절망감이 개재되어 있는 것이다. 조세희의 인물들이 보여주는 일탈적 성격이 이기성을 지니고 있다는 점이 이를 뒷받침한다. 이러한 일탈구조의 성격으로 인하여 조세희의 소설은 현실 인식의 한계를 지적받을 수 있다. 그러나 조세희는 빈민층의 현실 개선의 노력과 의지만으로 현실의 궁핍한 삶이 해결되는 것이 아니라 여기에 중상류층의 사랑이 더불어야 한다는 점에 문제 해결의 무게를 두고 있다. 즉 그는 중상류층의 죄의식을 자극하여 빈민층에 대한 사랑을 촉구하는 것으로써 70년대 소설에 소외층의 삶을 확대시켜 문제화하고 있는 것이다.

이상의 논의에서 우리는 황석영과 조세희의 소설이 각각 '길'과 '집'의 사회학적 의미에 깊이 경도되어 있음을 확인하였다. 일상적인 세계에서는 집으로부터 세상의 길이 시작되고 또 길을 통하여 집으로 되돌아오지만, 황석영 소설에서의 '길'은 돌아오지 않는 새로운 길을 여정에 놓여 있으며 조세희 소설에서의 '집'은 상실되었음에도 불구하고 항상 지켜 나가야 할 의식의 질료였다. 그러나 그와 같은 '길'과 '집'은 사회학적 의미는 동일하게 하층민에 대한 옹호와 강렬한 친화 의식을 보여주는 세계임을 확인할 수 있었다. 그들이 형상화하고 있는 하층민의 삶의 고통과 의지의 좌절, 투쟁, 그리고 좌절을 극복하는 인간적 연대감의 획득 등은 70년대 소설이 얻어낸 소중한 자산이라 하겠다. 소설이란 마땅히 개인적이고 집단적인 투쟁의 증언으로서, 고통과 경제적 숙명과 정치적 예속, 그리고 죽음에 항거하여 인간의 존엄성과 권리, 정신의 자유를 부르짖는 것이어야 한다[2]는 대의를 소중하게 생각한다면 우리는 황석영과 조세희의 작품에서 그와 같은 소설적 대의를 읽어낼 수가 있다. 소설은 문학 예술의 양식 가운데에서 가장 늦게 발달한 것이다. 그러나 소설이 근대적 시민문학으로서 주목받는 양식이 되었던 것은 근대사회에 만연되어 있는 물신주의와 기계적 삶에 의하여 소외되어 있는 인간에게 그 존엄성의 회복을 촉구하는 구원의 문학으로서의 의의를 부여받음으로써 그 대의에 접근하기를 용납받았기 때문일 것이다. 우리는 황석영과 조세희의 소설에서 구원의 문학의 일단을 보게 된다.

황석영과 조세희는 일탈구조를 통하여 70년대 사회의 구조적인 모순에 접근하고 있으며 그러한 모순된 현실을 개선·변혁시키고자 하는 강렬한 의지를 작품으로 구조화하고 있다. 황석영이 현실 변혁의 주체자가 민중이라는 점에 근거하고 있고, 조세희의 경우는 하층민에 대한 사랑과 이해를 중상류층에서 구하는 방법론상의 차이가 있기는 하지만 두 작가의 작품은 소외 계층이 영위하는 불행한 현실과 또 그들을 위협하고 좌절시키는 사회구조의 폭력에 대하여 저항한다는 동일한 의미를 지닌다. 즉 당대적 삶의 변두리로 밀려나 소외되어 있는 인간 군상들에게 개선의 의지와 변혁의 힘을 심어 주고 있는 것이 황석영과 조세희 소설의 미덕이며, 또한 두 작가가 70년대의 소설에서 보유하고 있는 문학적 의의이다.

이와 같은 황석경과 조세희 소설의 일탈구조가 보여주고 있는 70년

2) Roland Bourneuf and Real Ouellet, *L'univers du Roman* (1972), 김화영 편역, 『현대소설론』(현대문학사, 1996), p.15 참조.

대에 있어서의 소설과 사회와의 관련 양상은 정치와 경제, 그리고 문화에서 총체적인 비민주성으로써 당대적 삶을 억압한 70년대 사회의 증언인 동시에 당대의 시대성을 넘어 인간과 역사의 보편적 의미를 확인하는 계제라고 할 것이다. 작가의 위대성은 시대성 속에 동시대의 사람들보다 깊이 뿌리뻗어 시대를 초월하여 솟아 있고, 위대한 혁명가가 되어 시대에 저항하며, 다가올 징후를 예언하는 데서 찾아진다.[3] 우리는 70년대의 황석영과 조세희에게서 작가의 위대성을 만난다. 그들의 작품은 문학사 속에서 안주해 있는 것이 아니라 사회구조와 상동하여 끊임없이 새로운 의미를 배태하고 있다. 70년대 소설의 일탈적 의미가 두 작가의 작품에서 역동성을 지니고 현재의 우리에게 다가오는 것은 70년대적 삶이 오늘의 현실에 대한 문학적 성찰을 가능케 하기 때문일 것이다. 삶의 현실은 항상 자아와 세계의 불화를 조장하기 마련인 것이며, 문학은 그 불화에 도전하고 또 불화를 극복하게 한다. 70년대 소설은 그 일탈적 의미로써 우리에게 현실의 불화에 대응하는 힘을 보여주고 있는 것이다.

3) Rudolf N. Maier, Paradies der Weltlosigkeit (1964), 장남준 역, 『세계상실의 문학』(홍성사, 1981), p.17 참조.

참고문헌

(1) 기본 자료

황석영.『객지』. 창작과 비평사, 1974.

_____.『북망. 멀고도 고적한 곳』. 동서문화원, 1975.

_____.『심판의 집』. 열화당, 1977.

_____.『가객』. 백제, 1978.

_____.『돼지꿈』. 민음사, 1980.

_____.『객지에서 고향으로 : 황석영의 문학과 삶』. 형성사, 1985.

조세희.『난장이가 쏘아올린 작은 공』. 문학과지성사, 1978.

_____.『난장이 마을의 유리병정』. 동서문화사, 1979.

_____.『시간 여행』. 문학과 지성사, 1983.

_____.『침묵의 뿌리』. 열화당, 1985.

(2) 국내 논저

강현두 편. 『현대 사회와 대중문화』. 나남출판, 1998.

구중서. 『한국문학과 역사의식』. 창작과비평사, 1985.

국민윤리교육연구회. 『인간과 국가』. 삼화출판사, 1975.

권영민. 『한국 현대문학사 : 1945~1990』. 민음사, 1993.

권오룡. 「체험과 상상력 : 황석영론」. 황석영, 『돼지꿈』 해설. 민음사, 1980.

김경동. 『한국사회—60년대 70년대』. 범문사, 1982.

김 현. 『사회와 윤리』. 일지사, 1974.

김민수. 「1960년대 소설의 미적 근대성 연구 : 최인훈과 김승옥의 소설을 중심으로」. 중앙대 대학원 박사학위논문, 1999.

김병익. 「난장이, 혹은 소외집단의 언어 : 조세희의 근작들」. 『문학과 지성』, 1977. 봄.

______. 「대립적 세계관과 미학 : 조세희의 『난장이』」. 『문학과 지성』, 1978. 겨울.

______. 『들린 시대의 문학』. 문학과지성사, 1985.

______. 『상황과 상상력』. 문학과지성사, 1979.

______. 『지성과 문학 : 70년대의 문화사적 접근』. 문학과지성사, 1982.

김수복. 『정신의 부드러운 힘』. 단국대학교 출판부, 1994.

김영석. 「한국시의 생성이론 연구」. 경희대 대학원 박사학위논문, 1984.

김우창. 「근대화 속의 농촌」. 이문구, 『우리 동네』 해설. 민음사, 1981.

______. 「산업 시대의 문학 : 몇 가지 생각」. 『문학과 지성』, 1979. 가을.

김원일. 『어둠의 혼』. 국민서관, 1973.

김윤식. 『한국현대문학사 : 1945~1980』 증보판. 일지사, 1983.

______. 「문학사 10년의 내면풍경 : 산업사회와 관련하여」. 『문예중앙』, 1988. 봄.

김윤식 · 정호웅. 『한국소설사』. 예하, 1993.
김종철. 「산업화와 문학 : 70년대 문학을 보는 한 관점」. 『창작과 비평』, 1980. 봄.
김종회. 『한국소설의 낙원의식 연구』. 문학아카데미, 1990.
김주연. 『변동사회와 작가』. 문학과지성사, 1979.
______. 「떠남과 외지인의식」. 『현대문학』, 1979. 5.
김준호. 「일탈행동론 연구의 성과와 전망」. 안계춘 편, 『한국사회와 사회학』. 나남출판, 1998.
김채윤 외. 『사회학개론』. 서울대학교 출판부, 1986.
김치수. 「산업사회에 있어서 소설의 변화」. 『문학과 지성』, 1979. 가을.
______. 『문학사회학을 위하여』. 문학과지성사, 1979.
류승호 외. 『현대 한국사회의 이해』. 웅진출판주식회사, 1998.
문흥술. 「뫼비우스 띠와 연작형, 그리고 난장이의 죽음 : 조세희론」. 문학사와 비평 연구회 편, 『1970년대 문학연구』. 예하, 1994.
민족문학사연구소 현대문학분과. 『1970년대 문학연구』. 소명출판, 2000.
박승위. 『현대 사회와 인간소외 : 한국인의 소외의식』. 영남대학교 출판부, 1996.
박승헌. 「1970년대 소설의 사회현실 반영 연구 : 노동현실의 수용을 중심으로」. 청주대 대학원 석사학위논문, 1993.
박유진. 「일탈행위의 사회구조적 원인에 관한 연구 : R. K. Merton의 혁신형을 중심과제로」. 연세대 대학원 석사학위논문, 1980.
박철우. 「1970년대 신문 연재소설 연구」. 중앙대 대학원 박사학위논문, 1996.
박현채. 『역사 · 민족 · 민중』. 시인사, 1984.
박휘종. 「1970년대 대중소설 연구」. 계명대 대학원 석사학위논문, 1995.
변시민. 「한국인의 행동 규범 : 한국 사회의 특질 해명을 위하여」. 배용광 · 변시민, 『한국 사회의 규범 문화』. 고려원, 1984.

서울대 사회학과 사회발전연구회. 『농민층분해와 농민운동』. 미래사, 1988.
성민엽. 「이차원의 전망 : 조세희론」. 백낙청 · 염무웅 편, 『한국문학의 현단계 · Ⅱ』. 창작과비평사, 1983.
______. 「작가적 신념과 현실 : 황석영론」. 백낙청 · 염무웅 편, 『한국문학의 현단계 · Ⅲ』. 창작과비평사, 1984.
______ 편. 『민중문학론』. 문학과지성사, 1984.
송동준. 「문학과 사회」. 정명환 외, 『20세기 이데올로기와 문학사상』 증보판. 서울대학교 출판부, 1997.
신경림. 「『가객』 속의 황석영」. 황석영, 『가객』 해설. 백제, 1978.
염무웅. 『민중시대의 문학』. 창작과비평사, 1979.
______. 「민중의 현실과 소설가의 운명」. 황석영, 『한국소설문학대계 · 68 : 황석영』 해설. 동아출판사, 1995.
오생근. 「진실한 절망의 힘」. 『창작과 비평』, 1978. 가을.
______. 「미셸 푸코, 지식과 권력의 해부학자」. 한상진 · 오생근 외, 『미셸 푸코론 : 인간과학의 새로운 지평을 위하여』. 한울, 1990.
______. 『현실의 논리와 비평』. 문학과지성사, 1994.
오세영. 「사랑의 입법과 사법 : 조세희의 『난장이가 쏘아올린 작은 공』」. 『세계의 문학』, 1989. 봄.
우찬제. 「분노와 사랑의 뫼비우스 환상곡, 혹은 분배의 경제시학」. 『작가세계』, 1990. 겨울.
우한용. 「1970년대 소설의 응전력」. 『소설과 사상』, 1998. 가을.
이강수. 「매스커뮤니케이션과 문화변동」. 한국사회학회 편, 『70년대 한국사회』. 평민사, 1980.
______. 「한국 대중문화, 이대로 좋은가」. 『월간조선』, 1980. 12.
이경의. 『경제발전과 중소기업』. 창작과비평사, 1986.
이극찬. 『정치학』 5판. 범문사, 1993.

이동렬. 『문학과 사회 묘사』. 민음사, 1988.
______. 「암울한 시대의 밝은 조명」. 『문학과 지성』, 1978. 가을.
이동하. 「두 개의 시선」. 『문예중앙』, 1985. 겨울.
______. 「어두운 시대의 꿈 : 조세희론」. 『작가세계』, 1990. 겨울.
______. 「유신시대의 소설과 비판적 지성」. 문학사와 비평 연구회 편, 『1970년대 문학연구』. 예하, 1994.
______. 「70년대의 소설」. 김윤수·백낙청·염무웅 편, 『한국문학의 현단계』. 창작과비평사, 1982.
이봉채. 『소설구조론』. 새문사, 1984.
이옥경. 「70년대 대중문화의 성격」. 한국기독교사회문제연구원 편, 『한국 사회변동 연구·Ⅰ』. 민중사, 1984.
이장현. 『사회학의 연구』. 홍익대학교 출판부, 1984.
이재선. 『우리 문학은 어디에서 왔는가 : 원천·지속·변화의 문학적 주제론』. 소설문학사, 1986.
______. 『현대한국소설사 : 1945~1990』. 민음사, 1991.
______ 편. 『문학주제학이란 무엇인가』. 민음사, 1996.
이태동. 『한국현대소설의 위상』. 문예출판사, 1985.
임헌영. 「전환기의 문학 : 노동자문학의 지평」. 『창작과 비평』, 1978. 겨울.
전경갑. 『현대 사회학의 이론』. 한길사, 1993.
전영태. 「소설적 인식의 전환과 다양성의 확보 : 1960년대와 1970년대의 소설」. 권영민 편저, 『한국문학 50년』. 문학사상사, 1995.
정문길. 『소외론 연구』. 문학과지성사, 1978.
______ 편. 『소외』. 문학과지성사, 1984.
조남현. 『한국현대문학사상논구』. 서울대학교 출판부, 1999.
______. 「70년대 소설의 몇갈래」. 감태준 외, 『한국현대문학사』. 현대문학, 1989.

조선작 · 문순태. 『한국소설문학대계 · 66 : 조선작/문순태』. 동아출판사, 1995.
조세희. 「파괴와 거짓 희망, 모멸의 시대」. 『문학과 사회』, 1996. 가을.
조용범. 『후진국 경제론』. 박영사, 1973.
조정래 · 나병철. 『소설이란 무엇인가』. 평민사, 1991.
진형준. 『깊이의 시학』. 문학과지성사, 1986.
천이두. 『한국소설의 관점』. 문학과지성사, 1980.
최인호. 『별들의 고향 · 상』. 예문관, 1974.
최종연. 『도시개발과 갈등관리 정책』. 미래문화사, 1998.
최혜실. 『한국현대소설의 이론』. 국학자료원, 1994.
한국사사전편찬위원회 편. 『한국근현대사사전』. 가람기획, 1990.
한국산업사회학회 편. 『사회학』. 한울, 1998.
한국현대소설학회. 『현대소설론』. 평민사, 1994.
한완상. 『민중과 사회』. 종로서적, 1980.
______. 『현대 사회와 청년문화』. 법문사, 1973.
홍두승 · 안치민. 「산업화와 계층구조의 변화」. 한국사회사학회 편, 『한국현대사와 사회변동』. 문학과지성사, 1997.
홍성호. 『문학사회학, 골드만과 그 이후』. 문학과지성사, 1995.
홍정선. 「김지하와 황석영의 고행」. 『정경문화』, 1985. 10.
황광수. 「삶과 역사적 진실성」. 김윤수 · 백낙청 · 염무웅 편, 『한국문학의 현단계』. 창작과비평사, 1982.

(3) 국외 논저

Adorno, Theodor W. *Ästhetishe Theorie* (1970). 홍승용 역, 『미학이론』. 문학과

지성사, 1984.

Bourneuf, Roland and Real Ouellet. *L'univers du roman* (1972). 김화영 편역, 『현대소설론』. 현대문학, 1996.

Clinard, Marshall B. *Sociology of Deviant Behavior.* New York : Rinehart and Company, Inc., 1957.

Cloward, Richard A. and Lloyd E. Ohlin. *Delinquency and Opportunity : A Thery of Delinquent Gangs.* New York : The Free Press, 1960.

Cohen, Albert K. "The Study of Social Disorganization and Deviant Behavior." Robert K. Merton. et al. ed., *Sociology Today.* New York : Basic Books, 1959.

Coser, Lewis A. *Masters of Sociological Thought* (1975). 신용하 · 박명규 역, 『사회사상사』. 일지사, 1978.

Culler, Jonatan. *The Persuit of Signs.* London : Routledge and Kegan Paul, 1981.

Durkheim, Emile. *Le suicide : etude de sociologie* (1897). 임희섭 역, 『자살론/사회분업론』. 삼성출판사, 1990.

Felski, Rita. *The Gender of Modernity* (1995). 김영찬 · 심진경 역, 『근대성과 페미니즘』. 거름, 1998.

Fromm, Erich. *The Sane Society* (1955). 김병익 역, 『건전한 사회』 2판. 범우사, 1994.

Frye, Northrop. *Anatomy of Criticism* (1957). 임철규 역, 『비평의 해부』. 한길사, 1982.

Giddens, Anthony. *Sociology*. 3rd ed. (1997). 김미숙 외 역, 『현대 사회학』 3판. 을유문화사, 1998.

Goldmann, Lucien. *Pour une sociologie du roman* (1965). 조경숙 역, 『소설사회학을 위하여』. 청하, 1982.

Goudsblom, Johan. *Nihilism en Culture* (1960). 천형균 역, 『니힐리즘과 문화』. 문학과지성사, 1988.

Hall, Calvin S. *A Primer of Freudian Psychology* (1954), 황문수 역, 『프로이트 심리학입문』. 범우사, 1977.

Henry, Andrew F. and James F. Short, Jr. *Suicide And Homicide : Some Economic. Sociological and Psychological Aspects of Aggression.* New York : The Free Press, 1960.

Hirschi, Travis. *Causes of Delinguency.* Berkeley : University of California Press, 1969.

Kon, Igor S. ed., *A History of Classical Sociology* (1979). 김형운 · 노중기 · 유현 역, 『사회사상의 흐름』. 사상사, 1992.

Krylov, B. ed., *Marx · Engels : On Literature and Art* (1978). 김영기 역, 『마르크스 · 엥겔스의 문학예술론』. 논장, 1989.

Laurenson, Diana and Alan Swingewood. *The Sociology of Literature* (1972). 정혜선 역, 『문학의 사회학』. 한길사, 1984.

Liska, Allen E. *Perspectives on Deviance* (1981).장상희 · 이성호 · 강세영 역, 『일탈의 사회학』. 경문사, 1986.

Lukacs, Georg. *Die Theorie des Romans* (1920). 반성완 역, 『소설의 이론』. 심설당, 1985.

_____. *Geschichte und Klassenbewuβtsein* (1970). 박정호 · 조만영 역, 『역사와 계급의식』 4판. 거름, 1999.

Maier, Rudolf N. *Paradies der Weltlosigkeit* (1964). 장남준 역, 『세계상실의 문학』. 홍성사, 1981.

Mark, Karl. *Economic and Philosophic Manuscripts of 1844.* 김태경 역, 『경제학 · 철학 수고』. 이론과 실천, 1987.

Merton, Robert K. *Social Theory and Social Structure.* rev. ed., New York : The

Free Press, 1957.

Orru, Marco. *Anomie : History and Meaning* (1987). 임희섭 역, 『아노미의 사회학 : 희랍철학에서 현대 사회학까지』. 나남, 1990.

Schaff, Adam. *Entfremdung als Soziales Phanomen* (1977). 이영철 역, 「아노미와 자기소외 : 뒤르켕과 머튼의 경우」. 정문길 편, 『소외』. 문학과지성사, 1984.

Schur, Edwin. *Labelling Deviant Behavior*. New York : Harper and Row, 1971.

Sutherland, Edwin H. and Donald R. Cressey. *Criminology.* New York : J. B. Lippincott Company, 1970.

Tonnies, Ferdinand. *Gemeinschaft und Gesellschaft* (1887). 황성모 역, 『공동사회와 이익사회』. 삼성출판사, 1982.

Zima, Peter V. *Literarische Ästhetik* (1991). 허창운 역, 『문예미학』. 을유문화사, 1993.

______. *Manuel de Sociocritique* (1985). 정수철 역, 『문학의 사회비평론』. 태학사, 1996.